ULLSTEIN

Das Buch

Obwohl Kapitän Waterbury die Versetzung seines Leutnants Fergus Kilburnie auf die *Aberdeen* als schwimmendes Fegefeuer und Strafaktion geplant hat, erweist sich dieses neue Kommando als dicker Batzen Glück. Das alte Linienschiff mit vierundsiebzig Kanonen hat den Auftrag, Nachschubgüter für die Mittelmeerflotte zu befördern, und schließt sich dem Geschwader aus zehn Schlachtschiffen, 74ern und ein paar Fregatten unter dem Kommando des in der Schlacht von St. Vincent berühmt gewordenen »Feuerfresser Nelson« an, der die Franzosen das Fürchten lehren will. Fergus, der während der Schlacht von Abukir wie ein Jagdhund an der Leine zerrt, schafft es, durch raffinierte Manöver den Dank von Admiral Nelson auf sich zu ziehen: »für den bewunderungswürdigen Anteil am Sieg«. Seine Bestallung als neuer Kommandant ist ab sofort mit den magischen Wörtern Nelson und Ägypten verbunden und nur die erste Sprosse auf der steilen Karriereleiter nach oben. Die Admiralität hält große Stücke auf Fergus – bis die *Imperious* sich unter seinem Kommando auf gierig lauernde Felszähne schiebt, sich Herz und Innereien aufreißt und ein Teil der Besatzung tot an den Strand von Irland gespült wird …

Der zweite Band der marinehistorischen Ullstein-Romanserie um den schwierigen Aufstieg eines jungen Schotten, der in aussichtsloser Position davon geträumt hat, seinem König als Kapitän in der Royal Navy zu dienen, und den Aufstieg aus eigener Kraft und Tüchtigkeit schafft.

Der Autor

William Paden Mack wurde 1915 in Hillsboro, Illinois, als Sohn des in den Ruhestand versetzten Commander A. R. Mack und Josephine Paden Mack geboren. Er absolvierte eine traditionelle Ausbildung in der US Marine Akademie und diente bei Ausbruch des Zweiten Weltkriegs als Gunnery Officer auf dem Zerstörer USS *John D. Ford.* 1969 wurde er zum Vizeadmiral und 1972 zum Leiter der US Marine Akademie in Annapolis, Maryland, befördert. William P. Mack ist in den USA ein äußerst erfolgreicher Schriftsteller. Er verfaßte die marinehistorischen Romane um Fergus Kilburnie, mehrere moderne Seekriegsromane und einige Fachbücher.

In unserem Hause ist von William P. Mack bereits erschienen:
Kapitän Kilburnie – Ein Leben für König und See

William P. Mack

Fergus Kilburnie
Bewährungsprobe vor Abukir

Roman

Aus dem Englischen
von Uwe D. Minge

Ullstein

Besuchen Sie uns im Internet:
www.ullstein-taschenbuch.de

Umwelthinweis:
Dieses Buch wurde auf
chlor- und säurefreiem Papier gedruckt.

Ullstein Verlag
Ullstein ist ein Verlag der
Ullstein Buchverlage GmbH, Berlin.
Deutsche Erstausgabe
1. Auflage August 2004

Titel der amerikanischen Originalausgabe:
Captain Kilburnie (Naval Institute Press, Annapolis)
Übersetzung: Uwe D. Minge
Umschlaggestaltung: Buch & Werbung, Berlin
Titelabbildung: Ausschnitt aus *Capture of the Guillaume Tell,*
National Maritime Museum, London
Gesetzt aus der Galiard
Satz: Pinkuin Satz und Datentechnik, Berlin
Druck und Bindearbeiten: Ebner & Spiegel, Ulm
Printed in Germany
ISBN 3-548-25911-1

Inhalt

1

Die *Aberdeen*

Nachdem sie ein paar alte Hafenarbeiter zum Tragen ihres Gepäcks angeheuert hatten, trennten sich die Wege von Leutnant Browne und Fergus Kilburnie an der Pier.

»Kilburnie, ich wünsche Ihnen alles Gute auf Ihrem neuen Schiff«, verabschiedete sich der Leutnant der Seesoldaten fröhlich und schüttelte überschwenglich Fergus' Hand.

»Nun, ich bin ganz sicher, daß mir Kapitän Waterbury dieses Schiff nur zugeschanzt hat, weil er denkt, daß der Dienst dort für mich eine härtere Bestrafung darstellt, als gar kein Schiff zu haben«, antwortete Fergus bedrückt.

»Kopf hoch, nehmen Sie es mit Humor, Kilburnie. Wir sind im Krieg, und der Krieg geht seine eigenen Wege, um das Glück zu verteilen. Wer weiß? Sie könnten zufällig in eine spanische Schatzgaleone hineinstolpern und ein fettes Prisengeld einstreichen. Dann kehren Sie nach Schottland zurück, sind reich und berühmt, das ist der Stoff, aus dem man Lieder macht, die in den Kneipen gesungen werden.«

Fergus mußte ihm recht geben. Diese Möglichkeit bestand durchaus als klitzekleine Chance. »Ich hoffe, daß es so kommen wird, Browne. Soweit es das Glück betrifft, meine ich. Allerdings habe ich da im Augenblick so meine Zweifel.«

Browne lachte. »Verdammt, Kilburnie, Sie sind ein typisch pessimistischer Schotte.« Er nahm nochmals Fergus' Hand und schlug kräftig hinein. »Da!« sagte er. »Hier ist ein dicker Batzen irisches Glück für Sie.« Dann klopfte er Fergus auf die Schulter. »Halten Sie die Ohren steif, Kilburnie. Sie haben das Zeug zu einem guten Offizier – jedenfalls auf dem Meer –, und sie werden es weit bringen, falls Sie am Leben bleiben. Also vermeiden Sie tropisches Klima und die Betten verheirateter Frauen, zumindest wenn sie eifersüchtige Ehemänner haben.« Nach diesen Worten zwinkerte Browne Ferguson noch einmal zu und marschierte davon. Sein Mann folgte ihm im Kielwasser.

Fergus' eigener Mann war gewandt genug, um einen Karren anzumieten, da es, wie er in einem fast unverständlichen Westcountrydialekt nuschelte, bis zum Liegeplatz der *Aberdeen* ein weiter Weg war.

Während sie sich ihren Weg über den Stützpunkt suchten, war Fergus so in Gedanken über seine Zukunft in der Navy und sein neues Schiff versunken, daß er das geschäftige Treiben um sich herum kaum wahrnahm. Das hier war der Hafen, von dem Drake losgesegelt war, um die spanische Armada zu schlagen. Hier war der Nährboden, auf dem viele große englische Seehelden gewachsen waren.

Die Gedanken über seine Erniedrigung – und was noch problematischer war, wie er diese Demütigung seiner Familie und seinen Freunden erklären sollte, machten ihn taub für den höllischen Lärm – das Kreischen der Seevögel, das Rattern der schwerbeladenen Rollwagen und das Stimmengewirr Hunderter von Menschen. So verstrickt war Fergus in seine Gedanken, daß es dreier Versuche seines Gepäckträgers bedurfte, seine Aufmerksamkeit zu erlangen.

»Sir, das ist Ihr Schiff, die *Aberdeen.*«

»Oh, ja«, grunzte Fergus geistesabwesend und fischte in seiner Tasche nach einer Münze, um den Mann zu bezahlen. »Bring das Gepäck an Bord.«

Der Mann grinste breit, wodurch ein paar Zahnlücken sichtbar wurden, dann schüttelte er langsam den Kopf. »Nein, Sir, aber danke, ich habe Seiner Majestät Marine vor vielen Jahren gedient und weiß, daß es während eines Krieges die Navy nicht sonderlich kümmert, wie ein Seemann aussieht, solange sie nur genügend Männer erwischen kann.« Mit diesen Worten lud er Fergus' Gepäck ab. »Ich passe auf Ihre Klamotten auf, Sir, bis man Sie oben in Empfang genommen hat.«

Zum ersten Mal warf Fergus einen Blick auf sein neues Zuhause. Innerlich stöhnte er auf. Es handelte sich um ein Linienschiff mit vierundsiebzig Kanonen, aber mit zu veraltetem Riss, um erfolgreich in der Schlachtlinie mitzukämpfen, außer ganz hinten am Schwanz. Waterbury hatte also tatsächlich ein schwimmendes Fegefeuer für ihn ausgesucht, denn auf solch einem Schiff bestand kaum Aussicht, in ein Gefecht verwickelt zu werden und damit die Aufmerksamkeit Ihrer Lordschaften auf sich zu ziehen. Als Folge davon gab es natürlich auch so gut wie keine Möglichkeit zum weiteren Aufstieg. Verdammt!

Schweren Herzens stieg er die Gangway hoch und nahm die Ehrenbezeichnung von zwei Matrosen, einem Bootsmannsmaaten und einem Midshipman entgegen. Der Midshipman hatte ein elfenhaftes Aussehen. Der Junge war vielleicht fünfzehn oder sechzehn Jahre alt, hatte blondes seidiges Haar und einen feinen hellen Teint, allerdings schien er sich in seiner Uniform und auf dem Schiff durchaus wohl zu fühlen.

»Willkommen an Bord von Seiner Majestät Transporter *Aberdeen*, Sir. Ich nehme an, daß Sie Leutnant Kilburnie sind.«

»Ja, der bin ich.«

Der Junge lächelte. »Sehr schön, Sir, der Kapitän bittet Sie, sich sofort nach Ihrer Ankunft bei ihm zu melden. Wenn Sie bitte Hankins folgen wollen, Sir«, der Midshipman deutete auf den Bootsmannsmaaten, »er wird Sie zum Kommandanten führen.«

»Ja, natürlich, aber zuerst, Mister ...?«

»Brooke, Sir.«

»Ja, Mister Brooke sorgen Sie dafür, daß mein Gepäck in meine Kammer gebracht wird und daß der Mann, der es hierher gebracht hat, dies hier bekommt.« Fergus zog eine Münze heraus und händigte sie dem Midshipman aus.

»Jawohl, Sir, sofort, Sir!« antwortete der Midshipman freundlich und legte grüßend die Hand an den Hut.

Während Fergus Hankins nach achtern folgte, sah er sich auf dem Geschützdeck um. In der Nähe des Bugs und des Hecks standen keine Kanonen, und diejenigen, die sich in der Mitte zusammendrängten, sahen kleiner aus, als sie hätten sein dürfen. Außerdem hätte ein Schiff von der Größe der *Aberdeen* vor Männern wimmeln müssen, es waren aber kaum welche zu sehen. War die *Aberdeen* etwa gerade wieder in Dienst gestellt worden? Oder war sie ein Opfer der Pfuscherei in der Admiralität und wartete hier auf die Vervollständigung der Besatzung und der Ausrüstung? Dann erinnerte er sich an Brookes Begrüßung: Seiner Majestät Transporter! Lieber Gott, fuhr es ihm durch den Kopf, ein Transporter! Das ist ja noch schlimmer, als ich befürchtet habe, dachte er verzweifelt. Sein Herz rutschte ihm noch weiter nach unten, sozusagen aus der Hose in die Stiefel! Aber es konnte immer noch schlimmer kommen, alles hing davon ab, was für Güter das Schiff transportierte.

Nun, jetzt war noch Zeit, das herauszufinden. »Hankins ...?«

»Aye, Sir?«

»Was genau transportiert die *Aberdeen*?«

»Oh, alles Mögliche, Sir«, erwiderte der Bootsmannsmaat unverbindlich.

»Aha, und das wäre?«

Hankins hielt vor einer Tür an. »Wir sind da, Sir.« Er grinste plötzlich. »Ich schätze, daß der Kommandant alle Ihre Fragen beantworten kann.« Hankins klopfte, und als er eine bestätigende Antwort hörte, öffnete er die Tür und ging hinein. »Unser neuer Leutnant, Mister Kilburnie, Sir.«

Fergus trat in den Raum, seinen Hut hatte er unter den Arm geklemmt. Nach der Dunkelheit im Gang blinzelte er jetzt in das helle Licht, das durch die Fensterreihe hinter dem Kapitän hereinströmte. »Leutnant Fergus Kilburnie meldet sich zur Stelle, Sir!« schnarrte er mit seiner besten Kommißstimme.

Kapitän Leeks war ein älterer Mann, etwa in den späten fünfziger oder frühen sechziger Jahren. Er hatte eine Mittelglatze, von deren Rand lange, dünne weiße Haarsträhnen bis auf seinen Kragen herabhingen. Sein Gesicht war schmal, ebenso seine langen, feingliedrigen Finger. Wie Fergus an seiner Uniform ablesen konnte, war er Kapitän zur See.

Leeks signalisierte ihm, Platz zu nehmen, dann wandte er sich an seinen Steward. »Wir wollen unseren neuen Leutnant gebührend an Bord willkommen heißen«, sagte er, als der Aufwärter näher herantrat. »Mit einer guten Flasche Sherry, würde ich vorschlagen.« Er sah Fergus prüfend an. »Sie trinken doch ein Glas mit mir, Kilburnie?«

»Natürlich, Sir«, erwiderte Fergus. Die Aufforderung, einen Drink mit dem Kapitän zu nehmen, war natürlich ein Befehl.

Gleich darauf erschien der Steward mit der Flasche und goß zwei Gläser ein. Das erste reichte er dem Kommandanten, das zweite Fergus. Der zog die Blume prüfend ein. Ein wohlbekannter Duft füllte seine Nase, und er lächelte.

»Sie scheinen diesen Sherry zu kennen, Kilburnie«, stellte der Kapitän fest.

Fergus errötete. »Jawohl, Sir. Eine Familie, die ich in Irland gut kannte, hat, nun ja, ein wenig getrunken, genau wie unser örtlicher Vikar.«

Leeks lachte kurz und scharf. »Ein guter Teil davon wird geschmuggelt gewesen sein, möchte ich wetten.« Er hob sein Glas etwas. »Willkommen an Bord, junger Mann. Die *Aberdeen* ist vielleicht nicht das große Los, aber sie ist ein Zuhause.« Nach diesen Worten setzte er das Glas an und leerte es. Der Steward trat sofort vor und füllte es wieder.

»Danke, Sir«, entgegnete Fergus und nahm einen Schluck von seinem Sherry, andächtig genoß er die reichhaltigen Aromen. »Ich bin …«

Leeks hielt inne, dabei blickte er Fergus scharf an. »Ja?« Aber Fergus setzte den Satz nicht fort, die Unterbrechung hatte ihn etwas aus dem Konzept gebracht. »Sie wollten doch nicht etwa sagen, daß Sie froh sind, hier zu sein?« fragte ihn der Kapitän amüsiert. Fergus spürte, daß er wieder rot wurde. »Das dachte ich mir«, kicherte Leeks. Er trank noch einen Schluck und musterte Fergus einen Moment lang, ein feines Lächeln spielte um seine Lippen.

»Junger Mann, Sie wissen genau, warum Sie hier sind, und ich weiß es auch. Ihr Kommandant konnte Sie nicht leiden, oder Sie mochten ihn nicht, oder die Abneigung beruhte auf Gegenseitigkeit. Oder sollte ich mich da irren?« Fergus schüttelte den Kopf und fummelte irritiert an seinem Hut herum. Seltsam, in der Kajüte schien es wärmer zu werden. »Na also, genau, wie ich es mir gedacht habe. Ihr Kommandant Waterbury sah eine günstige Gelegenheit, Sie mir aufs Auge zu drücken, und sich selbst einen neuen Offizier zu besorgen, der mehr seinem Gusto entsprach.« Leeks nippte wieder an seinem Sherry. »Da saß ich nun, der gute, alte, tatterige Kapitän Leeks, Kommandant eines Transporters, ein Mann mit offensichtlich geringem Einfluß. Und nach Alkohol habe ich auch gerochen. Aber hallo, hat sich Waterbury gedacht, dieser Lumpenhund Kilburnie soll entweder in der Anonymität verschimmeln oder mit dem Schiff dieses Mannes ersaufen, wie er es verdient.«

Ja, überlegte Fergus, das waren höchstwahrscheinlich Waterburys Gedanken, ja, genau, so habe ich mir das vorgestellt.

Leeks räusperte sich. »Natürlich bin ich nicht völlig verblödet, obwohl ich alt bin und schon seit Jahren auf dem Altenteil sitzen würde, wenn wir nicht die Streitereien mit den Franzosen hätten.« Er lächelte, aber nicht sehr freundlich. »Mache ich auch auf Sie einen vertrottelten Eindruck, Kilburnie?«

Fergus schluckte schwer. »Nein, Sir«, sagte er mit gepreßter Stimme. Er spürte, daß ihm der Schweiß an der rechten Schläfe herunterlief.

»Gut! Es ist immer wieder ein schöner Trost zu wissen, daß man das Vertrauen seiner Offiziere genießt.« Er wandte sich an den Steward. »Öffne doch bitte ein paar Fenster. Mister Kilburnie scheint es etwas warm zu werden.« Er drehte sich wieder mit einem teuflischen Grinsen auf dem Gesicht zu Fergus um, es war ganz offensichtlich, daß er das Gespräch genoß. »Nun im Ernst, Kilburnie, wissen Sie, warum Sie wirklich hier an Bord der *Aberdeen* sind?«

»Nein, Sir, ja, Sir, nun...« Wie lautete in diesem Fall die richtige Antwort?

Leeks kicherte wieder. »Teilweise haben Sie auf jeden Fall recht, ganz gleich welche Antwort Sie geben, Kilburnie. Aber im Grunde ist die wirklich letzte Ursache für Ihre Anwesenheit auf der *Aberdeen* ganz einfach Glück. Hätte Ihr vormaliger Kommandant einen anderen Offizier im Wartezimmer des Admirals vorgefunden, dann würden Sie jetzt durch die Straßen von Plymouth laufen und sich fragen, wie Sie am schnellsten wieder auf ein Schiff kommen werden, oder wie Sie nach Dover oder Portsmouth gelangen können, wo die Chancen dafür – vielleicht – etwas besser aussehen könnten. Aber die Vorsehung oder Ihr Glück, was auch immer, hat *mich* seinen Weg kreuzen lassen. Er trank seinen Sherry aus, winkte aber den Steward weg. »Ich wußte gleich, worauf er aus war und was er von mir hielt, und ehrlich gesagt, Kilburnie, ich mochte den Mann nicht. Er hat sein erstes Kommando und führt sich schon auf, als ob er ein Admiral der Roten Flagge wäre und auf dem Achterdeck eines Superschlachtschiffs mit hundert Kanonen herumspazieren würde, während ein Stab von Speichelleckern um ihn herumschwirrt, die laut darüber diskutieren, welches Adelsprädikat ihm die dankbare Nation antragen soll.« Eine gewisse Spur von Bitterkeit schwang in Kapitän Leeks Stimme mit. »Also dachte der alte verblödete Kapitän Leeks, vielleicht hat Waterbury dem jungen Mann einen schlechten Dienst erwiesen, einfach indem er es versäumt hat, ihn richtig einzuschätzen.« Leeks Stimme wurde lauter. »Es ist sehr gut möglich, dachte ich, daß Waterbury überhaupt nicht weiß, wie man einem jungen Offizier helfen muß. Vielleicht weiß er gar nicht, was einen guten Offizier ausmacht, weil es so verdammt offensichtlich ist, daß er selbst nie einer sein wird.« Er schlug mit der Faust auf den Tisch, was sein Glas hüpfen ließ. Er schwieg für einen Augenblick, in seinen Augen brannte ein grimmiges Feuer. Dann öffnete er langsam seine Faust und seufzte. »So, Kilburnie«, fuhr er in einem ruhigeren Ton fort, »habe ich mich entschieden, das Risiko einzugehen, einen Mann an Bord zu nehmen, den ich noch nie zuvor gesehen habe.«

Fergus sagte nichts, er war leicht schockiert über den Ausbruch des Kapitäns, aber dann wurde ihm klar, was ihm

Kapitän Leeks anbot, nämlich eine zweite Chance, und eine große Welle der Erleichterung überschwemmte ihn. Er war so erleichtert, daß er fast aufgestöhnt hätte. »Danke, Sir«, sagte er ruhig, »ich werde versuchen, Sie nicht zu enttäuschen.«

Leeks lächelte, diesmal mit großer Wärme. »Sehr gut, Kilburnie«, antwortete er freundlich, dann machte er dem Steward ein Zeichen. »Darauf wollen wir einen trinken.«

Ungefähr eine Stunde später stand Fergus in seiner Kammer und wunderte sich, wie groß sie im Vergleich zu der auf der *Swallow* war. Dann begann er, über die Unterhaltung nachzugrübeln, die er mit Kapitän Leeks geführt hatte.

Fergus hatte erfahren, daß er hier nur deshalb wieder als Erster Leutnant Dienst tat, weil Kapitän Leeks alten Freunden einen Gefallen erwiesen und zwei frisch bestallte Leutnants an Bord genommen hatte. »Es sind nette Burschen, ich habe sie aufwachsen sehen. Aber ihre Väter und Onkels sind der Meinung, daß sie – wie soll ich es ausdrücken – noch etwas mehr Reife brauchen, bevor man sie auf eine Fregatte oder Sloop schicken kann. Ich habe dem zugestimmt.«

Die Midshipmen waren aus demselben Grund an Bord, alte Freunde, ehemalige Kameraden von Kapitän Leeks, hatten ihn gebeten, diese Jungen unter seine Fittiche zu nehmen. »Sie sehen, Kilburnie«, hatte der Kapitän erläutert, »neben ihren offiziellen Aufgaben ist die *Aberdeen* auch noch so eine Art schwimmende Schule, obwohl sicherlich viele behaupten würden, daß ich eine Klippschule führe. Aber in der Hauptsache vermittle ich den Jungs ein wenig Erfahrung, so daß sie, wenn die Zeit kommt und sie auf ein anderes Schiff versetzt werden, eine Ahnung haben, was sie erwartet und, was vielleicht noch wichtiger ist, was man von ihnen erwartet.«

Fergus überlegte, daß Kapitän Leeks und Onkel Jeris in diesem Punkt wohl nicht einer Meinung waren, denn er erinnerte sich noch sehr gut an Onkel Jeris' ernste Vorhaltungen mit dem Tenor, daß man mit der Übernahme einer Bestallung durch den König auch für alles bereit zu sein habe, was die Marine von einem verlangte. Er war etwas erleichtert, als Kapitän Leeks ihm die Aufgaben der *Aberdeen* beschrieb: »Wie Sie schon am Geruch feststellen können, transportieren wir keine Pferde oder Soldaten. Wenn das der Fall wäre, würden wir nicht längsseits an der Pier liegen.« Die Aufgabe der *Aberdeen* war es, Nachschubgüter für die Mittelmeerflotte zu befördern. Es handelte sich dabei um Dinge, welche die Royal Navy bei den Mittelmeeranrainern nicht bekommen konnte oder nicht kaufen wollte: Masten, Spieren, Rahen, Tauwerk, Kanonen, Kugeln und anderen, dringend erforderlichen Nachschub für eine große Flotte. Das alles wurde nach Gibraltar oder andere britische Stützpunkte im Mittelmeer gebracht. Was die *Aberdeen* anging, so erklärte ihm der Kapitän weiter, daß sie ein Linienschiff gewesen war, das erst vor knapp acht Jahren auf einer privaten Werft gebaut worden war. Aber wie das bei so vielen Schiffen der Fall war, hatten die Werfteigentümer soviel Profit wie möglich aus dem Kontrakt schlagen wollen und deshalb das Schiff nicht »exakt nach den Standards der Admiralität« gebaut, daher war sie nach wenigen Jahren für den Einsatz in der Schlachtlinie für untauglich erklärt worden. Der Ausbruch des Krieges hatte sie jedoch davor bewahrt, auf einer Abwrackwerft zu enden. Bewaffnete Transporter wurden gebraucht, und zwar sofort. Folglich hatte die *Aberdeen* alle ihre Geschütze an Land gegeben, mit Ausnahme von acht Vierundzwanzigpfündern auf dem Oberdeck und jeweils zwei Zwölfpfündern auf dem Vor- und Achterdeck, und war wieder in den aktiven Dienst übernommen worden.

Als Fergus eine Bemerkung zu dieser relativ leichten Bewaffnung machte, versicherte ihm Kapitän Leeks, daß kleinere Schiffe die *Aberdeen* in Ruhe lassen würden, weil sie annahmen, daß diese »sie mit einer einzigen Breitseite in die Hölle pusten kann«, und wenn sie auf größere Schiffe traf, »dann werden sie alle bekommen, was ihnen für die Dummheit zusteht, in eine feindliche Schlachtflotte hinzustolpern«. Was ihre Segeleigenschaften anging, so räumte der Kapitän ein: »Sie ist nicht mehr das, was sie mal gewesen ist. Ihr Riß zeigt, daß sie in der Mitte etwas breiter als die neuen Schiffe ist. Und das bedeutet, Mister Kilburnie?« Er blickte Fergus fragend an.

»Sie ist ein paar Knoten langsamer als die neueren Schiffe, Sir.«

»Sehr gut, Mister Kilburnie«, bestätigte Leeks mit allen Anzeichen deutlicher Zufriedenheit.

Fergus teilte ihm seine Bedenken wegen der Besatzung nicht mit. Wenn die Marine die *Aberdeen* nur als geeignet ansah, Versorgungsgüter zu transportieren, waren dann ihre Besatzungsmitglieder lauter Ausgestoßene von anderen Schiffen wie er selbst?

Aber der Kommandant schien seine Gedanken lesen zu können. »Ich bin sicher, daß Sie die Crew so gut finden werden wie die auf der *Swallow* oder der *Athena*. Den einfachen Seeleuten liegt nicht allzuviel daran, die Franzosen und Spanier zu jagen und zu bekämpfen, denn sie sind, anders als die Offiziere, nicht sonderlich an Beförderungen oder der Ehre interessiert. Was die Gefahr angeht, so ist ihr Leben ohnehin gefährlich genug, wie Sie ja selbst wissen. Ich bin stolz darauf, sagen zu können, daß die meisten Männer auf der *Aberdeen* schon eine ziemlich lange Zeit an Bord sind. Schließlich kommen wir ja auch in kein Gefecht, nicht wahr? Die Besatzung scheint mit ihrem Los ganz zufrieden zu sein, daher kann ich mich darauf verlassen, daß die Crew das Rekrutieren übernimmt, wenn ich ein paar Männer brauche.« Für einen kurzen Augenblick zog eine dunkle Wolke über sein Gesicht. »Allerdings muß ich zugeben, daß ich während meiner Dienstzeit auch schon ein paar Männer des Lord Mayor[1] annehmen mußte.«

Fergus kannte das Problem mit den Männern des Lord Mayor. Dabei handelte es sich um Männer, die wegen kleinerer krimineller Taten verurteilt worden waren und die man dann aus den Londoner Gefängnissen aussortiert und auf die Flotte verteilt hatte. Oft verursachten sie mehr Ärger, als daß sie nützten. »Waren Sie mit ihnen zufrieden, Sir?« erkundigte er sich vorsichtig.

Leeks hob die Schultern. »Mit einigen durchaus. Diejenigen, die dankbar dafür waren, daß sie aus dem Dreck des Gefängnisses heraus waren, lernten gewöhnlich das Leben auf der *Aberdeen* zu schätzen – allerdings benötigten einige die ungeteilte Aufmerksamkeit meines Segelmeisters und des Bootsmanns, bis sie ihre Lektion gelernt hatten.« Fergus lächelte bei dem Euphemismus, hinter dem

1 Lord Mayor: Bürgermeister von London (Anm. d. Ü.)

sich höchstwahrscheinlich mindestens ein oder zwei Auspeitschungen verbargen. »Dann gab es da noch ein paar andere Burschen, die ganz und gar unwillig waren, ihren neuen Beruf zu erlernen und ihre Pflicht für den König zu tun.«

»Was ist mit denen passiert?« Fergus hatte die unangenehme Vision einer endlosen Kette von Auspeitschungen vor Augen.

»Man hat ihnen die Gelegenheit zum Desertieren gegeben«, erläuterte ihm Leeks emotionslos. Der Schock, der Fergus bei diesen Worten durchfuhr, mußte ihm an der Nasenspitze abzulesen gewesen sein, denn Kapitän Leeks lachte sofort laut auf. »Vielleicht sollte ich Ihnen das näher erklären, bevor Sie mich für verrückt erklären, Kilburnie. Sehen Sie, ich habe sichergestellt, daß diese Männer Landgang in Häfen bekamen, in denen besonders scharfe Preßgangs unterwegs waren.« Er grinste breit. »Eine Preßgang kann einen Mann, der auch nur einen Tag an Bord eines Schiffes war, in jeder Menschenmenge ausmachen. Diese Männer wurden also wieder eingefangen, bevor sie auch nur Piep sagen konnten, und auf ein anderes Schiff des Königs gebracht, wahrscheinlich zu Kommandanten, die ihnen die Rücken blutig gepeitscht haben. Zwar waren diese Männer und ihre Dienste für die *Aberdeen* verloren, aber sie blieben Ihren Lordschaften und Seiner Majestät erhalten. Falls der eine oder andere doch den Preßgangs entkommen sein sollte, dann ist er mit Sicherheit über kurz oder lang wieder mit dem Gesetz in Konflikt gekommen und ihm wurde der Hals lang gezogen.«

Nach diesem Gespräch führte Kapitän Leeks Fergus durch das Schiff. »Es gibt keine großen Unterschiede zu jedem anderen Schiff – wenn man mal von der Größe absieht.« In einem gewissen Sinne hatte der Kapitän natürlich recht, außer daß Fergus doch gewisse Schwierigkeiten hatte, sich an die großzügigen Flächen und Räume zu gewöhnen, besonders auf dem Geschützdeck, das völlig von Kanonen geräumt und fast ohne Männer war. Als er das gegenüber dem Kapitän erwähnte, lachte dieser. »So geräumig, wie es jetzt erscheint, bleibt es ganz sicher nicht. Wenn wir erst die volle Ladung Nachschubgüter an Bord haben, wird es hier verdammt eng zugehen, das kann ich Ihnen versichern.«

Es fehlte die Zeit, um die ganze Besatzung kennenzulernen, aber der Kommandant stellte Fergus dem Segelmeister und dem Bootsmann vor. Der Master, Duncan MacGregor, war ein Schotte, witzigerweise auch aus Aberdeen, und zu Fergus' Erstaunen auch ein früherer Fischer. Er war groß, hager und knochig gebaut, hatte ein wettergegerbtes Gesicht, die braunen Augen blickten unter buschigen Augenbrauen hervor, und das dunkle Haar mit roten Einschüssen war eine wilde Lockenpracht. Der Gesamteindruck entsprach dem, den ein englischer Künstler üblicherweise mit den Worten »ein wilder Hochländer« umschreiben würde. Wollte man sagen, daß MacGregor schweigsam war, dann war das eine heftige Untertreibung. Er begrüßte Fergus mit einem Laut, den man am besten als Grunzen beschreiben konnte, und als ihn der Kapitän fragte, ob alles zum Auslaufen bereit sei, quetschte er heraus: »Aye, Sir. Wir sind bereit.« Es war einfach, sich MacGregor vorzustellen, wie er im Geschützdeck eine harte, seemännische Gerechtigkeit aufrecht erhielt.

Der Bootsmann war ein kleiner Engländer aus Newcastle mit einem Fettwanst und hieß Danbury. Er begann kahl zu werden, sein schwarzes Haar befand sich im vollen Rückzug aus der Stirn, aber seine Augenbrauen waren dick und buschig, sie schienen ohne jeden Zwischenraum oberhalb seiner nachdenklichen braunen Augen zu verlaufen. Eine Augenbraue wanderte etwas in die Höhe, als er Fergus' Akzent hörte, und Fergus lächelte über diese Reaktion. Wie die meisten Engländer im Grenzgebiet war Danbury wahrscheinlich mit den Geschichten über Gemetzel mit marodierenden schottischen Banden aufgewachsen (genauso wie die Schotten an der Grenze an Geschichten gewöhnt waren, in denen Kämpfe gegen wilde Banden von Engländern eine Rolle spielten).

Die Zahl der Midshipmen – es waren insgesamt sechs – war Fergus zuerst etwas groß erschienen, aber dann erinnerte er sich daran, daß es Leeks Wunsch war, alten Freunden und Kameraden einen Gefallen zu tun, und in diesem Licht erschien ihm die Anzahl durchaus angemessen. Die Jungen schienen älter zu sein als die, welche Fergus auf der *Athena* getroffen hatte. Der Jüngste mochte immerhin fast fünfzehn und der Älteste fast zwanzig Jahre alt sein. Vielleicht, überlegte Fergus, nahm Leeks sie an, um ihnen den nötigen Schliff und die Erfahrung mitzugeben, die sie für das Bestehen der Prüfung brauchten, und um anschließend das Schiff ihrer Träume zu bekommen. Es konnte aber auch sein, daß ihre Familien heftige Zweifel plagten, ob sie überhaupt jemals eine Bestallung bekommen würden, und so hatten sie die Jungen in der Hoffnung bei Leeks abgeladen, ihre Karriere bei der Marine doch noch zu retten.

Was auch immer die Gründe ihrer Anwesenheit auf der

Aberdeen waren, der Gunroom[1] schien eine zufriedene Unterkunft zu sein, und die Midshipmen waren ein lustiger Haufen. Der älteste Midshipman, der zwanzigjährige Adams, hatte nicht den harten Mund und die kalten Augen eines Messetyrannen, statt dessen erinnerte sein Verhalten eher an das eines älteren und dementsprechend weiseren Bruders.

»Ich erwarte, daß Sie einen Teil der Ausbildung der Midshipmen übernehmen, Kilburnie«, wies ihn der Kapitän an, während sie den Gunroom verließen. »Das wird nicht besonders strapaziös sein, denn Danbury, MacGregor und ich werden unseren Unterricht fortführen, aber Sie sollten sich bemühen, ihnen die Grundlagen der Schießkunst beizubiegen.«

»Warum gerade die Artillerie, Sir?« wollte Fergus wissen, überrascht, daß Leeks seine Interessen so gut kannte.

»Das ist ganz einfach, Kilburnie. Ihr früherer Kommandant hat von Ihnen gesagt, ich zitiere ihn wörtlich: ›Kilburnie bezeichnet sich selbst als Fachmann auf dem Gebiet der Artillerie!‹« Er zuckte mit den Schultern. »Nun wollen wir mal sehen, ob da etwas dran ist.«

Was die Mannschaft betraf, so wußte Fergus, daß es einige Zeit dauern würde, bis er die Namen der Männer auswendig wußte, aber sie machten einen kompetenten Eindruck und schienen mit ihrem Leben zufrieden. Wie der Kommandant schon ausgeführt hatte, dürsteten sie nicht nach Ehre und Beförderung – obwohl Fergus als

1 Gunroom: Wohnraum der Midshipmen. Die Bezeichnung rührt daher, daß der Stückmeister (gunner) die Aufsicht über die jungen Gentlemen führte. (Anm. d. Ü.)

gegeben voraussetzte, daß ein gelegentliches Prisengeld immer willkommen war. Er fragte den Kapitän nach den neuesten Nachrichten über die Meuterei, aber der konnte im wesentlichen nur bestätigen, was Kapitän Waterbury schon früher mitgeteilt hatte. Allerdings bezweifelte er, wie er sehr deutlich machte, daß hinter dem Aufruhr tatsächlich die Franzosen steckten. »Die Männer bitten um mehr Heuer, das ist keineswegs erstaunlich, denn die knauserigen Erbsenzähler in der Admiralität haben den Sold nicht mehr erhöht, seit, oh, ich denke mal, ein Stuart Lord High Admiral war. Trotz aller Liebe der Nation für die Teerjacken hat die Admiralität eine merkwürdige Art, sie zu zeigen.«

Fergus stimmte dieser Meinung im großen und ganzen zu, obwohl er natürlich sicher war, daß Onkel Jeris nicht in die Kategorie der »Knauser« fiel.

Der Abend brachte ein angenehmes Dinner und eine ebenso angenehme Unterhaltung nach Tisch mit dem Kapitän. Leeks verfügte über einen riesigen Schatz von Geschichten über die Marine und auch über bekannte Offiziere – nicht immer erschienen diese darin im besten Licht –, trotzdem blieb die Grundstimmung gutmütig. Außerdem verfügte Leeks über einen exzellenten »Weinkeller«, dessen Inhalt er genau wie seine Geschichten gerne zu teilen bereit war. »Reisen von und nach dem Mittelmeer haben auch ihre Vorteile«, versicherte er und zwinkerte Fergus zu. »Besonders weil die Zöllner niemals ein Kriegsschiff des Königs belästigen.«

Bevor er Fergus für diese Nacht entließ, teilte ihm der Kapitän noch mit, daß am nächsten Morgen die Verpflegung und die Ausrüstung geliefert werden sollten. Als Fergus sich erkundigte, was dabei seine Pflichten wären, hatte Leeks geantwortet, am besten wäre es, wenn er der Mannschaft bei der Arbeit zusehen würde. »Schauen Sie erst genau hin, bevor Sie jemandem in den Ohren liegen!« hatte ihm Kapitän Leeks freundlich empfohlen. Trotzdem zuckte Fergus dabei etwas unangenehm berührt zusammen, denn es erinnerte ihn sehr stark an Kapitän Waterburys ständige Ermahnung: »Sehen Sie zu und lernen Sie!« Doch ein leises Gefühl, daß es nicht Kapitän Leeks' Absicht war, ihm dumme Ratschläge zu geben, ließ ihn schweigen.

Tatsächlich begann die Arbeit am nächsten Morgen sehr früh. Noch vor dem Frühstück riggten Danburys Männer Taljen an den Rahnocken, um die Ausrüstung an Bord nehmen zu können, die für heute erwartet wurde. Nicht lange nach dem Frühstück begann Wagen auf Wagen auf der Pier anzurollen, und bald war der Platz ein Durcheinander von knirschenden Tauen, quietschenden Taljen, knarrenden Blöcken, stampfenden Pferden, fluchenden Fuhrmännern, schwitzenden Schauerleuten und brüllenden Seeleuten. Der Kapitän behielt natürlich mit seiner Beschreibung recht, was die *Aberdeen* transportierte: Spieren, Rahen, Maststengen, Anker, Geschützlafetten, Taurollen aller Stärken, Rumfässer, Bierfässer, Fässer mit Zwieback, Kugeln aller Kaliber und Dutzende anderer Dinge. Aus dem Unterdeck hörte man das dumpfe Rumpeln der Ladung, die an dem optimalen Platz verstaut werden mußte, und die Decks erzitterten unter den Aktivitäten.

Danbury bewegte sich mit einer Geschwindigkeit und Beweglichkeit, die Fergus überraschte, denn in der Tat schien er so behende auf den Beinen wie die Jungs, die der Kommandant abgeteilt hatte, Eimer mit Porter für die arbeitenden Männer bereitzuhalten. Danbury war überall, auf dem Hauptdeck, zwischen den Decks, er sprach mit dem Kapitän, bellte die Männer an den Leinen an und beschimpfte im selben Atemzug die Fuhrleute als »eine Bande pockenverseuchter Tölpel«.

Was den Kapitän anging, so wanderte er gelassen herum, beobachtete schweigend die Arbeit, nur ab und zu äußerte er ein paar aufmunternde Worte. Immer redete er die Männer mit ihren Namen an. Manchmal besprach er sich mit Danbury oder MacGregor. Wenn er zufrieden mit dem Fortgang der Arbeit war, setzte er sich auf einen Stuhl, der aus seiner Kajüte an Deck gebracht worden war, und erfrischte sich mit einem Glas Porter.

Zur üblichen Zeit wurde zum Mittagessen gepfiffen und auch zur täglichen Grogausgabe, danach begann wieder die Arbeit. Fergus beobachtete alles und jeden sehr aufmerksam. Er versuchte zusammenzutragen, was er aus dieser relativ weit entfernten Perspektive über die Mannschaft erfahren konnte. Er hätte sich in der Ladeluke oder an der Pier besser gefühlt, wo er arbeiten oder doch etwas tun konnte, was ihn nicht als unnützen Zuschauer dastehen ließ. Als der Nachmittag schon halb vorüber war, bekam er endlich seine Chance. Einer der Midshipmen tauchte vor ihm auf.

»Sir, der Kapitän schickt Ihnen seine besten Empfehlungen und bittet Sie, den Wagen mit dem eingesalzenen Pferd zu kontrollieren, der unten am Kai steht.« In der Sprache der Marine bedeutete »eingesalzenes Pferd« gepökeltes Rindfleisch, das auf den Kriegsschiffen eines der Hauptnahrungsmittel war und wegen seiner fast immer schlechten Qualität von den Seeleuten verabscheut wurde.

»Ist der Kapitän der Meinung, daß damit etwas nicht stimmt?«

»Der Kapitän sagt, der Mann, aus dessen Betrieb es kommt, würde Münzen aus den Augen eines Toten stehlen.«

Aus den Erzählungen seines Onkels Jeris und aus eigener Anschauung wußte Fergus, daß ein großer Teil der Zulieferer von Lebensmitteln für die Marine zu dieser Kategorie gehörte. Nachdem er den Midshipman entlassen hatte, verließ er also das Schiff und marschierte zu dem fraglichen Rollwagen hinüber. Ein riesiger Kutscher stand neben dem Wagen und paffte seine Pfeife. Fergus vermutete, daß er damit den vergeblichen Kampf gegen den Gestank der Pökellake aufgenommen hatte. Ein zweiter Mann, er war etwas besser gekleidet und etwas kleiner, justierte etwas am Geschirr von einem der Zugpferde.

Als Fergus ihnen verkündete, daß er hier sei, um die Fässer zu überprüfen, lächelte ihn dieser freundlich an und flötete: »Natürlich, Sir.« Dann wandte er sich an den Fuhrmann. »He, lade ein Faß ab, damit der Offizier es inspizieren kann.«

Der Mann nickte und kletterte auf den Wagen, dann begann er ein Faß mühevoll herunterzustemmen. »Los«, rief er, »hilf mir.«

Der andere blickte finster und murmelte leise etwas in sich hinein, und beide zusammen schafften es schließlich mit vereinten Kräften, das schwere Faß auf den Erdboden zu wuchten, ohne daß es zerbrach. Allerdings schlug es mit einem lauten Krachen auf das Kopfsteinpflaster auf.

»Wie Sie sehen können, Sir, ist alles hübsch ordentlich versiegelt«, zirpte der kleinere Mann.

»Na schön«, schnarrte Fergus, »öffnen Sie es!«

»Natürlich, Sir«, erwiderte der Kleine geschmeidig. Er nickte dem Fuhrmann zu, der ein Stemmeisen hervorholte und schnell den Deckel aufhebelte, worauf das salzige Aroma des Fleisches sich ausbreitete. Der Kleine grinste Fergus an. »Hier, Sir, wie Sie selbst sehen können, gefüllt bis zum Rand, und das Fleisch ist noch bestens.«

»Ich möchte ein Stück sehen.«

Der Mann griff sofort hinein und packte einen Fleischklumpen. Der größere Kerl legte den Deckel wieder auf das Faß, und der Schleimer deponierte das tropfende Rindfleisch darauf. »Hier, Sir, nur das Beste für unsere Marine.«

Obwohl Fergus die offensichtliche Verlogenheit des Mannes abstieß, mußte er zugeben, daß das Rindfleisch gut aussah. Trotzdem wollte er noch eine Probe ziehen. »Holen Sie noch ein Stück heraus, diesmal von weiter unten.«

»Natürlich, Sir, man kann nicht vorsichtig genug sein.« Nachdem der große Fuhrmann den Deckel weggezogen hatte, legte der Mickerling seinen Überrock ab, rollte den Ärmel seines Hemds in die Höhe und stieß den Arm tief in das Faß. Er fischte ein weiteres Stück Fleisch heraus und klatschte es oben auf das andere. »Auch das hier, Sir, völlig in Ordnung und fachgerecht gepökelt.«

Fergus beugte sich vor, um es genau zu betrachten. Ja, es sah gut aus, in der Tat war es sogar das beste Stück Salzfleisch, das er je gesehen hatte. Er richtete sich auf und sah den kleinen Mann an, der sich vor Zufriedenheit fast überschlug. Plötzlich wurde Fergus siedend heiß klar, daß hier etwas nicht stimmte. Es war nur so ein unbestimmtes

Gefühl, aber es war da. Er grinste den Kleinen breit an. »Ja, das sieht wirklich sehr gut aus. Sie können den Deckel wieder schließen lassen.«

Der kleine Mann griff sich die Fleischbrocken, warf sie wieder in die Lake und wies den Fuhrmann an, das Faß zu schließen. Dann wischte er sich die Hände an den Hosen ab und begann den Ärmel wieder herunterzurollen, dabei pfiff er leise vor sich hin.

»Jetzt werde ich mal ein Faß aussuchen, das wir kontrollieren«, kündigte Fergus in einem freundlichen Ton an.

Der Mann erstarrte und glotzte Fergus mit weit aufgerissenen Augen an. Der Kutscher hielt mitten im Zunageln inne, der Hammer schwebte wenige Zoll über dem Deckel des Fasses. Der Kleine warf dem Fuhrmann einen Blick zu, dann schaute er wieder Fergus an und gewann seine verbindliche Rede zurück. »Warum wollen Sie das sich und uns jetzt antun, Sir?« Theatralisch wischte er sich die feuchte Stirn ab. »Heute ist so ein heißer Tag, und ich bin schon seit früh auf den Beinen, lange bevor der Hahn gekräht hat.«

»Da geht es Ihnen nicht anders als allen Männern auf diesem Schiff und allen ehrlichen Arbeitern hier an der Pier«, stellte Fergus klipp und klar fest. »Ich will in ein weiteres Faß sehen! Jetzt!«

Der Mann blickte jetzt gereizt, seine Freundlichkeit war verflogen. »Nun, dann holen Sie es sich alleine herunter. Ich bin keiner Ihrer verdammten Teerjacken.«

Fergus trat dicht an den Mann heran und lächelte böse. »Nun, Sie scheinen mir ein drahtiger kräftiger Mann zu sein, genau wie dieser starke Kerl hier.« Er deutete auf den Fuhrmann. »Mein Kapitän könnte einen langen Blick auf

Sie werfen und zu der Überzeugung gelangen, daß ihr beide genau die Männer seid, die uns in der Besatzung noch fehlen – besonders für unsere lange Reise nach Westindien.«

Der Man schluckte schwer, und Fergus sah zufrieden, daß der Kutscher die Augen weit aufriß. Beide Männer wußten genau, daß er sie jederzeit in den Dienst pressen konnte. Und da sie aus einer Hafenstadt kamen, wußten sie aus vielen Geschichten, daß Westindien eine gefürchtete Station war, auf der die Seeleute wie die Fliegen an tödlichen Fiebererkrankungen starben.

Die Schultern des Mannes sackten nach unten. »Na, gut«, murmelte er resignierend und schüttelte den Kopf. »Welches?«

Fergus ging um den Wagen herum, da fiel sein Auge auf ein Faß in der dritten Lage von oben, aus dem Salzlake tropfte. »Dies hier.« Die beiden Männer stöhnten in Erwartung der schweren Arbeit auf, aber die Drohung mit der Zwangsrekrutierung tat ihre Wirkung, um jeden Einwand zu verhindern.

Schließlich, nach vielen endlos langen, gemurmelten Flüchen und bösen Blicken, wurde das Faß auf den Boden gefiert. Es schien alt zu sein, aber das allein war noch nichts Schlechtes, denn alle Fässer wurden wieder und wieder verwendet. Allerdings hatte sich entlang der Faßdauben schon ein Saum aus getrocknetem Salz gebildet, und aus dem oberen und unteren Deckel tropfte lustig Lake.

Fergus gab dem Fuhrmann ein Zeichen. »Aufmachen!« befahl er. Der Mann zögerte. »Aufmachen habe ich gesagt!« bellte er. Der Mann zuckte mit den Schultern und hebelte den Deckel auf. Sofort, nachdem das Faß offen war, quoll ein fürchterlicher, fauliger Gestank heraus. Das Fleisch war ganz offensichtlich bereits im Zustand der Verwesung.

»Nur das Beste für unsere Marine, nicht wahr?« fauchte Fergus den kleinen Mann an, der erschrocken an den Wagen zurückwich. Fergus wartete nicht auf die Antwort, sondern ging zu einem der Fässer hinüber, die schon früher abgeladen worden waren. Er schüttelte es, es schien ihm ziemlich leicht zu sein. Er deutete mit dem Finger auf den Deckel. »Das hier auch!«

Der Fuhrmann tat, wie ihm geheißen, und zwar umgehend. Dieses Mal quoll eine schwarze Wolke von Fliegen zusammen mit dem Gestank von verfaultem Fleisch heraus. Als er in das Faß blickte, sah Fergus, daß der größte Teil der Pökellake verschwunden war, daher war das Fleisch nicht mehr bedeckt, über das gierig die Fliegen summten und die Maden krochen.

Er sprang schnell zu dem kleinen Mann hinüber, die Fäuste geballt. »Du diebischer Hundesohn!« zischte er, »dafür werde ich dich hängen lassen.«

Erstaunlicherweise lächelte ihn der Lieferant an. »Nein, Sir«, sagte er glatt, griff in seine Tasche und trat dicht an ihn heran. »Bevor Sie einen Fehler machen, Sir.« Etwas wurde Fergus schnell in die Hand gedrückt. »Hier, Sir.«

Fergus blickte auf seine Hand, in der sich ein kleiner Lederbeutel befand. Er drückte ihn und konnte die Münzen durch das Leder fühlen. Verdutzt über diesen plumpen Versuch, ihn zu bestechen, blickte er den kleinen Kerl an.

Der Mann zwinkerte ihm komplizenhaft zu. »Ende gut, alles gut, nicht wahr?«

Fergus krampfte die Faust um den Beutel, holte aus

und schlug dem Mann, so hart er konnte, ins Gesicht. Der Kleine schrie unterdrückt auf, dann sackte er wie ein Mehlsack zusammen. Anschließend kroch er rückwärts fort, dabei hielt er sich die Hände vor das Gesicht, Blut strömte aus seiner Nase.

Fergus trat an das erste Faß und versetzte ihm einen wütenden Fußtritt, das faulige Fleisch und die Salzlake quollen heraus und ergossen sich über den kleinen Mann, der Fuhrmann sprang angeekelt zur Seite.

»Laden Sie diesen Dreck auf«, Fergus deutete auf den Mann am Boden, »und diesen Abfall auch – und verschwinden Sie aus meinen Augen.« Damit drehte er sich um und ging zu dem Faß hinüber, das ebenfalls faules Fleisch, bestialisch stinkende Lake, dicke grüne Fliegen und Würmer enthielt. Er öffnete den Beutel und hielt ihn über das Faß. Die Augen des Kutschers und des kleinen Mannes schauten ihn bettelnd an. Fergus lächelte grausam und drehte den Beutel um. Die Münzen fielen hinein und verschwanden in dem stinkenden Morast. Er warf den Beutel dem Fuhrmann zu und meinte fröhlich: »Ende gut, alles gut, nicht wahr?« Dann wandte er sich ab und ging zurück zum Schiff.

Während er das tat, merkte er plötzlich, daß ein Dutzend Augenpaare auf ihm ruhten. Er sah sich um und stellte fest, daß die kleine Komödie, die er gerade mit den beiden Männern aufgeführt hatte, zum Mittelpunkt der Aufmerksamkeit auf der *Aberdeen* und am Kai geworden war. Die Männer starrten ihn an. Verlegen wurde er rot. Jemand begann zu lachen, und das Gelächter breitete sich schnell aus. Ganz sicher war er die Zielscheibe dieses Gelächters, seine Wangen begannen zu glühen, und er blickte sich um, wie er am schnellsten wieder an Bord seines Schiffes gelangen könnte. Aber dann stellte er fest, daß niemand in seine Richtung blickte, sondern daß alle zu dem Wagen hinschauten. Er drehte sich um und wurde Zeuge eines einzigartigen Anblicks. Der kleine Mann, der von faulender Pökellake überzogen war, drängte den Fuhrmann, in dem Faß nach den Münzen des Schmiergelds zu fischen. Aber der Fuhrmann stand unbeweglich da, hatte beide Arme vor der Brust gekreuzt und weigerte sich, dem Befehl nachzukommen.

Kapitän Leeks zeigte ganz außerordentlich gute Laune, als Fergus sich bei ihm meldete und seinen Bericht über die Ereignisse abgab. »Verdammt, Kilburnie, wenn Sie kein Salzfleisch mögen, dann hätten Sie das doch nur zu sagen brauchen!« Mit diesen Worten klopfte er Fergus auf den Rücken und rief seinem Steward zu, Wein zu bringen. »Darauf müssen wir einen trinken, denn das ist ein Festtag. Weil Sie das Fleisch haben zurückgehen lassen, haben Sie wahrscheinlich Hunderten von britischen Männern das Leben gerettet. So eine Leistung ist die sofortige Beförderung zum Admiral wert, meinen Sie nicht auch?«

Fergus lächelte dämlich. »Nun, Sir, ich weiß nicht, wie das mit der Beförderung klappen soll, aber ich würde wetten, daß derjenige, der das Fleisch an die Navy verkauft hat, schon mehr Briten auf dem Gewissen hat als die Franzosen.«

Der Kapitän lachte lautstark. »Ganz ohne jeden Zweifel, Kilburnie.« Er unterbrach sich, als der Steward mit dem Wein erschien und zwei Gläser einschenkte. Der Kapitän nahm eins und drückte es Fergus in die Hand, dann nahm er sich das zweite. »Auf Sie, Kilburnie. Eine würdige

Bereicherung der *Aberdeen*: ein ehrlicher Mann, der hart und schnell zuschlagen kann.«

Die Ladearbeiten wurden im Schein von Laternen, des Mondes und der Sterne beendet. »Keine Zeit ist wie die Gegenwart«, pflegte Kapitän Leeks ernst zu sagen, wenn ihn Fergus fragte, ob die Arbeiten weitergeführt werden sollten. »Außerdem wünsche ich, morgen mit der Nachmittagsebbe auszulaufen.«

Da die Midshipmen im Hafen mit den Wachen betraut waren, konnte Fergus in dieser Nacht ohne Unterbrechung durchschlafen. Leider wurde die Stille in seiner Kammer fast bedrückend nach dem Lärm, der am Tage während der Arbeit geherrscht hatte. Wie es ihm vorkam, schwang er stundenlang schlaflos in seiner Koje hin und her und dachte über sein Los in der Marine nach. Zum ersten Mal seit Monaten wanderten seine Gedanken wieder zu Shannon.

Shannon. Ihr Gesicht, ihr Haar, ihre Augen – alles stand ihm wieder vor Augen. Er seufzte laut auf, als er an den Tag auf dem Kirchhof dachte. Vielleicht wäre ich von ihrem Vater erschossen oder durchbohrt worden, falls ich auf ihrer Liebe bestanden hätte, aber vielleicht hätte ich es versuchen sollen, grübelte er. Dann tadelte er sich dafür, daß er an sie gedacht hatte, denn inzwischen waren ...? Ja, wie lange war es her? Fünf lange Jahre waren vergangen, seit er Irland verlassen hatte. Shannon war mit einem großmächtigen Lord mit einem irischen Titel verheiratet, der auch noch einen englischen dazu bekommen würde. Wahrscheinlich hatte sie bereits mehreren Kindern das Leben geschenkt. Falls sie noch lebte – denn bei der Geburt starben die Ladys genauso wie die einfachen Frauen –, würde sie genug auf dem großen Landsitz damit zu tun haben, die feine Dame zu geben, und ganz gewiß auch in einem großen Stadthaus in London. Da blieb keine Zeit, um in Gedanken bei dem Jungen namens Fergus zu verweilen, den sie in Irland geliebt hatte.

Die Vorstellung, ein Mädchen zu finden und zu heiraten, reizte ihn plötzlich. Er lächelte bei dem Gedanken. Im Zwischendeck stand eine Heirat gar nicht erst zur Diskussion (es sei denn, man zählte die Frauen dazu, die für die Hafenzeit zu »Ehefrauen« mutierten). Auch viele Offiziere tobten sich bei Damen aus, die sie bezahlten, und alle fanden das völlig normal, denn in den Häfen blieb den Männern kaum genügend Zeit, sich mal ein ordentliches Zimmer und eine anständige Mahlzeit zu gönnen, geschweige denn, eine Frau kennenzulernen und ihr den Hof zu machen, die für eine Heirat in Frage kam.

Er würde warten müssen. Bis wann? Wann war der Krieg wohl endlich vorüber? Er ging jetzt schon in das fünfte Jahr und zeigte keine Anzeichen, sich dem Ende zu nähern. Und wenn der Tag kam, dann würde man Fergus wahrscheinlich als Leutnant mit Halbsold nach Hause schicken. Nicht gerade eine glänzende Partie für ein Mädchen im heiratsfähigen Alter und mit einem anständigen Lebenswandel. Vielleicht würde er sogar warten müssen, bis er pensioniert wurde – aus Altersgründen, nach einer Verwundung oder weil er am Ende war. Mit einem anständigen Batzen Prisengeld konnte man sich allerdings ein komfortables Pensionärsdasein einrichten. Plötzlich mußte er lächeln, als er sich an die Pläne der Männer auf der *Swallow* erinnerte. Es waren einfache, aufrechte Männer, die sich auf ein einfaches, ehrliches Leben nach der Dienstzeit in der Marine freuten. Nun, da geht es mir nicht anders, dachte er. Ich träume von keiner Admiralsbarkasse, obwohl die Gig eines Kapitäns zur See nicht zu verachten wäre.

Aber bis dahin war es noch ein verdammt langer Weg. Jetzt besann er sich erstmal auf die Geschichten, welche die Männer der *Athena* von den Frauen in Spanien und Italien zum besten gegeben hatte. Vielleicht konnte er etwas »Abwechslung« in Gibraltar oder Menorca finden? Er seufzte zufrieden und sank in Morpheus Arme, wo sich seine Gedanken noch immer um glutäugige Mädchen mit rabenschwarzem Haar und blitzenden weißen Zähnen drehten.

Am nächsten Morgen kam einer der Schiffsjungen in seine Kammer gehastet und kündigte lautstark an, daß er ihm sofort heißes Wasser zum Rasieren bringen werde. Er packte die Kanne und verduftete wieder. Fergus kroch aus seiner Koje und streckte sich. Als er sich nirgends den Kopf stieß, überlegte er, daß das Leben auf einem Linienschiff vielleicht doch gar nicht so schlecht war – wenn man die Langeweile ertrug. Es klopfte kurz an der Tür. Bevor Fergus etwas sagen konnte, trat der Junge mit der Kanne ein und verkündete wieder mit lauter Stimme, daß er ihm heißes Wasser gebracht hatte.

»Du mußt nicht so schreien«, teilte ihm Fergus mit, als der Junge die Kanne abstellte. »Ich befinde mich nicht im Großtopp, sondern nur ein paar Fuß von dir entfernt.«

»Mister MacGregor hat gesagt, daß Sie Artillerist waren«, antwortete der Junge lakonisch.

»Was hat das damit zu tun?« fragte Fergus scharf. Die *Aberdeen* schien wahrlich ein Sammelplatz für Exzentriker zu sein.

»Nun, er behauptet, daß alle Artilleristen taub wären, also hat er uns empfohlen, laut zu brüllen, damit Sie uns auch hören!« Die Stimme des Jungen legte während des Redens noch an Lautstärke zu.

»Ich höre sehr gut!« brüllte Fergus zurück. Dann preßte er fest den Mund zusammen, als ihm bewußt wurde, was er gerade gemacht hatte. »Raus mit dir, du Lümmel!« fauchte er.

Mit einem verwirrten Gesichtsausdruck verschwand der Junge. Jetzt denkt er bestimmt, ärgerte sich Fergus, daß alle Artilleristen nicht nur taub, sondern auch verrückt sind.

Nachdem er sich rasiert und angekleidet hatte, ging er in die Offiziersmesse, einem hellgestrichenen freundlichen Raum, um sein Frühstück einzunehmen.

»Guten Morgen, Kilburnie!« lärmte Danbury.

»O nein, nicht auch noch Sie!« rief Kilburnie aus. »Ich bin nicht taub.«

»Quatsch!« erwiderte Danbury mit lauter Stimme, »alle Artilleristen sind taub.«

Verzweifelt schüttelte Fergus den Kopf und widmete sich seinem Frühstück.

Die Tür öffnete sich, MacGregor trat ein und ließ sich auf seinen Stuhl fallen. Er murmelte etwas über das Wetter.

»Wie? Haben Sie etwas gesagt?« erkundigte sich Fergus.

»Kilburnie hat Sie etwas gefragt«, bemerkte Danbury lautstark.

»Verdammt, es gibt keinen Grund, mich so anzubrüllen«, bellte MacGregor. »Ich bin nicht taub, Kilburnie ist taub!«

»Ich bin *n-i-c-h-t* taub«, schrie Kilburnie die beiden Männer an.

»Quatsch!« antworteten sie im Chor, »alle Artilleristen sind taub.«

Fergus sprang auf die Füße und zeigte drohend mit dem Finger auf sie. »Also, zum letzten Mal, Sie ...« Er hielt mitten im Satz inne, als er bemerkte, daß sich die beiden kaum noch das Lachen verkneifen konnten. »O Gott, ihr verdammten Hundesöhne ...«

MacGregor und Danbury ließen ihrem Gelächter freien Lauf. Fergus setzte sich wieder, sein Gesicht war puterrot angelaufen. Er war von Experten hochgenommen worden und gerade noch einigermaßen gut gelandet.

»Nun sagen Sie mal was, Kilburnie«, drängte ihn Danbury, als er sich endlich wieder beruhigt hatte. »Sie müssen zugeben, daß wir das gut eingefädelt haben.«

Fergus' Ärger verflüchtigte sich fast umgehend, als ihm klar wurde, daß der Scherz in keiner bösen Absicht erfolgt war.

»Ich vermute, daß Sie und MacGregor es faustdick hinter den Ohren haben und gerne im Trüben fischen.«

»Nein, nein«, antwortete MacGregor, »Lachs, das ist mein Fisch.« Er verzog sein Gesicht zu einem schiefen Grinsen. »Guter schottischer Lachs und den findet man nur in klarem Wasser.«

»Ja«, erwiderte Fergus, »ich kenne die Art Fische, die Sie mögen – frisch geköderte Leutnants!«

Die beiden Männer lachten.

»Vergessen Sie es«, meinte Danbury und hob warnend einen Finger. »Das ist noch gar nichts, verglichen mit dem, was unser Medizinmann auf der Pfanne hat.«

»Ein Pillendreher? Ich wußte nicht, daß wir einen an Bord haben.«

»O ja, Chandler heißt er. Er ist ein großer schwerfälliger Kerl mit Händen wie Bratpfannen und Fingern wie Marlspieker. Trotzdem macht er einen ganz passablen Job.« MacGregor nickte zustimmend. »Er ist ein großer Freund von Späßen.«

»Aye«, grunzte MacGregor und zog sich wieder in sein schweigsames Inneres zurück.

»Dann werde ich mich vorsehen«, verkündete Fergus.

Danbury lächelte. »Tun Sie das. Er sieht Sie als Herausforderung an.«

Nach der Musterung kümmerte sich die Mannschaft darum, ob alles darauf vorbereitet war, in See zu gehen. Danbury kontrollierte das stehende und laufende Gut und die Stengen und Rahen. MacGregor warf einen Blick auf schlichtweg alle Teile des Schiffes. Ein Steuermannsmaat war damit beschäftigt, die Kompaßabdeckung auf Hochglanz zu polieren, ein anderer brachte das Ruderrad zum Glänzen.

»Sogar eine verwitwete Herzogin legt Wert auf ihr Aussehen«, kommentierte Kapitän Leeks, der die Arbeiten angeordnet hatte.

Gegen zehn Uhr erschienen drei Offiziere auf dem Landgang. Der eine war ein älterer rundlicher Mann mit einem ziemlich liederlichen, aber militärisch geschnittenen Rock, die anderen beiden waren Leutnants in anscheinend brandneuen Uniformen. Die Kutsche, mit der sie angekommen waren, war hoch mit Gepäckstücken aller Art beladen, dahinter befand sich noch ein kleiner Wagen, auf dem Kisten und Fässer in allen denkbaren Größen lagen, aber alle trugen Etiketten oder Brandzeichen von Brauereien, Schnapsbrennereien und Weinhändlern. Beim Anblick dieser Männer rieb sich Kapitän Leeks erwartungsfroh die Hände.

»Ah, ausgezeichnet, wie ich sehe, hat Chandler an den richtigen Stellen angehalten.«

»Und die waren, Sir?«

»Er mußte sicherstellen, daß die Leutnants am Auslauftag an Bord kommen und daß wir nicht durstig auf unsere lange Reise gehen müssen.« Bevor Fergus fragen konnte, auf was von beidem der Kapitän beim Auslaufen eher verzichtet hätte, deutete Kapitän Leeks zur Gangway. »Gehen Sie und begrüßen Sie Ihre neuen Kollegen, Kilburnie. Die *Aberdeen* ist ein freundliches Schiff. Ich erwarte anschließend die respektvolle Vorstellung der Neuzugänge in all ihrer Pracht.«

Fergus wanderte wie befohlen zum Landgang und begrüßte die drei Männer. Die beiden Leutnants, der eine hieß Starr und war ein dünner Bursche mit sandfarbenem Haar und hellblauen Augen, der Name des anderen war Worthington, der wiederum ein dicklicher Kerl mit großen braunen Augen und dunklem Haarschopf war. Beide waren sichtlich nervös, als sie mit Fergus, ihrem Ersten Leutnant, zusammentrafen. Wenn die wüßten, dachte er.

Chandler gab sich ganz als Weltmann und schlug Fergus leutselig auf den Rücken. Sein Gesicht leuchtete voller Vorfreude darüber auf, daß er ein weiteres potentielles Opfer für seine Späße hatte. »Ah, Kilburnie, nicht wahr?« schnaufte er, als er ihm die Hand schüttelte und ihn dabei musterte wie eine Katze die Maus. »Sehr gut«, schnalzte er.

Fergus informierte die beiden Leutnants, daß der Kommandant sie erwarte, und deutete in Leeks Richtung. Die beiden schnürten etwas beklommen von dannen.

Chandler hatte sich Seeleute besorgt, die das Gepäck der Leutnants über die Gangway und in ihre Kammern schleppten, dann bezahlte er den Kutscher. Inzwischen hatte Danbury eine Talje riggen lassen, und ein paar Männer trotteten zum Wagen, um die wertvolle Ladung in einer Netzbrook zu verstauen. Er drohte: »Wenn einer von euch Kerlen auch nur eine Flasche zerbricht, lasse ich ihm den Rücken blutig peitschen!« Dann wandte er sich an Fergus: »Also, Kilburnie, willkommen auf unserem Schiff. Ich muß Ihnen jedoch die Frage stellen, was der Grund für Ihre Strandung hier ist, denn kein Offizier würde freiwillig auf so einem Schiff anmustern.« Fergus räusperte sich, um ihm zu antworten, aber Chandler hob abwehrend eine Hand. »Nein, nein, bitte nicht, ich kann Ihrem Gesicht ablesen, daß ich eben eine schmerzvolle Erinnerung wach gerufen habe. Und das passiert mir! Einem Arzt! Wie sagen doch die alten Griechen so richtig? ›Als erstes tue kein Übel!‹« Er verbeugte sich leicht. »Ich ziehe mich zurück, Kilburnie. Ich muß mit dem Kapitän konferieren, damit wir bei der Ankunft in Gibraltar Zitronen bestellen.« Er berührte seinen Hut und bewegte sich in Richtung des Achterdecks.

Wie es der Kapitän gewünscht hatte, versegelte die *Aberdeen* am Nachmittag mit dem ablaufenden Wasser von Plymouth hinaus in den Atlantik und aus der Reichweite – wie er hoffte – der marodierenden französischen Freibeuter. Nach ein paar Tagen spielte sich auf der *Aberdeen* die Routine eines Schiffes auf See ein, und Fergus wurde mit ihrem besonderen Rhythmus vertraut. Weil sie so schwer beladen war, lief sie nur eine verhältnismäßig geringe Geschwindigkeit, obwohl Kapitän Leeks es vorzog zu behaupten, daß sie »einen majestätischen Gang« hätte, wenn ihm Fergus mittags das Etmal der vergangenen vierundzwanzig Stunden vorlegte. Die Mannschaft schien zufrieden, und die jungen Leutnants waren begierig, etwas zu lernen und angenehm aufzufallen (genau wie ich, dachte Fergus). Bald herrschte in der Offiziersmesse eine fröhliche Stimmung, die zeitweilig, wegen Chandlers unaufhörlichen Späßen fast absurde Züge annahm. Eines schönen Tages war das Essen von einer übermäßigen Süße, und der Koch konnte nicht erklären, woran das lag. MacGregor wollte den armen Kerl schon zermalmen, bis Leutnant Worthington den Inhalt des Salzfasses prüfte – es enthielt Zucker. Bei dieser erdrückenden Beweislage gestand Chandler, daß er der Schuldige war.

Die Ausbildung der Midshipmen an den Geschützen verschlang einen großen Teil von Fergus' Zeit. Die Schießkunst, das mußte Fergus eingestehen, hatte nichts mit der Kunst und der Wissenschaft der Navigation gemein. Es hatte mehr mit einem guten Auge und natürlich schnellen Reaktionen zu tun. Bei einem Feuergefecht Schiff gegen Schiff mußte der Gegner zusammengeschossen werden, und da dieser naturgemäß dasselbe Ziel verfolgte, gewann immer derjenige, der schneller und präziser feuerte. Daher mußten die Geschützbesatzungen wie gut geölte Maschinen arbeiten, die Männer mußten ihre Aufgaben instinktiv, intuitiv und schnell erfüllen.

Bei dem Training der Midshipmen ließ Fergus sie daher

die unterschiedlichsten Posten an der Kanone einnehmen. Sobald sie die Aufgabe meisterten, die ihnen zugeteilt war, wurde der Platz wieder gewechselt. Fergus vergeudete kein Pulver, bevor er nicht sicher war, daß jeder jeden Posten an der Kanone einnehmen konnte. Dann erlaubte ihm Kapitän Leeks einige Kartuschen abzufeuern und schließlich auch ein paar Kugeln auf ein treibendes Faß. Beim nächsten Geschützdrill bekam Fergus vom Kommandanten die Erlaubnis, die Midshipmen das Geschütz so abfeuern zu lassen, wie es während eines Gefechts der Fall sein würde: fünfzehn Salven so schnell wie möglich hintereinander auf ein schwimmendes Ziel. Am Ende der Übung waren die Midshipmen erschöpft und mit Pulverrückständen beschmiert, aber das Ziel war zu Kleinholz verarbeitet worden. Die übrige Mannschaft, die Augenzeuge des Spektakels gewesen war, applaudierte.

An diesem Abend erklärte Fergus dem Kommandanten, daß er der Meinung war, daß weitere Trainingseinheiten am Geschütz den Midshipmen keinen Nutzen mehr bringen würden. »Es gibt nicht mehr viel, was ich ihnen über das Schießen beibringen könnte, Sir. Sie können auf allen Positionen ihren Mann stehen und schnell feuern, nachladen und wieder feuern. Diese Männer sollen Offiziere werden und keine aktiven Mitglieder von Geschützbesatzungen. Ich kann in dieser Art von Drill keinen Vorteil mehr für die Jungs erkennen.«

»Sie überraschen mich, Kilburnie«, sagte der Kapitän, nachdem er einen Moment nachgedacht hatte. »Da gibt es natürlich die praktische Seite, die Sie mit ihnen geübt haben. Auf ihrem nächsten Schiff sollten diese Männer in der Lage sein, blutige Neulinge zu effektiven Geschützbedienungen auszubilden und eine ganze Batterie gut zu führen. Sie sollen sorgfältig die kleinen Fehler herausfinden, welche den Unterschied zwischen Sieg und Niederlage ausmachen können. Solche Fähigkeiten werden, denke ich, von jedem Kommandanten geschätzt.« Er gönnte sich einen Schluck Sherry. »Aber sie erwerben hier viel mehr als die bloßen Kenntnisse der Schießkunst, sie erwerben Zutrauen in ihre Fähigkeiten. Sehen Sie, diese Jungs sind zu mir geschickt worden, weil ihnen etwas fehlte, nennen Sie es den richtigen Geist oder das Feuer, den oder das ein guter Offizier braucht. Warum dies dem einzelnen nun abgeht, kann ich nicht sagen. Vielleicht sind einige von Natur aus schüchtern, andere entwickeln sich erst später. Trotzdem, in unserer Marine, und lassen Sie es mich aussprechen, auch wenn es sich seltsam anhört, wird der Charakter eines Mannes nur zu oft schon entscheidend geprägt, solange er noch ein Junge ist. Aber das gegenwärtige System hat der Marine gute Dienste geleistet, und wie ein gelehrter Mann einmal festgestellt hat: ›Wenn es nicht notwendig ist, etwas zu verändern, dann ist es notwendig, nichts zu verändern.‹« Er hob die Achseln. »Trotzdem helfe ich in meinem hohen Alter denjenigen ein wenig, die sonst von der Marine übersehen werden könnten.« Leeks lächelte. »Wie es scheint, habe ich mal wieder wirres Zeug geredet, Kilburnie, aber auch das ist eines der Privilegien des Kommandanten, nicht wahr? Ich hoffe, der Punkt, warum ich den Artilleriedrill für so wichtig halte, ist Ihnen klar geworden.«

»Jawohl, Sir, völlig klar.«

Am fünfzehnten Tag der Reise begannen Seevögel über ihnen zu kreisen, und ein paar der älteren Matrosen schworen, daß sie Land riechen könnten. Fergus fühlte einen kleinen Schmerz, denn er wußte, daß einige Meilen an Backbord hinter der Kimm Kap St. Vincent lag, und in diesen Gewässern war Kapitän Burbage gestorben, hatte die *Athena* die schwere Beschießung durch die Spanier erdulden müssen. Verdammt, das war nur wenig länger als ein Jahr her, aber es schien buchstäblich eine Ewigkeit. Er lächelte traurig, als er sich fragte, ob sich sein Schicksal in diesem Jahr wirklich zum Besseren gewendet hätte. Nun, immerhin hatte er eine Bestallung des Königs in der Tasche.

Am nächsten Morgen schob sich die spanische Küste über die Kimm, und bei Sonnenuntergang ragte die Spitze des Felsens von Gibraltar über den Horizont. Am nächsten Tag ließ die *Aberdeen* ihren Anker in dem großen belebten Hafen fallen.

Kapitän Leeks ließ sich umgehend in seiner Gig an Land pullen. Ein paar Stunden später kehrte er zurück. Mit der einen Hand umklammerte er zwei Flaschen und mit der anderen einen dicken Umschlag mit Papieren.

Neugierig, den Inhalt der Papiere zu erfahren, erwartete Fergus den Kapitän am Fallreep.

Leeks reichte ihm zuerst die Flaschen zu. »Hier, Kilburnie, schnappen Sie sich eine für die Offiziersmesse. Es ist bester französischer Brandy.« Fergus nahm die Flasche und murmelte seinen Dank, dabei blickte er bedeutungsvoll auf die Papiere in Leeks anderer Hand. Der Kapitän lachte. »Oh, Kilburnie, Sie zerren an der Leine wie ein Jagdhund. Denken Sie dran, die *Aberdeen* ist ein Transporter und keine Fregatte mit sechsunddreißig Kanonen.« Er lächelte gütig. »Nun, ich weiß, was in den Befehlen steht, also kommen Sie mit in meine Kabine und wir verkosten meine Flasche Cognac, während ich Ihnen erzähle, was sie enthalten.«

Ein paar Minuten später saßen Fergus und der Kapitän zusammen und hielten ihre Gläser mit Brandy in den Händen. Leeks nahm einen großen Schluck und strahlte über das ganze Gesicht. »Das ist schon ein wunderbarer Stoff, nicht wahr, Kilburnie?«

Fergus hatte nur etwas daran genippt, aber er mußte zugeben, daß er gut war, ganz anders als der brennende Whiskey, den er in Irland und Schottland getrunken hatte. »Ja, Sir, sehr gut.«

Leeks nickte bestätigend, nahm noch einen Schluck, dann öffnete er den versiegelten Umschlag. Nach ein paar Minuten, während denen er schweigend las, grunzte er und schob die Papiere zu Fergus hinüber. »Wie Sie sehen werden, Kilburnie, gibt uns der Admiral Befehle, die im wesentlichen mit dem übereinstimmen, was er mir schon bei ein paar Gläschen seines ausgezeichneten Cognacs mitgeteilt hat. Es ist keine dolle Angelegenheit, das kann ich Ihnen versichern.« Leeks faltete seine Hände über dem Bauch und seufzte. »Nachdem wir ein paar Dinge gelöscht haben, die hier von einigen Schiffen benötigt werden, warten wir hier ab, bis wir uns mit einem ziemlich schlagkräftigen Geschwader vereinigen können, das von Lord St. Vincents Flotte detachiert wird. Wir werden gemeinsam mit diesem segeln – solange wir können –, und das heißt, bis wir auf Konteradmiral Nelsons Flotte stoßen.« Wieder ein Schluck Brandy. »Der Admiral hat mir anvertraut, daß gemunkelt wird, daß irgend so ein aufgeblasener französischer General aus Toulon ausbrechen will, wohin ist allerdings unbekannt. Einige tippen auf Neapel, andere denken, daß er Lissabon erobern soll, um Lord St. Vincent eine gute Basis wegzunehmen, von der aus er Cadiz blockieren kann – und dann nach Irland.« Er schüttelte verwundert seinen Kopf. »Also, wirklich, immer diese Gerüchte. Jedenfalls wird Nelson losgeschickt, um herauszufinden, was die Franzosen nun wirklich vorhaben. Ich kann mir nicht vorstellen, daß er mit seinen drei 74ern und ein paar Fregatten mehr ausrichten kann. Das müssen sich Ihre Lordschaften auch gedacht haben, daher hat man entschieden, daß es besser ist, die Franzosen zu stoppen, als ihnen nur zu folgen, aus diesem Grund wird dieses Geschwader detachiert.«

Fergus spitzte die Ohren, als er den Namen hörte. »Ist das derselbe Nelson, der die *Captain* letztes Jahr in der Schlacht bei St. Vincent kommandiert hat? Ich wußte nicht, daß er befördert worden ist.«

Kapitän Leeks nickte. »Genau dieser Nelson. Der Verlust eines Armes verlangsamt seine Karriere keineswegs.« Nachdenklich rieb er sich sein Kinn. »Nelson ist ein merkwürdiger Kerl, hat man mir gesagt. Einige haben mir berichtet, er hätte die Eitelkeit eines Weibes, und auf sehr viele, die mit ihm zusammengetroffen sind, hat er den Eindruck eines völligen Dummkopfs gemacht. Trotzdem gibt es andere, die von ihm sagen, daß er über eine scharfe Intelligenz verfügt und über ein gerütteltes Maß an persönlichem Charme, obwohl das vielleicht das falsche Wort ist. Was immer er wirklich ist, über seine persönliche Tapferkeit und seinen Elan gibt es keinen Zweifel. Er scheint es zu lieben, direkt in die Froschfresser und die Spanier hineinzulaufen, wann immer er ihrer ansichtig wird.«

»Nach der Schlacht traf ich einen Mann, der sehr von Nelson eingenommen war – auf eine Weise, wie ich sie bisher noch nicht erlebt habe«, erinnerte sich Fergus.

»Nun, es gibt viele Männer, deren Charakter sich völlig verändert, wenn sie Pulverdampf schnüffeln, bei einigen zum Besseren, bei anderen zum Schlechteren. Vielleicht ist dieser Nelson einer von denen, die sich zum Besseren verändern.«

Ein paar Wochen später erschienen die Schiffe, die von Lord St. Vincents Flotte abgestellt worden waren, auf der Reede, und für Fergus war das keineswegs zu früh. Gibraltar war ein exotisches Pflaster, und die Frauen – zumindest die spanischen – verkörperten alles, wovon er geträumt hatte. Obwohl er kein Wort Spanisch sprach, entwickelte sich dort vieles recht vorteilhaft für ihn.

Carlita sprach ausgezeichnet Englisch und hatte eine Auffassung von Liebe und Romanzen, die sich ganz erheblich von dem unterschied, was er in Irland und England kennengelernt hatte. Sie waren sich begegnet, als Fergus eines schönen Tages in der Stadt spazierengegangen war und dabei auch ein Damenmodengeschäft aufgesucht hatte. Dazu war es gekommen, weil Kapitän Leeks ihm nahegelegt hatte, Spitze für seine Mutter einzukaufen, aber alle Gedanken an seine Familie waren vergessen, als er Carlita sah. Er hatte zuerst gedacht, daß sie eine der Näherinnen sei, stellte aber später fest, daß ihr der Laden gehörte und sie über diesem auch wohnte. Zwei Tage später teilte er mit ihr das Bett und schlief auch in den sieben folgenden Nächten bei ihr. Es mußte alles wieder ein Ende haben, das wußte er, aber unter dem grellen Licht der spanischen Sonne, über dem tiefen Blau des Mittelmeers und vor dem betörenden Duft der Blumen schien die Zeit langsam und herrlich zu vergehen.

Kapitän Leeks war sehr verständnisvoll gewesen, als Fergus um ein paar Tage Urlaub vom Schiff gebeten hatte. »Aber natürlich, Kilburnie, toben Sie sich nur richtig aus – das heißt, soweit das Ihr schottisches Gewissen erlaubt. Viele Dinge sind in diesem Teil der Welt anders, Sie sollen ruhig erfahren wie anders.«

Am Morgen des Tages, bevor die *Aberdeen* wieder auslaufen mußte, lagen Fergus und Carlita nebeneinander und lauschten auf das Läuten der Kirchenglocken, welche die Gläubigen zur Messe oder zum Morgengebet riefen. Fergus versuchte sich darüber klar zu werden, wie er dieser schönen, leidenschaftlichen Frau beibringen sollte, daß er sie verlassen mußte.

Plötzlich seufzte sie tief auf und umarmte ihn. »Ich liebe die britischen Seeleute«, erklärte sie aus tiefstem Herzensgrund. »Man vergnügt sich für ein oder zwei Wochen, und dann verschwinden sie wieder aus meinem Leben, bevor sie anfangen, mich mit ihrem Gerede über Pferde, Hunde, ihre Schießkünste oder ihre Ehefrauen zu langweilen.« Sie lachte. »Das ist um so vieles angenehmer als mit diesen gottverdammten Soldaten!«

»Was ist, wenn ich nach Gibraltar zurückkomme und dich wiedersehen möchte?« erkundigte sich Fergus spielerisch. »Oder dich heiraten und mit zurück nach Schottland nehmen möchte?« Mit anderen Frauen hätte er sich nicht mal im Traum getraut, über Heirat zu reden – damit sie es nicht etwa für bare Münze nahmen –, aber irgendwie war er sicher, daß Carlita es so verstehen würde, wie es gemeint war: als Scherz.

Sie lachte wieder hell, ihre Augen leuchteten fröhlich. »Oh, du bist verrückt, Fergus. Ich könnte nie in Schottland leben, da ist es zu kalt und naß. Außerdem, wer würde mir Gesellschaft leisten, während du auf See bist?«

»Mit Gesellschaft leisten, meinst du...?« fragte Fergus. Sogar nach einer Woche intensiver Leidenschaft mit ihr war er immer noch von ihrer Offenheit überrascht.

»Exakt! Ich könnte nicht einen eurer Vikare ausstehen, die sind alle viel zu düster und andächtig. Und würde ich mich mit einem deiner Nachbarn einlassen, müßtest du ihn später in einem Duell töten. Deine keltische Ehre würde es verlangen!«

Wenn du meine Frau wärst, überlegte Fergus, wäre ich verrückt, wenn ich mir eine Mätresse nehmen würde, oder, was wahrscheinlicher wäre, zu müde dafür. »Woher weißt du so viel über die keltische Ehre? Wir sind hier in Spanien und nicht in Schottland.«

»Fergus, viele Iren – wie nennt ihr sie doch gleich – ach ja, die Wildgänse – sind nach Spanien ausgewandert, um hier zu leben. Sogar ein paar Schotten wollten nicht unter der Fuchtel eurer – wie sagt man ...?«

»Kirk?«[1]

»Korrekt, eurer Kirk leben.« Sie lächelte vielsagend. »Und auch nicht unter eurem König.« Sie kicherte, als ihr Fergus einen wütenden Blick zuwarf. »Außer der Treue zu ihrem Glauben und ihrem König brachten sie natürlich auch ihre irischen und schottischen Gewohnheiten mit, das schloß die Zweikämpfe für ihre kostbare Ehre ein.«

1 Kirk: Kirche (Anm. d. Ü)

»Nun ja«, meinte Fergus abwehrend, »die Spanier sind doch auch als sehr ehrpusselig bekannt.«

»Ha! Was meinst du, warum diese Iren und Schotten in Spanien einen solchen Erfolg hatten? Der Unterschied lag nur in der Sprache und im Wetter.«

»Du scheinst wirklich eine Menge über die Iren zu wissen, Carlita. Wo hast du das alles gelernt?«

Sie blickte ihm in die Augen. »Der Vater meiner Mutter war ein irischer Soldat, der erst den Stuarts diente, aber dann nach Spanien kam, um seinen Degen lieber einem katholischen Prinzen anzubieten als eurem protestantischen König.« Sie küßte ihn flüchtig. »Daher weiß ich so einiges über die keltischen Ehrbegriffe.«

Verdammt, dachte Fergus, sogar in Spanien kann man diesen verfluchten Iren nicht entrinnen. »Du hast meine erste Frage nicht beantwortet«, neckte er sie.

Sie küßte ihn wieder. »Ich würde dich gerne wiedersehen, Fergus, und es könnte sogar sein, daß wir wieder – wie nennt ihr Engländer es? – einen ›schnellen Galopp‹ miteinander haben. Das heißt, wenn ich dann nicht gerade einen Liebhaber habe: Falls nicht, bist du mir immer willkommen – aber nicht für zu lange.«

Das war eine Ansicht über sexuelle Beziehungen, die die Kirk of Scotland als reinstes Teufelswerk verdammen würde. Natürlich hätten aber die Aktivitäten der letzten Woche für einige Mitglieder der Kirk ausgereicht, um Fergus für ewig und drei Tage ins Höllenfeuer zu schicken. Besonders weil sie sich strafverschärfend in einem Zimmer abgespielt hatten, das mit geschnitzten Figuren dekoriert war, die, wie Fergus wußte, von Katholiken bevorzugt wurden – es handelte sich dabei um ein Kruzifix und eine kleine Statuette der Mutter Maria. Aber, sagte sich Fergus fröhlich, ich bin nicht in Schottland.

Carlita bemerkte das Lächeln und verzog gespielt schmollend den Mund. »Siehst du? Schon denkst du wieder an deine Frau. Bald wirst du anfangen, von ihr zu reden – und ich werde mich schrecklich langweilen.«

Fergus protestierte wieder und beteuerte, daß er nicht verheiratet sei. Sie antwortete ihm, indem sie ihn fest küßte. Als er versuchte, sie fest an sich zu drücken, entzog sie sich seinem Griff und stieg aus dem Bett. Nackt ging sie zum Fenster mit den Sonnenblenden hinüber und plierte hinaus, dann drehte sie sich wieder um und sah ihn ernst an. »Du mußt bald weg, nicht wahr?«

Fergus schwieg einen Augenblick, dann nickte er. »Morgen«, antwortete er ruhig.

Carlita lächelte ein wenig traurig. »Ich wußte es! Ich konnte es letzte Nacht ganz deutlich in deinen Augen lesen.« Sie ging zu einem Schrank, öffnete ihn und begann Kleidungsstücke herauszusuchen. »Ich muß gehen.«

»Warum? Wohin gehst du?« erkundigte sich Fergus ungläubig, während sie sich schnell ankleidete. Für gewöhnlich –, nun, sie hatte es gesagt – hatten sie noch einen »schnellen Galopp« am Morgen.

Sie lächelte über das ganze Gesicht. »Ich renne jetzt nicht zu einem französischen Spion und erzähle ihm von deinen Plänen. Inzwischen kennt die ohnehin die ganze Stadt.« Sie war mit dem Anziehen fertig und ging zu einem kleinen Tisch, über dem ein Spiegel hing. Dort begann sie ihr prachtvolles schwarzes Haar zu bürsten. »Ich habe sehr viel wichtigere Dinge zu erledigen.« Ihr Ton klang ziemlich ernsthaft.

»Geschäfte?« fragte Fergus, der von der Veränderung ihres Tonfalles überrascht war.

Sie steckte sich das Haar auf und nahm einen leichten Spitzenschal von einem Stuhl, dann zog sie die Schublade des kleinen Tischchens auf und entnahm ihr etwas, was wie eine lange Halskette aussah. Sie bestand aus silbernen Perlen, und ein Kreuz hing an ihr. Fergus wußte aus seiner irischen Zeit, daß es sich um einen Rosenkranz handelte, auch so eine papistische Erfindung, vor der man ihn als Kind gewarnt hatte. »Ja, Fergus, so kannst du es nennen.« Sie kam zum Bett, beugte sich über ihn und küßte ihn leicht auf die Lippen. »Ich muß an der heiligen Messe teilnehmen, dann werde ich einen Rosenkranz beten und eine Kerze für dich entzünden.«

Sie streichelte seine Wange mit der Rückseite ihrer Hand und legte ihre Fingerspitzen auf seine Lippen. »Ich möchte, daß du weg bist, wenn ich zurückkomme, mein britischer Seemann. Ich finde lange Abschiedsszenen genauso langweilig wie lange Gespräche über Pferde und Hunde.« Ein Kuß auf die Stirn. *»Vaya con Dios«*, flüsterte sie rauh. Als sie seinen verdutzten Gesichtsausdruck mitbekam, lachte sie wieder hell auf. »Geh mit Gott, du Dummkopf.« Kopfschüttelnd eilte sie zur Tür, drehte sich um und pustete ihm einen letzten Kuß zu. Er zwinkerte, und schon war sie verschwunden. Ihre Schritte verklangen auf der Stiege.

Fergus blieb noch eine Zeitlang im Bett liegen, wie lange genau, wußte er nicht zu sagen – und es interessierte ihn auch nicht. Er lag nur da und lauschte den Geräuschen des Tages: die Vögel zwitscherten, die Leute drängten sich durch die Straße – und er dachte über Carlita nach.

Nein, es war nicht die große Liebe, schalt er sich selbst, aber trotzdem, es war etwas um sie herum, eine strahlende Lebensfreude, die er bei anderen Frauen – selbst bei Shannon – noch nicht entdeckt hatte. Verdammt, dachte er und erinnerte sich an ihre gemeinsamen Nächte und Morgen, die zeitweise ein stürmisches Inferno gewesen waren. Er setzte sich auf und ließ seine Beine eine Zeitlang an der Bettseite herunterbaumeln, dann stand er auf und ging zu dem Stuhl, wo er seine Kleidungsstücke deponiert hatte. Dann rasierte er sich schnell mit lauwarmem Wasser und zog seine Uniform an. Er blickte in den Spiegel und fuhr sich mit den Fingern durch das Haar, er hoffte, daß er respektabel aussah und nicht wie ein Mann, der gerade eine ganze Woche in einem Haus in Gibraltar in den Armen einer schönen Frau verbracht hatte. Er lächelte sein Spiegelbild an. »Und was wäre, wenn ich so ausschauen würde?« sagte er laut und lachte schallend dabei.

Obwohl Carlita keine langen Abschiede mochte, wollte er ihr doch ein paar Zeilen schreiben. Eine kurze Suche im Zimmer förderte aber kein Schreibzeug zutage. Fergus seufzte und setzte sich auf das Bett. Nun, vielleicht konnte er ihr noch von Bord aus einen Brief schicken. Er blickte sich noch einmal in dem Zimmer um, suchte die paar Sachen zusammen, die er mitgebracht hatte, und ging zur Tür. Bevor er sie schloß, drehte er sich um und seufzte. »Geh mit Gott«, flüsterte er in den leeren Raum, schloß endgültig die Tür und machte sich dann auf den langen Rückweg zur *Aberdeen*.

2

Unter Admiral Nelsons Kommando

Am nächsten Morgen schloß sich die *Aberdeen* der Prozession an, die zu Nelsons relativ kleiner Streitmacht stoßen sollten. Kapitän Leeks und Fergus standen neben dem Kompaß und diskutierten über die Schiffe in ihrer Nähe.

»Ein gutes Geschwader«, stellte Kapitän Leeks fest und machte eine weitausholende Armbewegung, die den ganzen Horizont einschloß. »Zehn Schlachtschiffe, 74er, und ein paar Fregatten. Alle guten Schiffe haben auch fähige Kommandanten. Wenn wir nicht gerade auf die gesamte französische Flotte treffen, haben wir im Kampf eine gute Chance.«

»Eine bessere als wir vielleicht glauben, Sir«, erwiderte Fergus. »Auf der *Athena* habe ich ein paar dieser Schiffe im Gefecht gesehen.« Er deutete auf ein Schiff in der Vorhut. »Kapitän Troubridge mit der *Culloden*. Verdammt will ich sein, Sir, aber der Anblick, wie sie auf die Spanier losging, war ein Anblick, der sich einem einprägt, und ich hoffe, daß ich ihn nie vergesse.«

»Ich weiß, was Sie meinen, Kilburnie«, bestätigte der Kommandant. »Ich war mit der Flotte bei den Saintes dabei.« Unbewußt wippte er auf den Ballen auf und ab und lächelte. »Ich sehe es immer noch vor mir. Dutzende Schiffe, Hunderte Segel und Tausende Kanonen. Was für ein Schauspiel! Dann ein französischer Vierdecker, es war die *Ville de Paris*, erinnere ich mich, sie flog in die Luft. Bei Gott, den Tag werde ich mein Lebtag nicht vergessen.«

Fergus drehte sich um und betrachtete die anderen Kriegsschiffe im Umkreis der *Aberdeen*. Er fragte sich, ob die spanischen Seeleute aus der Schlacht bei Kap St. Vincent oder die französischen *Matelots* aus der Schlacht in der Karibik während des amerikanischen Unabhängigkeitskrieges diese Tage nicht lieber vergessen würden; oder war der Eindruck einer solchen Schlacht – jeder Schlacht – so ein gewaltiger Meilenstein im Leben eines jeden Menschen, den man nie aus der Erinnerung tilgen konnte? Ungewollt stand ihm wieder das Bild vor Augen, wie die Geschützpforten der spanischen Schiffe aufklappten und ihn der Anblick der schwarzen Mündungen mit kaltem Grauen erfüllte. Dann erinnerte er sich wieder an Kapitän Burbages blicklose Augen und an die Schreie des Mannes auf dem Tisch des Chirurgen im Orlopdeck. Unwillkürlich zog er den Atem scharf ein.

»Haben Sie etwas gesagt, Kilburnie?« fragte der Kapitän.

»Nein, Sir, ich habe mich nur gerade an … ein Erlebnis erinnert.«

Der Kapitän grinste und rieb sich die Hände. »Ah, an das spanische Mädchen, möchte ich wetten.«

Fergus lächelte nur. Schon die Erwähnung von Carlita

verdrängte die gräßlichen Bilder des Krieges aus seinem Bewußtsein und ersetzte sie durch die wunderbaren Erinnerungen an Carlita. Einen Augenblick lang glaubte er sogar ihren Lavendelduft zu riechen. Sie stellte übrigens das Duftwasser selbst her, hatte er herausgefunden, und er glaubte ihr sprudelndes Gelächter zu hören.

»Kilburnie«, wies ihn der Kapitän freundlich zurecht, »denken Sie nicht zu viel an sie. Wir müssen immer noch ein Schiff führen und dürfen bei der vielen Arbeit nicht schludern.«

»Jawohl, Sir«, erwiderte Fergus, aber nicht an Carlita zu denken, war eine schwierige, wenn nicht gar unmögliche Aufgabe.

Es war eine Sache, daß Ihre Lordschaften eine Anzahl Schiffe zusammenzogen und sie ausschickte, um Nelson zu finden, aber eine ganz andere war es, den Mann aufzuspüren, den sie unterstützen sollten. Ein kleines Schiff, die *Mutine*, wurde ausgeschickt, um Nelson zu finden und ihm die Nachricht von der Verstärkung zu überbringen. Die Flotte tastete sich über das Mittelmeer in Richtung Toulon, in der Hoffnung, daß Nelson mit seinen paar Schiffen dort keine zu enge Blockade unterhielt oder daß er nicht der ganzen französischen Flotte in die Arme gelaufen und in dem ungleichen Kampf zerschmettert worden war. Es herrschte daher große Erleichterung, als sich die Flotte am 7. Juni vor Toulon mit Nelsons Kräften vereinigte.

»Hervorragend! Jetzt werden wir bald Pulverdampf zu riechen bekommen«, erklärte Chandler an diesem Abend beim Essen. »Dieser Nelson ist ein Feuerfresser.« Worthington und Starr schienen über die Aussicht erfreut zu sein, die Degen mit den Franzosen kreuzen zu können, genau wie Danbury und MacGregor.

Kapitän Leeks, den die Offiziere eingeladen hatten, dämpfte jedoch ihren Enthusiasmus. »Wir sollten uns keinen Träumen über Prisengelder und Beförderungen hingeben, Gentlemen. Erinnern Sie sich bitte immer daran, daß die *Aberdeen* ein bewaffneter Transporter ist und nicht in die Schlachtlinie gehört.«

»Ich bin mir ganz sicher, daß ich das dem Kommandanten des französischen Dreideckers mitteilen werde, wenn er sich entscheidet, eine Breitseite auf uns abzufeuern«, entgegnete Chandler hämisch lächelnd.

Leeks nickte. »Nun, das ist das Risiko, welches wir bei unserem Aussehen eingehen müssen, aber ich bin sicher, daß Kilburnie und seine Midshipmen eine gute Figur an den Kanonen abgeben werden.« Rings um die Back wurde verhalten gekichert. Der Kapitän hob warnend den Finger. »Außerdem scheint unser guter Chirurg eine wichtige Sache zu vergessen, falls es dazu kommt, den Gegner anzugreifen. Hat jemand eine Ahnung, was das sein könnte?«

Die Männer am Tisch blickten sich unsicher an und schauten dann wieder auf den Kapitän. Es war Starr, der zuerst piepste: »Sir, ich glaube, ich weiß die Antwort.«

»Ja, Mister Starr«, ermunterte ihn der Kapitän, »würden Sie uns bitte aufklären.«

»Nun, Sir, müssen wir nicht zuerst den Feind ausfindig machen?«

Kapitän Leeks strahlte über das ganze Gesicht. »Mister Starr hat es auf Anhieb getroffen.«

Chandler räusperte sich und hob sein Glas zu einem Toast: »Mein lieber Mister Starr, Sie haben in der Tat völlig recht!«

Ein paar Tage später fand die *Aberdeen* Nelson mit seinem Flaggschiff *Vanguard* in der Bucht in Lee von San Pietro. Als sie näher kamen, wunderte sich Fergus über das Aussehen des Flaggschiffs. Zwei Masten waren völlig verschwunden, und andere Teile des Riggs waren schwer beschädigt. Fergus schnappte sich das lange Fernglas und betrachtete das Schiff sorgfältig. Er fragte sich, was zu tun war. Dann entdeckte er hektische Aktivitäten auf dem Oberdeck des Flaggschiffs. Man setzte gerade ein Boot aus.

Das Boot wurde an das Fallreep gepullt, nahm einen Offizier an Bord und setzte sich in Richtung der *Aberdeen* in Bewegung. Ein ranghoher Offizier kam an Bord. Er stellte sich als der Erste Leutnant der *Vanguard* vor.

»Ich hoffe, daß Sie das, was wir brauchen, an Bord haben. Falls nicht, müßten wir Sie vermutlich längsseits holen und Ihnen die Masten ziehen.«

»Wir haben eine große Auswahl an Masten, Stengen, Spieren und sonstigen Riggteilen sowie Segel in der Ladung. Wie ich das von hieraus beurteilen kann, müßten Sie das meiste davon gut gebrauchen können«, erklärte ihm Kapitän Leeks.

Fergus mischte sich ein. »Was ist mit Ihnen geschehen? So wie das Schiff aussieht, scheinen Sie in einem Gefecht gewesen zu sein.«

Der Offizier pfiff lautlos. »Wir sind in den dicksten und stärksten Sturm gekommen, den ich jemals erlebt habe. Er kam so plötzlich über uns, daß wir nicht mehr die Segel bergen und die Bramstengen streichen konnten. Sie sehen, was dann passiert ist. Wenn es der *Alexander* nicht geglückt wäre, uns in Schlepp zu nehmen, wären wir verloren gewesen. Auch mehrere andere Schiffe wurden beschädigt, aber die konnten die dringlichsten Reparaturen mit Bordmitteln durchführen.«

»Wie können wir Ihnen helfen?« erkundigte sich Leeks.

»Kommen Sie an der Steuerbordseite längsseits. Die *Alexander* liegt an der anderen Seite. Wir können von Ihrem Mast Taljen riggen und die Untermasten so direkt in das Flaggschiff einsetzen. Die oberen Stengen sind leichter und sollten einfacher nach oben gehievt und dann aufgeriggt werden können.«

Nachdem sie längsseits gegangen waren, bewunderte Fergus die Fähigkeiten der Bootsmänner und ihrer Maate, die oben in den Masten ausschwärmten und dabei lange Leinen oder Taljen hinter sich herzogen. Die erfahrenen Unteroffiziere, die von einigen Dutzend Matrosen unterstützt wurden, arbeiteten jeden Tag von der Morgendämmerung an, bis es zu dunkel geworden war, um nochmals in das Rigg zu klettern.

Am vierten Tag, nachdem die Arbeiten abgeschlossen worden waren, beugte sich ein dunkler, schlanker Offizier über die Seite des Flaggschiffs und sprach Fergus an. »Sind Sie nicht Leutnant Kilburnie, der früher auf der *Athena* gefahren ist?«

Fergus schloß seinen leicht offen stehenden Mund, als er Admiral Nelson erkannte. »Ah, jawohl, Sir.«

»Ich fühle mich geehrt, Sie kennenzulernen. Die *Athena* hat ihre Aufgabe ganz ausgezeichnet erfüllt, und Admiral Jervis war sehr davon angetan. Wie ich zu meinem tiefsten

Bedauern hörte, haben Sie dafür aber auch teuer bezahlen müssen und Ihren tapferen Kommandanten verloren.«

»Jawohl, Sir. Danke, Sir.«

»Richten Sie Ihrem Kapitän aus, er soll auslaufen, wenn ich es tue, und mir nach Osten folgen. Bleiben Sie in Sichtweite der Flaggensignale, kommen Sie uns aber nicht in die Quere und bleiben Sie in Lee von uns, falls wir auf die französische Flotte treffen. Viel Glück.«

Die schlanke Gestalt verschwand, und Fergus ging unter Deck, um den Kommandanten über die Befehle zu informieren.

Während der nächsten sieben Wochen hetzte Nelson, der seine Flagge auf der HMS *Vanguard* gesetzt hatte, seine Schiffe auf der Suche nach den Franzosen kreuz und quer über das Mittelmeer. Ein Schiff aus Tunis erzählte von einer französischen Flotte, die nach Sizilien bestimmt sein sollte. Obwohl das bedeutete, daß die Gerüchte über Portugal und Irland wahrscheinlich falsch waren, erleichterte es die Spekulation über das tatsächliche Ziel der Franzosen keineswegs. Weil eine Invasion des Königreichs beider Sizilien befürchtet wurde, lief die Flotte, so schnell sie konnte, die Hauptstadt Neapel an und ankerte am 17. Juni draußen im Golf von Neapel. Aber es wurden keine französischen Schiffe oder Armeen vorgefunden.

Nelson schickte Kapitän Hardy an Land, um Informationen vom britischen Botschafter, Sir William Hamilton, einzuholen, um den Nachschub sicherzustellen, und was am wichtigsten war, um sich der Dienste der neapolitanischen Marinefregatten für Aufklärungsaufgaben zu versichern. Der Nachschub wurde bereitwillig zugesichert, aber die Unterstützung durch die Fregatten wurde den Briten versagt. Kapitän Hardy bekam von Sir William auch nur äußerst wenige nützliche Informationen – außer, daß die Franzosen auf dem Weg nach Malta wären. Fast ohne jede Verzögerung segelte die Flotte zu dieser Insel, die lange eine christliche Festung in einer osmanischen See gewesen war. Am 22. des Monats stieß man auf eine Brigg, und es wurde bekannt, daß Malta tatsächlich von den Franzosen besetzt worden war. Während Nelson noch über dieser bösen Neuigkeit brütete, wurden einige Segel im Südwesten gesichtet. Ein paar Schiffe wurden ausgeschickt, um deren Identität zu klären. Aber bald wurden sie wieder zurückgerufen, und Nelson befahl einen neuen Kurs – nach Ägypten.

Wieder wurde Hardy wegen des drückenden Mangels an Fregatten mit seiner *Mutine* der Flotte vorausgeschickt. Seine Aufgabe bestand darin, festzustellen, ob die Franzosen schon in Ägypten in Erscheinung getreten waren.

Die anderen Schiffe und die *Aberdeen* bemühten sich nach besten Kräften voranzukommen, was zur Überraschung von Fergus sogar ziemlich schnell vonstatten ging. Allerdings war Kapitän Leeks davon keineswegs überrascht.

»Diese Schiffe verfügen über ausgezeichnete Besatzungen, Kilburnie, und werden von guten Männern kommandiert. Dazu kommt noch die Gewißheit, daß die französische Flotte irgendwo da draußen ist.« Er vollführte mit seinem Arm eine weitausholende Bewegung. »Das reicht aus, um jeden Mann anzustacheln, noch ein Knötchen mehr aus dem langsamsten Eimer herauszuholen.«

»Ich hatte wirklich erwartet, daß man uns anweisen würde, irgendwo in Sizilien abzuwarten.«

Leeks schüttelte den Kopf. »Nelson weiß nicht, wo die

Franzosen stecken – das weiß nämlich niemand außer den Franzosen selbst. Deshalb muß er uns dicht beieinander halten für den Fall, daß wir in schweres Wetter kommen«, er machte eine bedeutungsschwere Pause, »oder in schwere Kämpfe.«

Und in der Tat blieb die *Aberdeen* in den nächsten Wochen in der Nähe Nelsons, während dieser seine Streitmacht nach den Franzosen fahnden ließ. Zuerst suchten die Schiffe die Küste von Palästina und Syrien ab, dann die von Zypern und der Türkei. Danach knüppelten sie wieder nach Sizilien zurück – nach Syrakus, um genau zu sein –, um Trinkwasser zu bunkern und um auf alle Fälle mal wieder einen Blick auf die südliche Küste Italiens zu werfen. Aber schon am 23. Juli liefen sie wieder von Sizilien in Richtung der griechischen Inseln aus.

Beim Essen an diesem Abend wunderte sich Fergus laut, warum, um Himmels willen, man in dieser Richtung die Suche fortsetzte. Es war Chandler, der die Achseln hochzog und kund tat: »Nun, das ist der einzige verdammte Ort auf diesem gottverlassenen Teich, an dem wir noch nicht nachgeschaut haben.«

»Verdammt will ich sein«, protestierte Fergus, »die Franzosen könnten doch inzwischen schon den halben Weg nach Irland zurückgelegt oder Lissabon eingenommen haben.«

Chandler schüttelte den Kopf: »Nein, denn dann hätten wir wahrscheinlich irgendwelche Nachrichten bekommen. Wenn die Franzosen in Richtung Westen durchgekommen wären, hätte man Zeter und Mordio geschrien. Meine Vermutung ist, daß sie nach Malta zurückgekehrt sind und sich dort überlegen, was sie als nächstes machen sollen.«

Die anderen Männer stimmten ihm zu, indem sie stumm nickten.

So segelte die Flotte zu den griechischen Inseln, über sich die helle Sonne und um sich herum eine strahlendblaue See. Die Mannschaft begann, über diese Jagd nach einem Phantom zu murren, obwohl die Heiterkeit der Szenerie viel dazu beitrug, die übliche Meckerei zu dämpfen. Kapitän Leeks tat sein Bestes, um seine Besatzung bei Laune zu halten. Er veranstaltete einen Tanzwettbewerb im Hornpipe und ließ, so oft es möglich war, Musik spielen. Es stellte sich heraus, daß Worthington ein ganz passabler Flötenspieler war und der Schiffsarzt recht gut mit der Violine umzugehen wußte. Beide spielten mit gleicher Leichtigkeit die eleganten Werke italienischer und deutscher Komponisten und auch die übermütigen Volksweisen aus der Heimat. Alles zusammen genommen schienen die Männer jedoch zufrieden zu sein, in der vertrauten Umgebung ihres guten Schiffes durch das Mittelmeer zu pflügen. Danbury traf den Nagel wohl auf den Kopf, als er eines Abends berichtete: »Einer der Jungs hat heute zu mir gesagt: ›Mister Danbury, das hier ist jedenfalls viel besser als der mörderische Blockadedienst vor Brest im Februar!‹.«

»Aye«, erwiderte MacGregor lakonisch, »wo er recht hat, hat er recht.«

»Das ist wohl wahr!« stimmte Chandler zu.

Darauf erhob Kapitän Leeks sein Glas: »Der britische Seemann ist ein sehr scharfsinniges Geschöpf. Gott segne ihn!«

Am 28. Juli lief die Flotte in Koróni im Golf von Messenien ein, und Kapitän Troubridge von der *Culloden* wurde an Land geschickt, um bei dem türkischen Gouverneur vorzusprechen, sowohl aus Höflichkeit, als auch um neue Nachrichten einzuholen. Die Besatzung lungerte faul an Deck herum, und die Offiziere drängten sich am Kompaßhaus zusammen. Jeder überlegte, was er wohl sagen könnte, um die Sache in einem guten Licht erscheinen zu lassen. Jedenfalls etwas, was besser war, als der Ausspruch, daß Nelson wieder mal die Absichten des französischen Admirals falsch eingeschätzt hatte.

Fergus bemerkte, daß Kapitän Troubridges Boot zur *Vanguard* zurückkehrte, da das aber keineswegs etwas Ungewöhnliches war, schenkte er dem kaum Aufmerksamkeit. Er beobachtete vielmehr interessiert die Arbeit, die von einigen Matrosen an einer Rah am Großmast geleistet wurde. Es irritierte ihn daher ziemlich, daß die Männer auf der Rah plötzlich zum Flaggschiff hinüberschauten. »MacGregor! Danbury!« rief er zornig, »was treiben diese Männer eigentlich dort oben?«

»Signal vom Flaggschiff, Sir!« kam der Ruf vom Midshipman der Wache.

Fergus drehte sich um und sah, daß Flaggen an den Rahen der *Vanguard* in die Höhe stiegen. Daraufhin marschierte er schnell zurück auf das Achterdeck, um sich mit einem starken Fernglas zu bewaffnen, dabei murmelte er etwas über unnötige Signale, die einem ohnehin genervten Ersten Leutnant nur zusätzliche Arbeit aufhalsten. Als er achtern ankam, war Kapitän Leeks auch bereits an Deck und blickte nach den Signalflaggen. Er schaute den sich nähernden Fergus an, auf seinem Gesicht lag ein breites Grinsen.

»Alle Kommandanten zur Besprechung an Bord! Etwas

liegt in der Luft.« Er hieb mit der Faust in seine andere Hand. »Ich kann es fühlen!«

Fergus entschloß sich, nichts über die kürzlich erfolgte Ermahnung des Kommandanten bezüglich des Transporterstatus der *Aberdeen* zu sagen. »Ich lasse sofort Ihre Gig längsseits holen, Sir, und Ihren Steward wahrschauen, daß er den besten Uniformrock bereitlegt.«

»Ja, ja«, murmelte der Kapitän bestätigend, der ganz offensichtlich mit den Gedanken ganz woanders war.

Das Treffen mit Admiral Nelson dauerte nicht sehr lange, und bald kam Kapitän Leeks Gig wieder längsseits. Fergus stand mit der Ehrenwache an der Fallreepspforte, er war erstaunt darüber, wie flink Leeks das Fallreep heraufkletterte und wie fröhlich sein Gesichtsausdruck war.

Die Bootsmannspfeifen waren kaum verstummt, als der Kommandant ausrief: »Ägypten!«

In seinem Inneren stöhnte Fergus schmerzlich auf. Würden sie nur alle nach Ägypten segeln? Was sollte das bringen? Warum? Um einen leeren Hafen vorzufinden? Aber die Form mußte gewahrt werden, also erlaubte er sich eine kurze fragende Antwort: »Ägypten, Sir?«

»Ja, Kilburnie, Ägypten! Die französische Flotte ist mit Kurs auf Ägypten gesichtet worden!«

Das war die Nachricht, auf die jeder Mann in der gesamten Flotte seit Wochen gewartet hatte.

»Ist man sich da ganz sicher, Sir?«

Leeks riß die Arme in einer ärgerlichen Geste in die Höhe. Jetzt ist keine Zeit für Fragen! Das ist die erste heiße Spur, die wir von den Franzosen seit fast zwei Monaten haben!«

Fergus verstand genug von der Fuchsjagd, um zu wissen, daß auch bei einer heißen Spur die Hunde häufig vom Fuchs überlistet wurden. Aber er entschied sich, diese Tatsache gegenüber dem Kapitän nicht zu erwähnen. »Irgendwelche Befehle, Sir?«

Jetzt war Leeks an der Reihe, erstaunt auszusehen. »Natürlich! Alles klar zum Auslaufen! Wir gehen unverzüglich in See! Das Blut des Admirals kocht!«

Wie es den Anschein hatte, erging es dem Blut des Kapitäns keineswegs anders.

Nach den Wetterbedingungen und nach dem Kalender war es keine außergewöhnlich lange Überfahrt nach Alexandria in Ägypten, das galt auch für die in der Luftlinie gemessene Distanz. Nichtsdestoweniger zogen sich für Fergus die Stunden und Tage endlos hin. Er hatte schon versucht, sich gegen die neuerliche Enttäuschung mit dem Argument zu wappnen, daß sich der türkische Gouverneur geirrt hatte oder daß er gar von den Franzosen dafür bezahlt worden war, falsche Informationen zu verbreiten. Wer konnte das wissen? Die Flotte, die man in Richtung Ägypten hatte segeln sehen, hätte auch die unsere sein können, sinnierte er. Wieso sollte schließlich ein griechischer oder zypriotischer Fischer den Unterschied zwischen einer französischen und einer britischen Flotte kennen?

Aber der Enthusiasmus des Kommandanten war ansteckend, und nach ein paar Tagen war auch er überzeugt, daß »etwas in der Luft lag«, wie der Kapitän es ausgedrückt hatte. Etwas nagte an ihm. Was lag in der Luft? Es war wahrscheinlich viel zu spät, um die französische Armee unter ihrem korsischen General aufzuhalten, allerdings versprach die Aufbringung der Transportschiffe ein hübsches Sümmchen an Prisengeldern. Aber das eigentliche Ziel war und blieb die französische Kriegsflotte, denn deren Beschädigung oder Zerstörung würde nicht nur die Invasionsstreitkräfte buchstäblich auf dem Trocknen sitzen lassen, sondern die Royal Navy würde dann auch die unangefochtene Seeherrschaft im Mittelmeer haben und damit weitere französische Abenteuer unmöglich machen – zumindest über See. Und das galt nicht nur für das Mittelmeer, sondern schloß den Atlantik weitgehend mit ein. Aber würden diese Schiffe noch in Ägypten sein? Diese Frage, dessen war sich Fergus sicher, spukte im Kopf eines jeden Mannes in der Flotte herum, angefangen vom einfachen Seemann bis hoch zum kommandierenden Admiral Nelson. Als Folge suchten angestrengte Augen ständig den Horizont ab, sie suchten nach dem kleinsten Hinweis auf ein Toppsegel, das vielleicht ein Hinweis auf eine Fregatte war, die wiederum auf die französische Flotte hindeuten konnte.

3

Mit Nelson vor Abukir

Am Morgen des 31. Juli 1798 näherte sich die britische Streitmacht der ägyptischen Küste. Flaggensignale wurden auf der *Vanguard* gesetzt, und schon bald darauf segelten die *Swiftsure* und die *Alexander* voraus, um den Hafen von Alexandria aufzuklären. Die Männer, die hoch oben in den Toppen der *Aberdeen* auf Ausguck waren, meldeten bald, daß sie im Hafen viele Masten ausmachen konnten. Aber sie konnten nicht sagen, ob diese zu Kriegsschiffen gehörten. Die Männer drängten sich zusammen, wo immer das möglich war, um einen Blick voraus zu werfen, ihre Augen wanderten von den beiden Schiffen, die vorneweg segelten, zum Horizont und wieder zurück. Die Aufregung und Erwartung schienen körperlich faßbar zu sein. Überall war ein ständiges Gemurmel zwischen den Seeleuten zu hören – manch einer sprach auch mit sich selbst.

Kapitän Leeks stand auf dem Achterdeck, sein Teleskop hatte er ans Auge gepreßt. Unbewußt trat er von einem Fuß auf den anderen. »Kilburnie!« rief er plötzlich. »Schikken Sie einen Midshipman mit einem Glas in den Topp«, befahl er mit einer Stimme, die vor Anspannung gepreßt klang. »Ich will wissen, welche Signale die *Swiftsure* und die *Alexander* setzen! Sofort!«

»Jawohl, Sir«, bestätigte Fergus. Er drehte sich um und befahl einem der Midshipmen, die Order des Kapitäns auszuführen. Der Junge schnappte sich ein Fernglas, legte einen fliegenden Start hin und zischte wie ein geölter Blitz die Takelage des Großmasts hinauf.

Der Kommandant ließ sein Teleskop ein wenig sinken und warf einen Blick zur Seite auf den Midshipman. »Mein Gott, das war der schnellste Start, den ich je von einem der jungen Herrn gesehen habe, wenn nicht gerade zum Essen gerufen wurde.« Er zwinkerte Fergus zu. »Ja, ja, die Jugend.«

»Sir!« rief der Midshipman herunter. »Die *Swiftsure* signalisiert.«

»Sehr gut«, erwiderte Leeks, der seine Hände zu einem Trichter geformt hatte, um sich dem Midshipman verständlich zu machen. »Was für ein Signal?«

»Ich kann in den Hafen hineinblicken, Sir!«

»Verdammt, Kilburnie«, zischte der Kapitän aus dem Mundwinkel Fergus zu, sein Ton offenbarte eine milde Form der Verzweiflung. Er wandte seine Aufmerksamkeit wieder dem Midshipman zu. »Sehr gut, Mister Puller. Würden Sie mir jetzt gütigst mitteilen, welches Signal die *Swiftsure* gesetzt hat.«

»Ich kann kein Kriegsschiff im Hafen sehen, Sir!« brüllte Puller, seine Stimme zitterte vor Aufregung.

Fergus reichte es. »Puller! Der Kapitän möchte wissen …!«

»Kilburnie, seien Sie still, bitte!« unterbrach ihn der Kommandant. »Wie war das, Puller?«

»Kein Kriegsschiff, Sir. Im Hafen, Sir!«

»Sind Sie sicher, Puller?«

Puller suchte den Hafen nochmals mit dem Fernglas ab. »Ich kann keins sehen, Sir.«

Leeks schwieg und schaute angestrengt durch sein Teleskop. »Bei Gott, Puller hat recht. Die *Swiftsure* signalisiert, daß keine feindlichen Kriegsschiffe im Hafen liegen.« Er schob sein Fernglas mit einem lauten Knacken zusammen. »Diese französischen Hurensöhne!« knurrte er ärgerlich. »Wo, zum Teufel, sind sie?« Er atmete tief durch und stieß dann einen abgrundtiefen Seufzer aus. »Nun denn, Mister Kilburnie, rufen Sie Mister Puller an Deck zurück und behalten Sie die *Vanguard* wegen eventueller Signale scharf im Auge.« Der Kapitän wandte sich zum Gehen, blieb dann aber nochmals stehen. »Mister Kilburnie, sollten Sie Mister Puller an die Notwendigkeit erinnern, die Fragen des Kapitäns zu beantworten, seien Sie bitte nicht zu streng mit ihm. Schließlich haben wir sieben Wochen auf einen flüchtigen Blick auf die französische Flotte warten müssen.«

Nachdem die *Swiftsure* und die *Alexander* ihren Kurs geändert hatten, setzte Admiral Nelson den Kurs nach Osten fort. Um vor der Flotte aufzuklären, schickte er die *Zealous* und die *Goliath* zur Bucht von Abukir. Dabei handelte es sich um ein Gewässer, das etwa fünfzehn Meilen von Alexandria entfernt lag. Die *Aberdeen* segelte mit dem Gros der Flotte, die Stimmung an Bord war ausgesprochen düster.

Um 13.30 Uhr wurde zum Mittagessen gepfiffen. In

der Offiziersmesse wurde die Mahlzeit im großen und ganzen in finsterem Schweigen eingenommen. Nur gelegentlich bat jemand um das Salz oder um mehr Wein. Von Zeit zu Zeit murmelte Danbury vor sich hin: »Verdammte Froschfresser!« ohne mit jemand Bestimmten zu reden, und jedesmal erwiderte MacGregor darauf: »Aye!«

Fergus war besorgt. Nach einer siebenwöchigen Hatz durch das Mittelmeer auf der Suche nach dem Feind, der nicht hier zu sein schien, würden auch die besten Besatzungen auf den schneidigsten Kriegsschiffen schwierig und unzufrieden werden. Da man ihnen die Möglichkeit verwehrte, ihre Frustration am Gegner auszulassen, mochte es vorkommen, daß sie Schlägereien untereinander anzettelten, oder, was noch schlimmer war, die allgemeine Disziplin an Bord konnte leiden. Er nahm sich vor, mit dem Kommandanten über dieses Problem zu sprechen und über Lösungen für das Problem ebenfalls. Das Essen war bald beendet, aber so unwillig die Männer gewesen waren, bei Tisch zu reden, so wenig bereit schienen sie auch, wieder zu ihren Pflichten zurückzukehren. Über ihren Köpfen war das schnelle Trampeln von Füßen zu hören.

MacGregor schaute auf und brummte: »Was ist denn da oben los?«

Stimmen, die sich vor Erregung überschlugen, kamen bald zum Geräusch der eilenden Füße hinzu. Danbury rollte mit den Augen. »Verdammt, an Deck gibt es einen Kampf!« Er machte Anstalten aufzustehen. Dann erklangen laute Jubelrufe, die gleich darauf von eiligen Schritten gefolgt wurden. Ein dringliches Klopfen an der Tür folgte.

Fergus warf seine Serviette auf den Tisch und trank den

Rest Wein, der sich noch in seinem Glas befand. »Ich werde nachsehen, was das alles zu bedeuten hat«, knurrte er. Verdammt, dachte er, was ist denn nun schon wieder los? Er trat auf den Gang hinaus und wollte zu Kapitän Leeks Kabine gehen – dabei wäre er beinahe mit dem Kommandanten zusammengestoßen. »Oh, Verzeihung, Sir, aber ich hörte ...«

Kapitän Leeks Augen strahlten, und sein Gesichtsausdruck war überaus fröhlich. »Kilburnie, Starr hat mir gerade eine ausgesprochen gute Nachricht überbracht!« Er drängte sich an Fergus vorbei, der fast von einem atemlosen Starr überrannt worden wäre.

»Oh, entschuldigen Sie bitte, Mister Kilburnie, aber ich muß zurück an Deck«, stieß Starr schnaufend hervor.

»Starr!« rief Fergus verärgert. »Was, zum Teufel, geht hier vor?«

Starr blickte über die Schulter zurück und grinste breit. »Die französische Flotte, Mister Kilburnie. Wir haben sie gefunden!«

Fergus blieb einen Augenblick verblüfft stocksteif stehen, aber die durcheinanderschreienden und ihn fast niederwalzenden Männer aus der Offiziersmesse, die alle an Deck wollten, brachten ihn schnell wieder zu sich.

Draußen an Deck sah Fergus, daß viele Männer in den Wanten hingen oder sich andere Positionen gesucht hatten, von denen sie eine Aussicht auf den Feind hatten. Er schaute sich nach dem Kapitän um, vergeblich, denn der war nirgends zu sehen. Er fing Danburys Blick auf. »Wo ist der Kapitän?« fragte er.

Danbury zeigte mit dem Kopf in Richtung des Fockmasts. Fergus blickte in das Rigg und erkannte den Kapitän, der auf der ersten Saling saß und durch sein Teleskop starrte. Er schaute wieder Danbury an, der die Schultern hob und ihm zuzwinkerte.

Nun, dachte Fergus, wenn das so ist, dann kann ich mir die Sache auch gleich mal selbst anschauen. Er ging nach vorne und enterte im Rigg auf, bis er die Sitzstange des Kommandanten erreicht hatte.

»Ah, willkommen in meinem luftigen Adlernest, Mister Kilburnie«, begrüßte ihn der Kapitän und reichte ihm das Fernglas. »Schließlich haben wir sie doch gestellt. Hier, schauen Sie sich das mal an.«

Fergus stützte sich an den Wanten ab, packte das Glas und betrachtete die Szenerie, die sich vor ihm ausbreitete. Die Bucht bildete einen perfekten Ankerplatz. Vom Westen aus gesehen, hatte sie die Form eines Angelhakens, die Küste im Nordosten bildete den Schaft, dann folgte ein langer sandiger Ausläufer, der zuerst nach Süden, dann nach Westen und schließlich wieder zurück nach Norden verlief. Und wie bei jedem Angelhaken gab es am Ende auch einen Widerhaken. Das war eine massive, flache Erhebung, die vermutlich von Artillerie nur so strotzte. Sie beherrschte die Durchfahrt zwischen drei kleinen Inseln, die in ihrem Schatten lagen, und einer weiteren mit Untiefen umgebenen Insel. Jedes Schiff, das sich dort die Durchfahrt erzwingen wollte, würde für den Versuch schwer zu büßen haben. Sogar der ungestüme Nelson würde das nicht wagen.

Fergus richtete dann das Fernglas auf den westlichen Bereich der Bucht. Er bestand zum größten Teil aus Sand, aber in der Mitte der französischen Schlachtlinie stand ein niedriges Gebäude, das als Abukir Castle bekannt war. Er konnte die schweren Geschütze sehen, die aus den steinernen Schießscharten ragten. Die Umrundung der französischen Landbefestigungen, um an die französischen Schiffe heranzukommen, würde schwierig sein. Nelsons Schiffe passierten unter vollen Segeln von Westen kommend. Fergus wandte jetzt seine Aufmerksamkeit den französischen Schiffen zu und zählte sie sorgfältig. Dreizehn Schlachtschiffe lagen hintereinander in einer leicht gekrümmten Linie, die in etwa in Nordsüdrichtung verlief. Ein paar Fregatten ankerten innerhalb dieser Linie parallel zu den Linienschiffen unter Land als Signalwiederholer. An der Luvseite der Bucht ankerten noch ein paar kleine Schiffe. Bei der näheren Betrachtung der französischen Schiffe stellte er fest, daß sie ungefähr die gleiche Größe wie Nelsons hatten, das heißt, es handelte sich zumeist um 74er oder fast gleichartige Schiffe, allerdings war das achte Schiff in der Linie ein riesiger Dreidecker desselben Typs, den Fergus schon in der Schlacht bei Kap St. Vincent kennengelernt hatte. Er trug höchstwahrscheinlich hundert Kanonen oder mehr und war zweifellos das Flaggschiff des Admirals.

Fergus ließ das Teleskop sinken und gab es dem Kapitän zurück. »Sir, die Franzosen liegen vor Anker und können nicht manövrieren. Ganz sicher verschafft uns das einen Vorteil.«

Der Kapitän überlegte einen Augenblick, bevor er antwortete: »Vielleicht. Aber eine geschlossene Linie von Schlachtschiffen kann eine sehr starke Verteidigungsposition darstellen, Kilburnie, besonders wenn der Admiral klug genug war, zusätzliche Anker ausbringen zu lassen, mit denen er dann durch Hieven und Fieren der Ankerkabel die Stellung seiner Schiffe variieren könnte.« Er blickte wieder prüfend auf die französische Linie. »Aber ich kann nicht sagen, ob der französische Admiral etwas Derartiges befohlen hat.«

»Was bedeutet das für uns?«

»Uns, Kilburnie?« Um Leeks Lippen spielte ein schiefes Lächeln.

»Nun gut, für den Rest der Flotte, Sir?«

»Wenn Admiral Nelson ein bedächtiger, vorsichtiger Mann wäre, würde er den Rückzug nach Osten befehlen und am Morgen angreifen, damit die Froschfresser dann in die tiefstehende Sonne blicken müßten.« Er blickte sich um und legte die Stirn in Falten. »Aber um damit Erfolg zu haben, müßte der Wind drehen, oder wir müßten am Morgen aufkreuzen und dann an der Steuerbordseite der Franzosen zurücklaufen.« Er schüttelte den Kopf, wie um den Gedanken abzuschütteln. »Oder die Franzosen könnten sich entschließen, Anker auf zu gehen und am Morgen über uns herzufallen, oder sie könnten sogar auf den Gedanken verfallen, das Hasenpanier zu ergreifen und sich wieder zu verstecken. Nein, ich bin sicher, daß Admiral Nelsons Absichten so bestimmt sind, wie er es das letzte Mal ausgeführt hat, als ich noch an Bord der *Vanguard* war.«

Fergus kramte in seinem Gedächtnis nach entsprechenden Äußerungen von Kapitän Leeks nach dem Besuch vor ein paar Wochen. »Bitte entschuldigen Sie, Sir, aber ich kann mich nicht daran erinnern, was Admiral Nelson zu Ihnen gesagt hat.«

»Er sagte, wenn wir die Franzosen aufspüren sollten, dann werden wir genau auf sie zuhalten. Daher glaube ich, daß Admiral Nelson beabsichtigt, den Gegner sofort anzugreifen, solange wir noch genug Tageslicht haben.«

»Aber, Sir, das würde bedeuten, daß es eine Nachtschlacht wird. Was ich damit sagen will, ist folgendes: Der Wind wird nach Sonnenuntergang sicherlich etwas schwächer werden, und die Geschwindigkeit der Schiffe wird herabgesetzt werden.«

Der Kapitän zuckte mit den Schultern. »Nur wenige Männer haben den Schneid für eine Nachtschlacht, und das schließt die Franzosen ein. Außerdem wird der französische Admiral der festen Meinung sein, daß wir ihm erst am Morgen unsere Aufwartung machen werden. Allerdings, so wie ich die Franzosen kenne, werden ihn einige seiner Kommandanten bedrängen, uns jetzt anzugreifen, oder sie haben den Admiral schon aufgefordert, zum Angriff zu blasen, als wir vor Alexandria gesichtet worden sind.« Langsam schob er das Teleskop zusammen. »Nein, ein Angriff jetzt verschafft uns den Vorteil der Überraschung.«

Ein Signal stieg auf der *Vanguard* in die Höhe.

»Aha!« sagte Leeks und besah es sich durch sein Fernglas. »Da ist die Antwort auf Ihre Fragen, Mister Kilburnie. Der Admiral weist uns an, die Schiffe klar zum Gefecht zu machen.« Die Männer unten an Deck riefen laut Hurra, auf den Schiffen in der Nähe war es nicht anders. Der Kommandant blickte sich um und wandte sich dann wieder Fergus mit einem Grinsen auf dem Gesicht zu. »Auf geht's, Kilburnie. Ich sollte auf dem Achterdeck sein und mich dort gemäß der Etikette anständig betragen, wie es sich für einen alten Knochen wie mich gehört.« Dabei zwinkerte er ihm zu und machte sich an den Abstieg aus dem Rigg.

Fergus blieb noch lange genug, um einen letzten Blick auf das beeindruckende Bild vor sich zu werfen. Die stolze Reihe der 74er, dazu die kleine *Leander* mit fünfzig Kanonen, die *Vanguard* in der Vorhut und die verankerten französischen Schiffe, alle wurden im warmen Licht des Nachmittags gebadet. Er dachte auch an die *Culloden* und erinnerte sich an ihre Rolle bei Kap St. Vincent. »Oh, jetzt bei einem der Schlachtschiffe an Bord zu sein …«, stieß er schweratmend hervor und begann dann auch den Abstieg.

Die Flotte kam langsam, aber stetig vorwärts. Die Erregung schien die Luft aufzuladen, in den Augen der Männer lag ein seltsames Funkeln, und sie bewegten sich irgendwie bedeutungsvoll über das Schiff. Über dem Schiff lag eine relative Ruhe. Die Männer unterhielten sich nur gedämpft, als ob die Franzosen die Ausgeburt eines allgemeinen Traumes wären, eine Geistererscheinung, die beim Erwachen verschwunden wäre. Worthington und Starr schauten der angreifenden Flotte sehnsuchtsvoll hinterher. Sie wußten, daß Männer, die sie kannten, in dieser Nacht die Gelegenheit bekommen würden, sich unter Feuer zu beweisen. Obwohl diese Gelegenheit auch die sehr reale Chance in sich barg, getötet oder verstümmelt zu werden, beneideten sie ihre Freunde.

Für einen Augenblick warf Fergus einen Blick auf die lächerliche Bewaffnung der *Aberdeen* und erlaubte sich einen Tagtraum darüber, was geschehen würde, falls eine der französischen Fregatten oder Briggs versuchen würde, sie zu attackieren. Er sah sich selbst über ein Geschützrohr visieren und den Feuerbefehl geben, eine Entermannschaft anführen und … Er lachte kurz auf. Halt ein, befahl er sich selbst. Die kleineren französischen Schiffe würden es nicht wagen, sich der *Aberdeen* zu nähern, aus Furcht, von ihr mit einer Breitseite aus dem Wasser gepustet zu werden, und die größeren Schiffe würden ihre wunderbare Verteidigungsposition nicht verlassen, nur um ein altes Linienschiff mit wahrscheinlich vierundsiebzig Kanonen zu jagen, völlig gleichgültig, wie weit es hinter den anderen herhumpelte.

Gegen 17.30 Uhr war die Flotte ungefähr querab von der Insel, und Admiral Nelson befahl, die Schlachtlinie zu bilden. Die *Vanguard* drehte bei, um einige andere Schiffe das Flaggschiff passieren zu lassen, wodurch Admiral Nelson ungefähr in die Mitte der Linie kam. Das Licht wurde milder, als sich die Sonne mehr und mehr der Kimm näherte. Es blieb aber klar genug, daß man jede Einzelheit erkennen konnte, alle Umrisse waren scharf abgegrenzt. Auf allen Schiffen wurden die großen weißen Gefechtsflaggen gesetzt, während sie die Insel Abukir rundeten und in die Bucht hineinstießen. Durch sein Fernglas konnte Fergus Aktivitäten auf den französischen Schiffen und im Fort ausmachen, aber keines der Schiffe schien Vorbereitungen zum Ankerhieven zu treffen.

Eine halbe Stunde später hatten die führenden Schiffe die vorspringende Spitze der Bucht passiert. Jetzt, dachte Fergus, kommt der Augenblick der Wahrheit. Wird der Admiral seine Schiffe hier und jetzt angreifen lassen oder aber, nach reiflicher Abwägung der Situation, bis morgen warten? In der Vorhut fesselte eine Bewegung Fergus' Aufmerksamkeit. Das führende Schiff begann, nach Steuerbord auszuscheren. Das gab den Ausschlag, die Schlacht begann. Signale flatterten an den Flaggenleinen der *Vanguard*: »Vorhut und Zentrum des Gegners angreifen!«

»Es ist gerade 06.00 Uhr am Abend durch«, stellte der Kapitän fest, nachdem er prüfend auf seine Uhr geblickt hatte. Er blickte intensiv zur französischen Schlachtlinie hinüber. »Hm, wie es aussieht, haben die Franzosen soeben begriffen, was da auf sie zukommt. Sie lassen ihre Boote zu Wasser.«

Tatsächlich wurden drüben Boote ins Wasser gefiert, und die Männer darin versuchten offensichtlich, Trossen zwischen den verankerten Schiffen auszubringen. Wie das enden würde, konnte sich Fergus lebhaft vorstellen, denn er wußte, daß man zu diesem fortgeschrittenen Zeitpunkt nur noch einzig und allein dafür sorgen mußte, daß genügend Kugeln und Pulverkartuschen bereitlagen. Verdammt! dachte er, könnte ich doch jetzt auf der *Leander* sein und nicht auf der *Aberdeen*, die abgeteilt war, draußen vor der Bucht auf Schiffe zu warten, die ihrer Hilfe bedurften, weil sie beschädigt waren und manövrierunfähig drifteten.

»Sehen Sie!« rief Worthington und deutete zu den Franzosen hinüber. »Einer versucht Segel zu setzen!«

Das Schiff direkt vor dem riesigen Flaggschiff versuchte tatsächlich, unter Segel zu kommen. Vielleicht hatte sich der französische Admiral dazu entschlossen, sein Glück im freien Wasser vor der Bucht zu versuchen. Aber das bedeutete, daß er jegliche Kommandogewalt über seine Flotte verlieren würde, da seine Schiffe in einem völligen Durcheinander auslaufen und für die im Verband operierenden britischen Schiffe ein leichtes Ziel darstellen würden. Nein, dachte Fergus, die Zeit ist vorbei, um jetzt noch seine Meinung zu ändern.

Die britischen Schiffe rückten unbarmherzig näher, anscheinend völlig ungerührt von den hektischen Aktivitäten auf den französischen Schiffen, die sich gefechtsklar machten. Für Fergus war diese Stille zum Verrücktwerden. Die ganze Szenerie hatte etwas völlig Unrealistisches, absolut Surreales an sich.

»Guter Gott«, rief der Kapitän aus, »seht euch diesen Foley an!«

Mit Foley meinte Kapitän Leeks den Kommandanten der *Goliath*, aber was die Aufmerksamkeit des Kapitäns erregt hatte, war die Tatsache, daß Foley versuchte, die Spitze der Linie zu übernehmen, eine Position, die zur Zeit die *Zealous* inne hatte, die von Kapitän »Sam« Hood kommandiert wurde. Die *Zealous*[1] schien ihrem Namen alle Ehre machen zu wollen, denn sie wollte die Spitze der Vorhut nicht abgeben.

»Aha!« kicherte der Kapitän, »Hood scheint das Rennen nicht so schnell aufgeben zu wollen!« Für ein paar Minuten schien es, als wären Foley und Hood entschlossen, in die Bucht auf gleicher Höhe einzulaufen, falls es denn nötig war. Dann aber ließ sich Hood ein wenig zurückfallen, und die *Goliath* zog vorbei.

Ein paar Minuten später eröffnete die Batterie auf der Insel das Feuer, und Kugeln klatschten in der Nähe der *Goliath* ins Wasser. Dann begannen auch die ersten beiden französischen Schiffe mit dem Feuerkampf. Fergus kannte das Geschoßgewicht, das diese Schiffe mit einer Breitseite auf den Feind schleudern konnten. Ich wette, daß Kapitän Foley jetzt nicht mehr so glücklich ist, daß er die Spitze übernommen hat, dachte er. Trotzdem schienen die *Goliath* und die *Zealous* unversehrt weiter auf den Feind

1 Zealous: eifersüchtig, eifrig (Anm. d. Ü.)

zuzuhalten. Fergus fragte sich, ob die Franzosen durch den unvermuteten Angriff so überrascht waren, daß sie ihre Zielsicherheit verloren hatten. Er spürte, wie sich sein Magen zusammenkrampfte, als er beobachtete, wie Foleys Schiff auf den Bug des vordersten französischen Schiffs zustrebte. Er blickte zu Kapitän Leeks hinüber, und ihre Augen trafen sich. Leeks zog lediglich eine Augenbraue in die Höhe und schaute dann weiter durch sein Teleskop. Es hatte den Anschein, als wollte Foley sein Schiff vor dem Bug dieses Schiffes vorbeilaufen lassen und es dann auf der dem Land zugewandten Seite passieren – und die *Zealous* sowie ein paar weitere Schiffe sollten ihm folgen.

Die Überlegung, die diesem Manöver zugrunde lag, machte durchaus Sinn, denn dann waren die feindlichen Schiffe von beiden Seiten umklammert. In dieser Situation bestand jedoch die große Gefahr, auf Grund zu laufen und damit zu einer Zielscheibe für die Kanonen auf den Schiffen und an Land zu werden. Fergus war bekannt, daß exakte Karten von diesem Seegebiet rar waren, daher mußte Kapitän Foley sehr vorsichtig agieren. Sicher würde er Lotgaste in die Rüsten schicken, welche ständig die Wassertiefe loten und aussingen würden. Außerdem setzte er sein Schiff dem Feuer der Landbatterie aus. Allerdings konnte man kein Anzeichen einer offensichtlichen Besorgnis feststellen, es hatte sogar den Anschein, als ob die *Goliath* ihre Fahrt erhöhte. Ungefähr zehn Minuten nach der Eröffnung des Feuers rundete die *Goliath* den Bug des ersten französischen Schiffs, der *Guerrier*, in der Linie und bestrich es dabei mit einer donnernden Breitseite der Länge nach.

Die Männer der *Aberdeen* jubelten, als sich die *Goliath*

an dem Franzosen vorbeischob, nach Backbord drehte und begann, an der Linie entlangzusegeln.

»Foley hat das Glück des Tüchtigen!« rief Danbury aus, während die *Goliath* das erste Schiff passierte und damit begann, ihre Kugeln in das zweite zu hämmern.

Dann wurde sie langsamer, und es kam Fergus so vor, als ob sie den Anker geworfen hätte, aber bei dem abnehmenden Licht und den dicker werdenden Ballen aus Pulverqualm, die ständig dichter und undurchsichtiger wurden, während das französische Schiff das Feuer erwiderte, wurde es schnell immer schwieriger, den Fortgang der Schlacht zu verfolgen. Die französische Fregatte, die in der Nähe der Spitze der Linie unter Land verankert lag, begann die *Goliath* zu beschießen, und das britische Kriegsschiff antwortete, wenn auch nicht so energisch wie gewohnt, da es in erster Linie das zweite französische Schlachtschiff in der Reihe unter Feuer nahm.

Kapitän Hood beharkte das unglückliche erste Schiff mit einer zweiten mörderischen Breitseite der Länge nach, dann nahm die *Zealous* eine Position querab von eben diesem Schiff ein und beschoß es mit allem, was sie zu bieten hatte – und das war nicht wenig. Als nächstes lief die *Orion* an der Steuerbordseite der *Zealous* vorbei und schob sich zwischen die *Goliath* und die französische Fregatte. Die Luft vibrierte wie unter einem Donnerschlag, als die *Orion* ihre erste Breitseite löste. Die französische Fregatte schien zu erzittern, um sich dann unter dem massiven Kugelhagel aufzulösen, der auf sie niederprasselte. Wie die meisten Linienschiffe war die *Orion* zusätzlich zu ihren etatmäßigen Kanonen noch mit Karronaden ausgerüstet, daher war das Geschoßgewicht einer vollen Breitseite immens.

Eine Bewegung erregte Fergus' Aufmerksamkeit und er richtete das Glas wieder auf den Anfang der französischen Linie, wo auf der *Guerrier* gerade der Fockmast über die Kante ging. Nun, dachte Fergus, das ist doch mal ein herzerwärmender Anblick.

Ein weiteres Schiff – in der zunehmenden Dunkelheit und dem dichten Pulverdampf konnte er nicht erkennen, um welches es sich handelte – rundete das Schiff an der Spitze der französischen Linie und pumpte es wieder mit einer Ladung aus massiven Kugeln voll. Das nächste Schiff jedoch stieß durch die Lücke zwischen der *Guerrier* und dem zweiten Franzosen und begann auf die schon schwer gezeichneten Schiffe einzuhämmern.

»Kilburnie!« rief Kapitän Leeks, »können Sie die *Vanguard* ausmachen?« Er setzte das Teleskop ab. »Dieser verdammte Qualm! Ich kann kaum noch etwas erkennen.«

Fergus strengte seine Augen an, bis sie tränten. Da war etwas. Ein Linienschiff lief an der seewärtigen Seite der Franzosen entlang und feuerte dabei aus allen Knopflöchern. Außerdem hatte es den Anschein, als ob die anderen Schiffe ihm folgten. Die Vorhut und das Zentrum der französischen Linie waren folglich zwischen zwei Reihen britischer Schiffe eingeklemmt. Aber was war mit den Schiffen der französischen Nachhut? Fergus versuchte das zu erkunden, doch die hereinbrechende Nacht und der dicke Rauch ließen ihn nur wenige Details erkennen. Auf den hinteren Schiffen schien einige Aktivität zu herrschen, aber ob sie dazu bestimmt waren, in See zu gehen oder sich auf die Schlacht vorzubereiten, konnte er nicht sagen.

Er schob das Fernglas zusammen. Verdammt, er würde mehr wissen, wenn er auf der *Minotaur* unter Kapitän

Louis oder der *Leander* wäre. Unterdrückt murmelte er einen Fluch über sein verdammtes Pech in sich hinein. »Sir, ich kann kaum Einzelheiten erkennen, allerdings hat es den Anschein, als ob die *Vanguard* die anderen Schiffe auf der seewärtigen Seite der Franzosen anführt.«

»Und was machen die Franzosen, Kilburnie?«

Fergus nahm nicht an, daß der Kapitän wissen wollte, ob die Franzosen kämpften. Das Aufblitzen der Mündungsfeuer war selbst in der dunstigen Finsternis deutlich zu erkennen, und die Schockwellen der Abschüsse konnte man spüren, fast schien die Luft unter ihrer Wucht zu erzittern.

»Auf den Schiffen der Nachhut war einige Bewegung erkennbar, aber was da genau passierte, kann ich nicht sagen.«

Der Kommandant verdaute die Neuigkeiten einen Moment lang, dann sah er Fergus an, und sein teuflischer Gesichtsausdruck wurde traurig. »Nun denn, Mister Kilburnie, wir müssen auf unserer Position bleiben, wie es Admiral Nelson befohlen hat!« Er blickte in Richtung der tobenden Schlacht und schüttelte betrübt den Kopf. Dann öffnete er den Mund, als ob er etwas sagen wollte, preßte schließlich aber wieder fest die Lippen aufeinander und schüttelte seinen Kopf.

Fergus schob sich dicht an ihn heran. »Läuft da irgend etwas verkehrt, Sir?«

Leeks seufzte tief auf. »Einen Augenblick lang habe ich mit dem Gedanken gespielt, zum Ende der französischen Linie zu segeln, Kilburnie, um dort etwas Unheil zu stiften.« Er machte eine ausholende Handbewegung über die *Aberdeen* hin. »Aber es wäre weder klug noch richtig, von den Männern zu verlangen, daß sie für meine Geltungssucht eine schwere Beschießung erdulden müßten«, sagte er resignierend. »Trotzdem«, stellte er leichthin fest, »bin ich froh zu wissen, daß ich immer noch genug Mumm für einen Kampf habe.« Er rieb sich vergnügt die Hände. »Trommeln Sie bitte die Besatzung zusammen.«

»In Ordnung, Sir«, bestätigte Fergus und jagte zwei Midshipmen los, um alle Besatzungsmitglieder nach achtern zu beordern.

Da sich die meisten ohnehin an Deck befanden, waren bald alle versammelt. Im Licht von Laternen hielt Kapitän Leeks eine Ansprache.

»Männer, wir wissen alle, daß die Flotte in ein schweres Gefecht mit den Franzosen verwickelt ist. Bevor wir durch die Dunkelheit und den Pulverqualm den Überblick verloren haben, sah es so aus, als ob unsere Schiffe den Franzosen das Fürchten beibringen würden, aber das Kriegsglück ist ein launisch Ding, wie wir alle wissen, und dieses riesige französische Monster im Zentrum kann durchaus die *Vanguard* vernichten, genau wie es jedes andere Schiff, das ihm zu nahe kommt, in eine mastlose Hulk verwandeln kann.«

Unter den Männern hob ein unterdrücktes Gemurmel an. »Glaubt bloß nicht, das könnte nicht passieren, Jungs. Welche Eigenschaften auch immer den Franzosen fehlen mögen, nach meiner langen Erfahrung gehören persönlicher Mut und Tapferkeit nicht dazu. Und, mit ein wenig Glück, kriegt auch mal ein Franzose einen guten Schuß hin – oder auch zwei.« Einige der Männer glucksten. »Aber ich denke nicht, daß dies der Fall sein wird, weil wir die Überraschung und die Schnelligkeit auf unserer Seite hatten. Weiterhin hat Mister Kilburnie verdächtige Aktivitäten auf den Schiffen der Nachhut beobachtet. Wie mir scheint, haben diese Messieurs keinen Appetit auf eine saftige Mahlzeit aus kernigen Traubengeschossen und deftigen Kettenkugeln.« Gelächter brandete auf. »Daher ist durchaus denkbar, daß sie sich im Schutze der Dunkelheit auf französisch verabschieden wollen.« Er machte eine Pause und fügte dann warnend hinzu: »Sollten uns die Franzosen über den Weg laufen, dann müssen wir bereit sein, unseren Anteil zu leisten.«

Fergus war baß erstaunt. Leeks wußte genau, daß es der *Aberdeen* schwer genug fallen würde, eine Brigg mit zehn Kanonen in einem ehrlichen Kampf zu schlagen, von einem Gefecht gegen einen französischen Zweidecker ganz zu schweigen. An diesen gottverfluchten Dreidecker wollte er lieber erst gar nicht denken. Aber jetzt redete er davon, als wäre das die natürlichste und einfachste Sache auf dieser Welt.

Kapitän Leeks fuhr fort, als ob er Fergus' Gedanken gelesen hätte: »Nun werden einige von euch zweifellos denken, daß ich dieses Monster von einem Dreidecker anzugreifen beabsichtige, wenn sich mir die Gelegenheit bietet. Aber ich kann euch versichern, obwohl wir seit zwei Monaten unter dieser heißen Sonne rösten, ist mein Verstand noch nicht eingetrocknet.« Wieder klang Gelächter auf. »Trotzdem könnte es geschehen, daß ein französisches Schiff auf der Flucht wegen des massigen Rumpfs, der plötzlich dräuend vor ihm aufragt, in Panik gerät und die Flagge streicht oder auf Schiet läuft, um zu vermeiden, daß es so zu Kleinholz verarbeitet wird, wie seine Kameraden da achtern in der Bucht.« Kapitän Leeks zog ein strenges Gesicht. »Also paßt gut auf, Männer! Wir müssen schon so ungefähr wissen, gegen was wir kämpfen, bevor ich die *Aberdeen* bei irgendeinem Schiff längsseits lege.«

Die ganze Nacht über wendete und halste die *Aberdeen* östlich der Bucht. Die Geräusche der tobenden Schlacht erschütterten das Schiff, und der Gestank von Schießpulver und brennendem Holz lag schwer in der Luft. Etwa in der Mitte der französischen Linie begann gegen 09.00 Uhr nachts ein Feuerschein zu lodern, der von den Schwaden aus Pulverdampf reflektiert wurde. Ganz offensichtlich stand ein großes Schiff in Flammen. Das Feuer wurde immer größer und heller, bis in der Mitte der Bucht ein Flammenturm zu stehen schien. Der Gefechtslärm schien ein wenig nachzulassen, als ob alle fasziniert bei ihrem mörderischen Tun eingehalten hätten, um diese spektakuläre Feuersbrunst anzuschauen. Plötzlich beleuchtete ein greller Blitz die Szenerie, so hell wie das Licht der Sonne am Tage, nur Sekunden später vernahmen sie ein gewaltiges Grollen und dann eine donnernde Explosion.

Völlig gelähmt durch dieses Spektakel schwiegen alle. Nach ein paar Minuten ging Fergus an die Heckreling, wo der Kommandant stand und in Richtung der Schlacht blickte. »Verflucht, Kilburnie, das Pulvermagazin muß explodiert sein!« schnarrte er rauh, als sich Fergus näherte.

Das ist wohl wahr, dachte Fergus, aber das Magazin welchen Schiffes? Und was war mit den Schiffen passiert, die eventuell längsseits gelegen hatten?

Der Kapitän lief an der Heckreling entlang, und Fergus folgte ihm. »Kilburnie, inspizieren Sie das Schiff. Nach einer so gewaltigen Explosion weiß man nie, ob sich nicht etwas gelöst oder gelockert hat. Nehmen Sie sich den Zimmermann mit und checken Sie alles unter Deck durch. Ich werde Mister MacGregor anweisen, sich um die Masten und Segel zu kümmern.«

Fergus nickte, und nachdem er den Zimmermann gefunden hatte, stiegen sie beide in die Eingeweide des Schiffes, um dort die wichtigsten Verbände und Plankenstöße zu inspizieren. Alles war in Ordnung, aber die Inspektion dauerte länger, als er angenommen hatte, weil alle Männer, die sich unter Deck aufgehalten hatten, ihn mit der Frage bombardierten, was oben passiert wäre. Als er wieder hinaus auf das Deck trat, wurde Fergus sofort mit etwas Sonderbarem konfrontiert: Es herrschte völlige Stille. Er machte Kapitän Leeks an der Heckreling Meldung und erwähnte diese Tatsache.

«Ist schon eine komische Sache«, antwortete der Kommandant. »Ich habe das in den ersten Minuten gar nicht mitbekommen. Vielleicht hat die Explosion alle schockiert, oder aber die Franzosen haben alle kapituliert.« In diesem Augenblick rollte wieder der Donner von Geschützfeuer über die Bucht. »Was offensichtlich doch nicht der Fall ist«, stellte Leeks fest. »Was ist mit dem Schiff?«

»Ich habe keine Beschädigung finden können«, erwiderte Fergus. Er blickte über die Schulter des Kapitäns in das Innere der Bucht. Allerdings konnte er außer dem Mündungsfeuer der Kanonen kaum etwas erkennen, die Glut des verheerenden Feuers war verschwunden.

»Auch Mister MacGregor hat nichts Auffälliges finden können.« Der Kapitän wandte sich jetzt ebenfalls um und schaute über die schwarze Wasserfläche. Die Feuergeschwindigkeit hatte sich wieder gesteigert. Plötzlich sagte der Kapitän: »Falls Nelson heute nacht gewinnt und überlebt, dann werden sie ihn zum Peer erheben.«

»Und was ist, wenn er fällt?«

»Falls die Schlacht verlorengeht, dann hat die Navy jemanden, dem sie die Schuld in die Schuhe schieben kann. Wird sie aber gewonnen, dann wird sein Tod im Augenblick des Erfolgs der Marine und der Nation einen Helden bescheren – vielleicht sogar eine Legende.«

Am nächsten Morgen brach die Dämmerung um 04.44 Uhr an, und Kapitän Leeks gab entsprechende Befehle, um die *Aberdeen* wieder in die Bucht hineinzuführen. Als sich das Schiff der Bucht näherte, konnten die Männer mühsam in dem zuerst noch schwachen Licht die Nachwirkungen des verbissenen Kampfes ausmachen. Rauch von den schwelenden Hulken, Holz, Segeltuch und Tauwerk hing über dem Wasser und trieb langsam auf die *Aberdeen* zu. Der Blick auf das Szenario in der Bucht wurde jedoch nicht wesentlich beeinträchtigt.

Das erste Detail, welches auffiel, war die Ansammlung französischer Schiffe an der östlichen Seite der Bucht, die aus drei Fregatten und fünf Linienschiffen bestand, von denen eines völlig entmastet war. Die *Tonnant* war vertrieben und wies an vielen Stellen große Schußlöcher auf, ihr Oberdeck war ein einziger Trümmerhaufen. Es war allerdings überraschend, daß die Männer auf der *Tonnant*, deren Flagge am Stumpf des Kreuzmasts angenagelt war, immer noch an den Kanonen schufteten. Das war ein durchaus bewegender Anblick, der für die Tapferkeit der Franzosen sprach und das um so mehr bei der offensichtlichen Furchtsamkeit ihrer benachbarten Kameraden.

Am westlichen Ende der Bucht lag ein durcheinandergewürfelter Wirrwarr von Schiffen, viele waren ohne Masten, und alle wiesen mehr oder weniger schwere Beschädigungen auf. Fergus suchte vergebens nach dem beeindruckenden Dreidecker, aber er konnte ihn nicht ausfindig machen. Es mußte folglich das Schiff gewesen sein, das so spektakulär in die Luft geflogen war. Andere französische Schiffe hatten ihre Flaggen gestrichen und waren umringt von britischen Linienschiffen, deren Flaggen stolz im Wind auswehten, mindestens sechs Schiffe hatten sich ergeben, das siebente, die *L'Orient*, war explodiert. Ganz im Westen der Bucht bot sich ein unglücklicher Anblick, das britische Linienschiff *Culloden* unter Troubridge war offensichtlich auf Grund gelaufen und wurde von der *Mutine* beim Freikommen unterstützt. Sie sah völlig unbeschädigt aus offensichtlich hatte sie an der Schlacht in der letzten Nacht nicht teilgenommen.

Sogar mit den drastischen Beweisen ihrer Niederlage vor Augen zeigten einige Franzosen, daß in ihnen immer noch Kampfgeist steckte, jedenfalls zur Zeit noch. Kurz nach Einbruch der Morgendämmerung hatten einige der französischen Schiffe einen Angriff auf die *Alexander* und die *Majestic* begonnen, die ihren Groß- und Kreuzmast verloren hatte. Diese Attacke wurde aber von anderen britischen Schiffen beobachtet, und die *Goliath* sowie die *Theseus* eilten zur Hilfe. Die Franzosen bliesen sofort zum Rückzug, wobei eine Fregatte auflief und kapitulierte (allerdings wurde sie von ihrer Crew vor dem Verlassen in Brand gesteckt). Bei ihrem überstürzten Rückzug rannten auch zwei der Linienschiffe im inneren Flachwasserbereich der Bucht auf Grund und ergaben sich.

Die Männer der *Aberdeen* richteten ihre Aufmerksamkeit aber hauptsächlich auf einen Anblick, der ebenso große Tapferkeit enthüllte wie jener der zusammengeschossenen französischen *Tonnant.* Ein entmasteter britischer 74er, die *Bellerophon*, saß im äußersten Osten der Bucht entweder auf Grund oder hatte dort geankert. Ihre Flagge wehte noch, und die Männer wuselten über die Decks, wo sie versuchten, die immensen Schäden, welche die übermächtigen Kanonen der *L'Orient* verursacht hatten, notdürftig zu beseitigen, doch jede weitere Kampfhandlung mußte sie zwangsläufig zu einer Prise der Franzosen machen, ihre Besatzung würde in Gefangenschaft geraten, und nach erfolgter Reparatur würde sie ihren Eroberern dienen, wahrscheinlich gegen die Männer, von denen sie erbaut worden war.

Der Kommandant rief Fergus zu seinem Platz auf dem Achterdeck. »Kilburnie, wir werden so dicht wie möglich an der *Bellerophon* vorbeisegeln und sie anpreien. Falls sie unsere Hilfe sofort benötigt, werden wir uns um sie kümmern, bevor wir wieder zum Rest der Flotte zurückkehren. Ich bin sicher, daß Admiral Nelson dem zustimmen würde.«

Fergus bestätigte den Befehl und ging zum Kompaß hinüber, um mit MacGregor den besten Weg, das hieß hier den sichersten Weg zu besprechen, wie man in Rufweite der *Bellerophon* kommen konnte. MacGregor schaute sich die Lage des Ufers an und strich sich nachdenklich über das Kinn, als Danbury nonchalant herangeschlendert kam.

»Seht mal da«, grunzte er schroff und deutete in die Bucht. »Was macht dieser welsche Hundesohn da?«

Fergus und MacGregor blickten zu der Ansammlung französischer Schiffe hinüber. Eine französische Fregatte hatte sich daraus gelöst und richtete ihren Kurs augenscheinlich in das tiefe, freie Wasser.

MacGregor schnaubte verächtlich. »Er läßt seine Kameraden im Stich.«

»Nein, das macht er nicht«, korrigierte ihn Danbury nach einer Minute. »Er hält auf die *Bellerophon* zu!«

MacGregor fixierte Danbury mit einem Blick, aus dem völliges Unverständnis sprach. »Du bist verrückt. Was soll denn dieser froschfressende Kommandant mit der geenterten *Bellerophon* anfangen? Sie nach Hause schleppen?«

Fergus achtete nicht auf die beiden Männer und ihren Streit, sondern beobachtete die Manöver der Fregatte sorgfältig. Sie konnte auf das offene Meer hinaushalten und sich so in Sicherheit bringen. Aber wäre es nicht sicherer, damit zu warten, bis die übrig gebliebenen Schlachtschiffe das ebenfalls taten? Trotzdem hatte MacGregor ein gewichtiges Argument angesprochen. Was sollte der gegnerische Kommandant mit dem entmasteten 74er anfangen, nachdem er ihn erobert hatte? Aber was hatte er dann vor?

Der Streit zwischen MacGregor und Danbury wurde immer lauter, bis Danbury Fergus mit hineinziehen wollte.

»Also, jetzt fragen wir Mister Kilburnie. Was beabsichtigt dieser französische Hundesohn? Versucht er zu türmen? Oder läuft er zur *Bellerophon* hinaus?«

Fergus hob unentschlossen die Achseln und antwortete bedauernd: »Ich kann es wirklich nicht mit Sicherheit sagen. Beide Möglichkeiten sind gleich wahrscheinlich, wir werden abwarten müssen, bis er dichter dran ist.«

Danbury rollte mit den Augen, und MacGregor schüttelte verärgert den Kopf. Beide Männer wollten sich gerade wieder ihrem Streitgespräch widmen, als MacGregor nochmals zur Fregatte hinüberblickte. Er rieb sich das Kinn, wie er es für gewöhnlich tat, wenn er über etwas nachsann. »Weißt du was, Danbury, ich glaube, daß du mit der Fregatte und der *Bellerophon* recht hast.«

»Natürlich habe ich recht, du verdammter schottischer Hohlkopf«, bellte Danbury.

Inzwischen hatte sich der Kommandant zu der kleinen Gruppe gesellt, welche die französische Fregatte beobachtete. »Ich glaube auch, daß Mister Danbury mit seiner Vermutung über die Absichten des Franzosen durchaus richtig liegt. Und sogar, wenn das nicht der Fall sein sollte, möchte ich nicht, daß er auf den vorwitzigen Gedanken kommt, auf die *Bellerophon* zu schießen, während er sie passiert.« Er grinste breit und zwinkerte. »Nun, Mister Kilburnie, da gibt es nur eins, was wir tun können!«

Fergus spürte, daß sein Herz schneller zu schlagen begann, und ein wunderbares Gefühl überkam ihn. Er wußte, was der Kommandant vorhatte, entschied sich aber dafür, Leeks seinen Spaß zu lassen. »Und was sollte das sein?« erkundigte er sich, wobei er ein Lächeln kaum verbergen konnte.

»Ihre Geschütze sind noch geladen und schußbereit, Mister Kilburnie?«

»Warum? Jawohl, Sir, das sind sie.«

Leeks rieb sich die Hände. »Dann lassen Sie sie bemannen. Wir wollen doch mal sehen, was wir damit gegen so eine welsche Fregatte ausrichten können.«

Fergus tippte bestätigend an seinen Hut. »Sehr wohl, Sir!« Er wandte sich an Danbury und MacGregor. »Klar Schiff zum Gefecht!«

Die beiden Männer machten einen Freudensprung und begannen, ihre Befehle zu brüllen. Die Männer wußten, was zu tun war, und einige waren schon mit den notwendigen Vorbereitungen beschäftigt, bevor die Befehle erteilt wurden. Daher war die *Aberdeen* schnell wie ein Blitz bereit zum Kampf.

Bevor Fergus zu den Kanonen nach unten ging, rief ihn Kapitän Leeks zur Seite. »Ich werde versuchen, daß eine Batterie ein paar Schüsse auf den Gegner abfeuern kann. Ein ordentlicher Zug Pulverdampf in der Nase wird der Moral der Männer richtig gut tun. Aber«, er hob warnend einen Zeigefinger, »schießen Sie auf keinen Fall, wenn die Möglichkeit besteht, daß die *Bellerophon* getroffen werden könnte. Ich möchte nicht, daß unser Schiff in den Ruch schlechter Schießleistungen kommt, oder daß man uns nachsagt, wir bräuchten einen Blindenhund.«

Während der Zeit, die verstrichen war, bis Fergus die Batterie erreicht hatte, war die französische Fregatte noch näher an die zusammengeschossene *Bellerophon* herangekommen. Die Männer standen bereit und schauten, so gut sie es vermochten, über die Verschanzung nach dem feindlichen Schiff. Sie waren scharf auf ein Feuergefecht, das konnte Fergus spüren, scharf darauf, ihren Teil, wenn auch in kleinem Umfang, zu der großen historischen Schlacht beizutragen, bei der sie bisher nur Augenzeuge gewesen waren. Die Rettung eines eigenen Schiffes würde den Männern in Plymouth oder Portsmouth oder wo auch immer die *Aberdeen* als nächstes in England Anker werfen würde, das Recht und die Gelegenheit verschaffen, ein wenig anzugeben. Verdammt, dachte Fergus, auch ich werde großspurig damit prahlen. Er hatte schon befürchtet, daß er Onkel Jeris würde beichten müssen, daß er die ganze Schlacht lediglich von weitem auf diesem klapprigen bewaffneten Transporter beobachtet hatte.

Eine klare junge Stimme meldete etwas dem Kommandanten. Die *Vanguard* hatte ein Flaggensignal gesetzt, und ein scharfäugiger Midshipman hatte es mitgelesen. »Es ist für die *Zealous*, Sir.«

Kapitän Leeks fragte nach der Signalnummer, und nachdem er sie erhalten hatte, ließ er einen anderen Midshipman konsultieren. Nach einem Augenblick schlug dieser das Buch wieder zu, berichtete Leeks, und dieser verschränkte die Arme hinter dem Rücken – und schwieg. Fergus schaute zu den britischen Schiffen hinüber und stellte fest, daß sich einer der 74er, der sich ziemlich in der Mitte der Bucht befunden hatte, in Richtung der französischen Fregatte und der *Bellerophon* in Bewegung setzte. Na jedenfalls, dachte er, hat man uns nicht angewiesen, uns zu verdrücken.

Es schien zwar eine kleine Ewigkeit zu dauern, aber recht bald stand die *Aberdeen* in unmittelbarer Nähe der *Bellerophon*, sie war schneller als die Fregatte und die *Zealous* gewesen. Als die *Aberdeen* an dem entmasteten Schiff vorbeiglitt, befahl der Kommandant der Mannschaft ein dreifaches Hurra auf das Schiff und seine Besatzung auszubringen – was die Männer auch aus vollem Herzen mit ganzer Lungenkraft taten. Was von der Crew des 74er übrig war, antwortete. Der Kommandant der *Bellerophon* oder der überlebende kommandierende Offizier zog grüßend seinen Zweispitz, als die *Aberdeen* vorbeisegelte, und Kapitän Leeks erwiderte auf dieselbe Art. Sogar jetzt, da ein Kampf unmittelbar bevorstand, bedauerte Fergus, daß er in der letzten Nacht nicht auf einem dieser Schiffe in der Mitte des Schlachtgetümmels gewesen war.

Ein Midshipman kam auf ihn zu. »Mit den besten Empfehlungen des Kapitäns, Sir«, sagte er mit einer Stimme, die vor Erregung zitterte, »er läßt Ihnen ausrichten, sobald wir die *Bellerophon* passiert haben, wird er das Kommando zum Öffnen der Geschützpforten und Ausrennen der Kanonen geben. Wenn Sie der Meinung sind, daß Sie eine Chance haben, den Franzosen zu treffen, dann bittet er Sie, das Feuerkommando selbständig zu geben.«

Da bin ich mir verdammt sicher, daß ich das tun werde, dachte Fergus, und schickte den Midshipman zurück. Fergus teilte Leutnant Starr, der die Backbordbatterie kommandierte, die Intentionen des Kommandanten mit. Starr war offensichtlich hoch erfreut. »Mein Bruder fährt auf der *Culloden*, er wird vor Neid völlig verrückt werden«, stellte er mit enormer Selbstzufriedenheit fest.

Fergus, der ein Lächeln über Starrs Freude nicht verbergen konnte, wies ihn an: »Trichtern Sie Ihren Männern ein, daß sie sich bereithalten sollen, die Höhenrichtung ihrer Geschütze schnell zu verändern. Die Entfernung ist ziemlich groß.«

Starr bestätigte den Befehl und marschierte glücklich zu seinen Kanonen zurück, wo er von Stück zu Stück ging und den Bedienungsmannschaften erklärte, was zu tun war. Fergus war erfreut über die Sicherheit, mit der der Leutnant seine Pflichten erfüllte. Nun ja, es war nicht das Geschützdeck eines 74ers oder eines 36ers, noch nicht mal das eines Kutters, aber der junge Leutnant verhielt sich, als ob er auf dem Deck der *Vanguard* selbst stünde.

Die französische Fregatte hatte sich schnell auf die *Bellephoron* zu bewegt, aber jetzt, da die *Aberdeen* um sie herumdrehte, und die *Zealous* von Westen herangebraust kam, schien der 74er kein so verlockendes Ziel mehr darzustellen, denn das Schiff begann zu zögern, um dann, unmerklich zuerst, wieder abzudrehen.

Einige der Männer heulten vor Enttäuschung wild auf, aber ihre Schreie waren kaum verklungen, als der Kommandant nach unten rief: »Jetzt, wenn es Ihnen recht ist, Mister Kilburnie!«

Fergus verbeugte sich leicht in Richtung des Kapitäns, dann gab er Leutnant Starr ein Zeichen. »Mister Starr!«

Starr berührte schnell seinen Hut und gab den Befehl, die Stückklappen zu öffnen und die Kanonen auszurennen. Die Männer kreischten halb, halb riefen sie Hurra, als sie die schweren Geschütze mit den Taljen vorwärts wuchteten. Die Geschützführer kauerten sich hinter ihre Stücke mit der Hand an den Keilen und visierten über die Rohre das Ziel an.

Von einem plötzlichen Impuls getrieben, kauerte sich auch Fergus hinter eine Kanone und blickte durch die Geschützpforte auf den fliehenden Franzosen. Maximale Überhöhung ist nicht erforderlich, dachte er, aber viel fehlt nicht daran. Auch Starr beugte sich vor und visierte den Gegner an.

»Zieht die Keile ein paar Kerben raus, Jungs!« Sein Ton war fest und sicher.

Die Geschützführer taten wie geheißen, und die Rohre zeigten höher nach oben in den Himmel. Starr ging nach links zum ersten Geschütz seiner Batterie und stellte sich ein paar Fuß dahinter auf.

Er hob den Arm. »Geschütz Nummer eins!« Er ließ den Armen nach unten fallen. »Feuer!«

Der Geschützführer zog die Reißleine, und fast sofort zischte das Zündpulver auf, gefolgt von der Explosion der Hauptladung in der Kartusche, was im Falle dieser leichten Geschütze eher ein helles Krachen als ein dumpfes Aufbrüllen verursachte. Die Männer blickten über die Verschanzung und reckten die Hälse, um den Einschlag der Kugel zu verfolgen. Ein paar Sekunden später klatschte die Kugel ins Wasser, sie lag etwas zu weit links und etwas zu weit.

Starr flitzte zur zweiten Kanone. »Geschütz Nummer zwei! Feuer!«

Die Kanone bellte, und diesmal lag der Einschlag etwas zu kurz, aber nicht weit von der Mitte entfernt. Starr schlug sich mit der Faust in die Hüfte.

»Geschütz Nummer drei! Höhenrichtung um eine Kerbe vergrößern!«

Der Geschützführer justierte die Höhenrichtung nach, und Starr beugte sich über das Stück.

»Jungs, jetzt warten wir einen Augenblick ab, bis der Franzmann dreht und uns die Seite zeigt.«

Und nach ein paar schier unendlichen Sekunden tat der Franzose genau das.

»Geschütz Nummer drei! Feuer!«

Wieder krachte es hell, und wieder wartete alles auf den Einschlag. Plötzlich zuckte eins der großen Segel der Fregatte hektisch, und ein paar Leinen fielen lose herunter. Die Besatzung tobte begeistert. Sie hatten den richtigen Abstand gefunden.

Starr trat zurück. »Alle Geschütze! Feuer!«

Etwas Ähnliches wie eine Breitseite spie lange Flammen und Pulverqualm in Richtung des Franzosen aus, der gerade seine Drehung beendete. Die Männer der *Aberdeen* wurden noch mit einigen weiteren Treffern im Rigg der Fregatte belohnt, und als eine Kugel drüben die Verschanzung zerschmetterte, brüllten die Männer noch herzhafter. Starr trat zurück und grinste Fergus breit an. Der Neid meines Bruders ist vollauf gerechtfertigt, dachte Fergus.

Später in der Nacht sank Fergus erschöpft in die Koje. Es war ein langer Tag gewesen, und in gewissem Sinne war er auch etwas enttäuschend verlaufen. Nicht lange nachdem sich die Fregatte wieder unter die schützenden Unterröcke der großen Linienschiffe gerettet hatte, entschied der kommandierende Offizier, der verbliebenen Überreste der französischen Flotte, auf die offene See zu flüchten. Die letzten drei Linienschiffe und zwei Fregatten (von denen eine den verunglückten Angriff unternommen hatte) setzten Segel und wollten sich aus dem Staub machen. Aber wieder waren die Franzosen vom Pech verfolgt, bei einer Wende lief eines der Schlachtschiffe auf Grund. Doch damit hielt sich der französische Admiral nicht auf, und die vier Schiffe segelten hastig von dannen. Von den britischen Schiffen hatte nur die *Zealous* sie angegriffen, aber auch diese wurde bald von Admiral Nelson zurückbeordert. Nach kurzer Zeit waren die Franzosen unter der Kimm verschwunden.

Der Rest des Tages hatte aus knochenbrechender, harter Arbeit bestanden. Die *Aberdeen* war zur entmasteten *Majestic* befohlen worden, um ihr Hilfe zu leisten. Während das Schiff über die Bucht glitt, bahnte es sich seinen

Weg durch gewaltige Mengen von allem möglichen Treibgut und Hunderter von Leichen.

Viele der Toten waren bis zur Unkenntlichkeit verstümmelt, anderen fehlten Arme oder Beine oder waren verkohlt, und Fergus vermutete, daß diese Männer von dem explodierten Flaggschiff stammten. Er stellte fest, daß er seine Augen, trotz des Grauens, das er empfand, nicht von den Leichen lösen konnte, die im Heckwasser der *Aberdeen* tanzten. Überall tote Männer.

Der Schock, den er bei diesem Anblick erlitten hatte, mußte ihm ins Gesicht geschrieben gewesen sein, denn der Kapitän verließ ein Gespräch, das er mit Danbury und MacGregor geführt hatte, und kam mit besorgter Miene zu ihm herüber.

»Geht es Ihnen gut, Kilburnie?« erkundigte er sich. »Vielleicht sollten Sie den Arzt aufsuchen?«

Fergus schüttelte den Kopf. »Ich bin schon wieder in Ordnung, Sir. Es ist nur, daß ich …« Er machte eine Pause, wollte lügen und es auf die brennende Sonne schieben, aber das konnte er nicht – nicht vor diesem Mann. »Es war der Anblick der Leichen, Sir. Ich habe schon früher im Kampf gestanden und habe viele tote Männer gesehen. Ich habe zuckende Körper über die Kante geworfen.« Er blickte auf seine Hände hinab. »Aber …«

»Der Anblick von so vielen Toten, Mister Kilburnie?«

»Jawohl, Sir. Das hat mich sehr berührt.«

»So sollte es auch sein. Es ist eine schreckliche Belastung, all diese armen Schweine zu sehen, viele davon sind unsere, aber alle sind gleich tot.« Der Kommandant seufzte und breitete seine Arme in einer resignierenden Bewegung aus. »Aber das ist ein Teil unseres Berufes.«

»Und es ist ein verdammt harter Beruf«, sagte Fergus leise.

Erst jetzt, in seiner Koje, kurz bevor ihn der Schlaf übermannte, wurde Fergus klar, daß er die Worte seines Onkels zitiert hatte. Er zog etwas Trost aus der Tatsache, daß er seinem Onkel von diesem großartigen Sieg erzählen konnte – und mit Fug und Recht behaupten konnte, daß auch er dazu beigetragen hatte, wenn es in der Tat auch nur sehr wenig gewesen war.

Die *Aberdeen* war in den nächsten zwei Tagen voll beschäftigt. Sie wuselte von einem beschädigten Schiff zum nächsten. Nachschubgüter wurden in einem schier endlosen Strom aus den Laderäumen gehievt, und häufig genug halfen die Männer der *Aberdeen* beim Abdichten von Kugellöchern, beim Segelnähen und Spleißen und Takeln. Chandler assistierte den Chirurgen auf anderen Schiffen und hatte darüber hinaus viel Arbeit mit den verwundeten französischen Gefangenen. Die Arbeit wurde immer bis spät in die Nacht fortgesetzt, besonders auf denjenigen französischen Schiffen, von denen man annahm, daß sie für den Dienst in der Royal Navy aufgekauft werden würden.

Während sie durch ihre Arbeit zwangsläufig von Schiff zu Schiff wanderten, schnappten die Offiziere und Mannschaften der *Aberdeen* Geschichten von beiden Seiten auf, die sich während der Schlacht ereignet hatten. Nachts wurden diese Storys dann ausgetauscht. Worthington war deutlich von den Franzosen beeindruckt und gab das auch unumwunden eines Abends zu, als sich die Offiziere in der Kajüte des Kapitäns versammelt hatten.

»Ich war gewöhnt an Geschichten, die von den feigen Franzosen handelten und wie sie vor unserem Stahl erzittern würden.« Er schlug mit der Faust leicht auf die Tischplatte. »Was für ein kompletter Unsinn! Die Tapferkeit dieser Männer war bewunderungswürdig. Ein Schiff, die *Franklin*, kämpfte noch stundenlang mit nur drei einsatzbereiten Kanonen, und die Hälfte ihrer Besatzung war gefallen. Es war ihr Kommandant oder Admiral, der Segel setzen wollte, als wir angegriffen haben.« Er fuhr fort und die Bewunderung klang in seiner Stimme mit: »Die *Tonnant* wurde entmastet, aber nicht bevor sie das auch bei der *Majestic* geschafft hatte. Ihr Kapitän verlor beide Unterschenkel, weigerte sich aber standhaft, sein Deck zu verlassen. Man hat ihn dann in ein Faß mit Kleie gesetzt, um die Blutung zu stoppen, dort ist er gestorben, nicht ohne noch letzte Befehle gegeben zu haben. Kapitän Leeks hatte recht, den Franzosen mangelt es keineswegs an Mut.«

Chandler nickte. »Der französische Admiral wurde von einer Kugel fast in zwei Teile gerissen, aber auch er weigerte sich, sich nach unten bringen zu lassen. Er sagte, daß ein französischer Admiral auf dem Achterdeck seines Schiffes sterben sollte.« Er goß sich einen breiten Streifen Portwein ein.

»Es ist ein tapferes Volk«, fügte Kapitän Leeks hinzu, »und sie verdienen etwas Besseres als diese Narren, die jetzt an ihrer Spitze stehen, die sie von den Stehpulten in Paris aus führen, und diese Hohlköpfe, die sie auf diese Schiffe setzen und Seeleute nennen.«

»Wie meinen Sie das?« wollte Starr wissen.

Der Kapitän blickte einen Augenblick lang in sein Glas. »Bitte, Gentlemen, fassen Sie das, was ich jetzt ausführen werde, nicht als etwas Verräterisches oder als Illoyalität auf.

Ich erzähle das nur, weil Sie wissen müssen, was in deren Marine geschehen ist, um in unserer Navy bessere Offiziere zu sein.« Er trank einen Schluck Port und fuhr dann fort: »Hätte der französische kommandierende Admiral befolgt, was ihm, wie mir erzählt wurde, von dem Kommandanten der *Franklin* oder seinem untergebenen Admiral geraten wurde – die uns auf See gegenübertreten wollten –, dann hätten uns die Franzosen große Verluste zufügen können. Sie hatten die größeren Schiffe – einen Dreidecker und zwei 80er –, und alle waren gute Segler. Außerdem wissen wir ja, daß die Franzosen ihre Schiffe gut zu segeln verstehen. Wäre also der größte Teil der französischen Linie ausgelaufen, als dafür noch die Chance bestand, wären die Schäden, die sie hätten anrichten können, tiefgreifend gewesen. Ich wage zu behaupten, Mister Starr, daß dann ihr Bruder jetzt entweder tot oder ein Kriegsgefangener sein würde.« Er zuckte mit den Schultern. »Vielleicht hätten sie sogar Kleinholz aus uns gemacht.« Er lächelte schief. »Nun, wir werden es niemals wissen.«

»Ich bin allerdings der Meinung, daß der französische Admiral in seiner statischen Verteidigungslinie blieb, weil er der Meinung war, daß er keine andere Wahl hätte.« Er schaute direkt Fergus an. »Haben Sie vielleicht eine Ahnung, warum, Mister Kilburnie?«

Fergus mußte eingestehen, daß er keinen blassen Schimmer hatte.

Der Kommandant beugte sich vor. »Es ist ganz einfach, Gentlemen. Schauen Sie sich die Seeleute der französischen Flotte an und einige Ihrer Gegenspieler, also die Leutnants. Die meisten dieser Männer sind hier auf der völlig falschen Veranstaltung, sie sind so fehl am Platze wie ein Bettler beim Levée eines Edelmannes. Sie gehören einfach nicht auf die See.« Er nahm wieder einen Schluck von seinem Port und schaute Fergus fragend an, als ob er ihn auffordern wollte, etwas zu sagen.

Fergus dachte einen Augenblick nach und sagte dann vorsichtig: »Was Sie zum Ausdruck bringen wollen, Sir, scheint zu sein, wenn die französischen Offiziere bessere Seeleute und die französischen Matrosen tatsächlich Seeleute gewesen wären, dann hätte der französische Admiral eine faire Chance in einer offenen Seeschlacht gehabt.«

»Ja«, ließ sich Worthington vernehmen, »viele der fähigen und erfahrenen französischen Offiziere wurden aus dem Dienst vertrieben oder ermordet, weil sie Edelleute waren oder auch einfach weil sie in der alten Marine Erfolg gehabt hatten. Und tatsächlich kämpfen ja einige dieser Männer heute in unseren Reihen.«

Jetzt war Starr an der Reihe. »Wenn also die Franzosen auf See so sach- und fachkundig gewesen wären, wie sie es einstmals waren, dann ...«

»Und eine Menge Glück gehabt hätten«, unterbrach ihn MacGregor laut.

»Und eine Menge Glück gehabt hätten«, wiederholte Starr, »dann hätten sie uns, nun ja, uns von der See verjagen können.«

»Davon weiß ich nichts, Mister Starr«, erwiderte der Kapitän.

Die anderen Männer lachten, und Starr wurde ein wenig rot. »Jedenfalls haben sie während des amerikanischen Konflikts nur einen Sieg auf See benötigt, um unsere endgültige Niederlage zu Land zu besiegeln.« Leeks Gesicht nahm einen zufriedenen Ausdruck an. »Nun, Gentlemen, ich beginne zu glauben, daß Sie tüchtige Offiziere werden könnten«, scherzte er. Er blickte zu MacGregor hinüber. »Nicht wahr, MacGregor?«

»Möglich, Sir«, bestätigte MacGregor kichernd.

»Aber, Sir«, ließ Starr nicht locker, »Sie sagten vorhin etwas über eine Lektion, die sich von den Franzosen auf unsere Marine übertragen läßt.«

»In der Tat, Mister Starr.« Er ließ den Blick über die Männer in seiner Kajüte schweifen. »Jetzt kommt der Teil, den Ihre Lordschaften ganz sicher nicht gerne hören möchten. Wenn wir uns im Krieg befinden, entwickelt die Marine einen unersättlichen Appetit auf Männer. Das Pressen von Seeleuten ist eine Sache, denn sie verstehen das Leben auf einem Schiff und wissen, was es bedeutet, Teil einer Bordgemeinschaft zu sein. Das ist bei einem zusammengewürfelten Haufen aus Dieben, Trinkern, getürmten Lehrlingen und vom Fieber ausgelaugten bemitleidenswerten Kreaturen aber nicht mehr der Fall, die man aus Arbeitshäusern, Gefängniszellen und der Gosse mit der bereitwilligen Hilfe von Schutzleuten, Sheriffs und Richtern zusammengekratzt hat, weil diese natürlich daran interessiert sind, derartige Elemente aus ihrem Amtsbezirk zu entfernen.« Er blickte sich im Raum um. »Es ist derselbe Grund – es gibt da nur graduelle Unterschiede –, der den französischen Admiral davon zurückgehalten hat, den Befehl zum Auslaufen zu geben und uns auf der offenen See abzufangen, und der Ihre Lordschaften zu großen Anstrengungen veranlaßt hat, Schiffe von Lord Vincents Blockadeflotte vor Cadiz abzuziehen statt Admiral Nelsons Schiffe der Kanalflotte zu schicken. Es ist ganz einfach, Gentlemen, sie waren zutiefst besorgt, ob die Mannschaften wirklich effektiv funktionieren würden, zumindest durften sie nicht aufrührerisch gestimmt sein.«

»Aye«, fügte MacGregor hinzu.

»Aye, in der Tat«, sagte Leeks scharf. »Seien Sie immer sorgfältig darauf bedacht, Gentlemen, daß sich die Marine nicht in Zeiten großer nationaler Kraftanstrengungen in eine Ansammlung von Schiffen mit unausgebildeten Seeleuten und inkompetenten Offizieren verwandelt, so wie es den Franzosen in diesem Krieg ergeht.« Er setzte sein Glas heftig auf den Tisch. »Heiliger Bimbam, aber dieser Abend ist bei weitem zu trübsinnig geworden. Immerhin hat die *Aberdeen* vor ein paar Tagen einen großen Sieg für die Navy und die Nation errungen.« Seine Augen funkelten. »Ah, wir brauchen Musik. Chandler, holen Sie Ihre Fiedel und spielen Sie uns auf. Und achten Sie darauf, daß es etwas Lustiges ist.«

Ein paar Tage später waren die Laderäume der *Aberdeen* wie leergefegt von jedem Stückchen, Tröpfchen oder Körnchen Nachschub. Der Admiral hatte bereits die *Leander* und die *Mutine* mit Depeschen über seinen großen Sieg in die Heimat geschickt. Es wäre eine große Ehre gewesen, diese überbringen zu dürfen, aber wie Kapitän Leeks Fergus erklärte, wurde diese Arbeit am besten von schnellen, gut bewaffneten Schiffen erledigt, und auf die *Aberdeen* paßte nun mal keine dieser beiden Anforderungen. Die Männer wurden unruhig. Ihre Arbeit hier war erledigt. Für sie, für Leeks und für Fergus war es an der Zeit, dieses verdammte Klima zu verlassen und nach Hause, zumindest aber in heimatliche Gewässer zurückzukehren.

Am 5. Oktober wurde auf der *Vanguard* ein Signal gesetzt, mit dem nach der Anwesenheit von Kapitän Leeks verlangt wurde. Seine Gig wurde ausgesetzt, und er wurde zum Flaggschiff hinübergepullt. Als er zwei Stunden später zurückkehrte, hatte er zwei dicke Leinwandbeutel und zwei Flaschen bei sich. Nachdem für ihn Seite gepfiffen worden war, rief er Fergus glücklich zu: »Lassen Sie die Männer achtern antreten, Kilburnie! Sofort!«

Kilburnie tat, was man von ihm verlangte, und schon bald drängten sich die Männer unterhalb des Achterdecks zusammen. Der Kommandant war ganz offensichtlich aufgeregt. Er ging auf und ab, während er darauf wartete, daß alle Besatzungsmitglieder versammelt waren.

»Männer! Ich habe gerade mit Admiral Nelson gesprochen. Er hat mich gebeten, euch seine besten Grüße zu übermitteln und den Offizieren und Männern der *Aberdeen* seinen Dank auszusprechen, für – so hat er es wörtlich ausgedrückt – den bewunderungswürdigen Anteil an dem Sieg, den Gott gnädigerweise unseren Waffen geschenkt hat.«

Die Männer schienen über diese Nachricht erfreut zu sein.

»Er hat außerdem angeordnet, daß die *Aberdeen* einen weiteren Satz Depeschen über den Sieg in die Heimat nach England bringen soll.«

Bei diesen Worten brachen die Männer in laute Hurrarufe aus. Als sie sich wieder beruhigt hatten, verbeugte sich Kapitän vor seiner Mannschaft.

»Bei solch einem Lob und dermaßen guten Nachrichten, denke ich, daß man da eine extra Ration Rum ausgeben lassen kann.« Er nickte MacGregor zu. »Oder was sagen Sie dazu, Mister MacGregor?«

»Aye!« rief MacGregor mit so viel Begeisterung, wie Fergus bei ihm noch nie gesehen hatte.

Die Besatzung jubelte beifällig.

Kapitän Leeks wandte sich an Fergus: »Lassen Sie die Männer wegtreten, Mister Kilburnie, danach kommen Sie bitte in meine Kajüte.«

Ein paar Minuten später klopfte Fergus an die Tür des Kapitäns. Leeks war immer noch aufgedreht, seine Augen strahlten, und seine Wangen waren gerötet, als er an seinem Schreibtisch saß und mit einem Federkiel herumfummelte. »Kilburnie, der Besuch auf dem Flaggschiff war wirklich höchst befriedigend.«

»So scheint es zu sein, Sir. Die Männer sind ganz glücklich, daß es in Richtung Heimat geht, und natürlich ist eine Extraration Grog immer willkommen.«

»Oh, Kilburnie, es war mehr als nur die Nachricht, daß wir nach Hause segeln dürfen, die den Besuch so befriedigend machte. Es waren Admiral Nelsons lobende Worte über das Schiff. Nichts Großartiges, bei weitem nicht, aber ein paar ruhige Worte, und dann«, ein Leuchten breitete sich auf seinem Gesicht aus, »fragte er mich nach meiner Meinung bezüglich der Schlacht, über das Verhalten der Franzosen und die Marine im allgemeinen.«

»Haben Sie ihm auch erzählt, was Sie uns letztens gesagt haben?« erkundigte sich Fergus. Er dachte, daß es Admirale für gewöhnlich gar nicht schätzen, wenn man ihnen belehrende Vorträge hält – ganz gleich, worum es ging –, daher war er neugierig, wie Nelson auf Leeks Ideen reagiert hatte.

»Nun, ja, Kilburnie, das habe ich«, antwortete der Kapitän bestimmt, »es war auch mehr eine Unterhaltung von

Mann zu Mann, nein, von Seemann zu Seemann, als zwischen dem kommandierenden Admiral der Flotte und dem Kommandanten eines lausigen bewaffneten Transporters.« Er hob eine Augenbraue. »Sie glauben doch wohl nicht, daß ich den Affen spielen würde – alles nur Verbeugungen und honigsüßes Lächeln –, oder doch, Kilburnie?«

Fergus spürte, daß er rot wurde. »Nein, Sir.« Er wechselte, so schnell er konnte, das Thema. »Was hat Admiral Nelson denn genau gesagt, Sir? Über Ihre Ideen, meine ich.«

»Er hat nicht viel gesagt – was für einen Admiral an sich schon sehr seltsam ist –, hat aber sehr aufmerksam zugehört. Er hat nicht insgeheim an das Prisengeld oder zukünftige Ehren gedacht und nur vorgetäuscht mir zuzuhören, nein, ich hatte seine volle Aufmerksamkeit. Als ich ihm meine Meinung über die mangelnde Effizienz der französischen Mannschaften darlegte und die Notwendigkeit für uns, eine derartige Situation auf unseren Schiffen zu vermeiden, lächelte er und gab mir zu verstehen, daß er sich freue, mit seiner Auffassung nicht mehr allein zu stehen.« Er lachte leise. »Mister Starr wird sich freuen zu hören, daß der Admiral seine Bewunderung für die Tapferkeit der Franzosen durchaus teilt. Er stimmte zu, daß ihre Schiffe, wenn sie mit guten Offizieren und Mannschaften bemannt wären, bedrohliche Gegner sein würden.« Kapitän Leeks lächelte für einen kurzen Augenblick, aber dann mußte ihm ein ernster Gedanke gekommen sein, denn plötzlich änderte sich sein Gesichtsausdruck.

»Was gibt es, Sir?«

»Kilburnie, der Admiral hat mir weiter mitgeteilt, daß wir uns auf einer, nun ja, etwas gefährlichen Mission befinden. Wir haben keine Möglichkeit festzustellen, wie viele französische Schiffe draußen unterwegs sind und wo sie sind. Er hofft, daß unsere schiere Größe alle abschreckt, mit Ausnahme der wirklich großen französischen Schiffe, und daß sogar ein großes französisches Schiff ein Gefecht vermeiden wird.« Er legte die Feder weg, mit der er herumgespielt hatte, und faltete seine Hände vor der Brust. »Der Admiral ließ mich wissen, daß einige der gegnerischen Transporter, die wir in Alexandria gesehen haben, schon geflüchtet sind. Weiter führte der Admiral aus, daß die Depeschen natürlich schnell nach England gelangen müssen, aber es besteht die Möglichkeit, daß sich französische Generale oder hohe Regierungsbeamte auf diesen Schiffen befinden. Sollten wir also über eines von ihnen stolpern, so können wir erwägen, es zu nehmen.«

»Erwägen, Sir?«

»Natürlich, Kilburnie, erwägen! Ich werde keinen französischen Transporter angreifen, der bis zum Stehkragen mit Soldaten vollgestopft ist. Falls die Franzosen es auf eine Enteraktion ankommen lassen, würden wir mit Sicherheit den kürzeren ziehen.« Er klopfte auf den Tisch und stand auf. »Machen Sie alles klar zum Auslaufen, Kilburnie. Ich will mit der nächsten Tide segeln.«

4

Die erste Prise

Während auf der *Aberdeen* die Löscharbeiten beendet wurden, hatte Fergus herausgefunden, daß die britischen Verluste sich auf 218 Tote und 677 Verwundete beliefen. Kein Schiff war verlorengegangen. Der Kommandant der *Vanguard* schätzte, daß die Franzosen ihr Flaggschiff *L'Orient* mit ihrem Admiral und sechs Schiffe verloren hatten, dazu kamen über zweitausend Tote.

Als Fergus diese Information an den Kapitän weitergab, lud dieser Fergus in seine Kajüte ein und ließ den Steward eine Flasche seines besten Cognacs öffnen. Mit dem Glas in der Hand brachte er einen Toast aus: »Auf König Georg den Dritten, die Royal Navy, Admiral Nelson und den britischen Seemann.«

Fergus leerte sein Glas. »Danke, Herr Kapitän, aber jetzt sollte ich an Deck die letzten Arbeiten überwachen.«

Nachdem das Löschen beendet war, übermittelte Kapitän Leeks mit einem Flaggensignal dem Flaggschiff die Tatsache, daß ihre Ladung vollständig gelöscht war.

Als Antwort erhielten sie: »Kehren Sie zur Basis zurück! Ein Boot ist mit Depeschen unterwegs, die Sie ohne jede Verzögerung bei der Admiralität abzuliefern haben!«

Als sich die *Aberdeen* ihren Weg durch die ankernden, von schweren Beschädigungen gezeichneten Schiffe beider Flotten suchte, bemerkte Fergus, daß Hunderte britischer Seeleute und Marine-Infanteristen auf dem Wetterdeck der *Vanguard* versammelt waren, wo ein Gottesdienst abgehalten wurde. Die Choräle erklangen aus Hunderten von Kehlen und waren meilenweit zu hören und auf dem Achterdeck sogar ganz besonders deutlich. Nachdem sie die Landzunge mit der zusammengeschossenen Batterie gerundet und die Reede verlassen hatten, lag die *Aberdeen* bald auf dem Kurs nach Gibraltar. Es waren keine Segel in Sicht, und Fergus verdeutlichte sich nochmals, was schon allgemein bekannt war: Vier französische Schiffe, zwei Linienschiffe und zwei Fregatten waren nach Osten entkommen, und als man sie zuletzt gesichtet hatte, war ihr Kurs auf die südfranzösischen Häfen abgesetzt gewesen.

Kapitän Leeks schien also nicht sonderlich beunruhigt. »Die sind weit vor uns«, meinte er.

Eine Woche lang segelte die *Aberdeen* nach Westen und kam dabei gut voran, und Fergus entspannte sich langsam. Er hoffte, daß die Franzosen einen mehr nördlichen Kurs nach Südfrankreich nahmen und nicht südlich um Sardinien herum segeln würden. Kapitän Leeks blieb die meiste Zeit unter Deck, wo er sich in einem alkoholischen Nebel verlor.

In der siebenten Nacht schob sich eine dichte Wolkendecke über den Himmel, und dichter Regen setzte die

Sichtweite auf unter hundert Yards herab. Kapitän Leeks bestand darauf, soviel Segelfläche wie möglich stehen zu lassen, solange es der Wind zuließ.

Im Morgengrauen rief ein Ausguck: »Wir sind mitten zwischen vier Schiffen!«

Fergus griff nach seinem großen Fernglas, was aber gar nicht nötig gewesen wäre, denn die Schiffe waren so nah, daß er sie eindeutig als Franzosen identifizieren konnte, und sie befanden sich alle in Schußweite. Ganz offensichtlich hatten sie aber weder mit der *Aberdeen* noch mit einem anderen Schiff gerechnet. Fergus hörte das Geschrei der Männer auf den Decks, während sie an ihre Geschütze rannten.

»Klar zur Halse! Ruder hart Steuerbord!« rief Fergus. »Feuer frei, wenn Ziel aufgefaßt!« Dann schickte er einen Midshipman hinunter zum Kommandanten.

Es schien eine Ewigkeit zu dauern, bis die *Aberdeen* die Drehung vollendet hatte. Kapitän Leeks hatte in seinen ständigen Befehlen festgelegt, daß das Schiff vor Beginn der Morgendämmerung klar zum Gefecht befohlen wurde, daher war die *Aberdeen* feuerbereit, nachdem sie auf dem neuen Kurs lag und die Kanoniere die Geschütze richten konnten. Das am nächsten stehende französische Schiff hatte seine Geschützklappen noch nicht geöffnet.

Einen kurzen Augenblick lang dachte Fergus, daß sie vielleicht außer Schußweite sein würden, bevor die Franzosen das Feuer eröffnen konnten, aber ganz so viel Glück hatten sie dann doch nicht. Schwere Stücke begannen zu donnern, und wie Fergus wußte, hatten die französischen Linienschiffe eine große Reichweite. Einige der Kugeln lagen zu kurz, aber die Kugeln aus den Langrohrgeschützen ließen hohe Wassersäulen zu beiden Seiten des fliehenden Schiffes aufsteigen. Ein paar sausten auch durch die Takelage und brachten ein Segel herunter.

Kapitän Leeks kam auf das Deck geschossen und zog sich dabei noch seine Jacke an. Sein graues Haar flog in alle Richtungen. »Was ist denn hier los?« brüllte er.

Bevor ihm Fergus Meldung machen konnte, traf eine Kugel den Kapitän in Hüfthöhe. Sein Körper fiel buchstäblich in zwei Hälften auseinander, das Blut schoß aus ihm heraus. Er war auf der Stelle tot.

Fergus befahl der nächststehenden Geschützbesatzung: »Bringt ihn nach unten!«

Bald wurde das Feuer schwächer und schließlich wurde es eingestellt, da die *Aberdeen* raumschots mit hoher Fahrt ablief. Fergus seufzte vor Erleichterung tief auf, behielt aber die schweren Regenwolken achteraus scharf im Auge.

Eine Stunde später war das Blut vom Achterdeck weggespült worden. Fergus fand seine Selbstsicherheit wieder, aber es tat ihm aufrichtig leid, daß sie den Kapitän verloren hatten. Leeks hatte Fergus weitgehend freie Hand gelassen, und dieses Experiment zahlte sich jetzt aus. Jetzt mußte sich Fergus überlegen, wie er die *Aberdeen* sicher nach Hause brachte. Der größte Teil der französischen Flotte lag noch immer in der Bucht von Abukir, aber Fergus wußte, daß im Westen noch vier unbeschädigte Schiffe standen. Er mußte darauf hoffen, daß diese schnell in den Heimathafen wollten und an einem einsamen britischen Transporter kein Interesse hatten.

Nachdem sie eine Stunde nach Lee abgelaufen waren, entschied sich Fergus, noch ein paar Stunden nach Süden zu steuern, bevor er wieder auf einen westlichen Kurs zurückkehrte. Die Entscheidung war richtig, denn in der nächsten Woche segelte die *Aberdeen* ungestört weiter. Jeden Morgen, wenn der Ausguck oben im Topp sorgfältig die heller werdende Kimm absuchte, lief Fergus unruhig auf dem Achterdeck auf und ab. Und jedes Mal, wenn dann der Ausguck meldete, daß der Horizont frei war, seufzte Fergus erleichtert auf. Am Ende der Woche ragte der Felsen von Gibraltar voraus in die Höhe.

Während sie im Hafen von Gibraltar Trinkwasser und Verpflegung übernahmen, wurde Kilburnie in das Büro des Hafenadmirals gerufen. Als er zurückkehrte, informierte er den Segelmeister: »Man hat angeordnet, daß wir dreißig Seesoldaten und fünfzig Matrosen von einer Brigg an Bord nehmen sollen, die Schiffbruch erlitten hat. Ich habe auch arrangiert, daß wir acht Zwölfpfünder mit ihren Lafetten laden werden.«

MacGregor hob die Schultern. »Nun, ich denke, das ist genau das, wofür ein Transporter da ist. Haben Sie die Kanonen gesehen?«

»Ja. Sie sind vom Aussehen und der Form her etwas altmodisch, aber massiv und gut gegossen. Sie brauchen eine gründliche Reinigung und ein paar Stückchen neues Holz in die Lafetten.«

Der Master antwortete: »Na, damit kann sich die Werft beschäftigen, wenn wir sie dort abliefern.«

»O nein, wir werden das selbst machen!«

»Wozu, Sir?«

»Wir könnten Verwendung für sie haben.«

Eine gute Woche später meldete der Ausguck ein Segel. Fergus enterte auf, und als er wieder an Deck zurückgekehrt war, berichtete er: »Es handelt sich um eine französische Fregatte mit mindestens sechsunddreißig Kanonen.«

»Lassen Sie uns hier verschwinden«, stöhnte der Segelmeister.

»Nein«, entgegnete Fergus, »wir werden uns ihr stellen.«

MacGregor schüttelte den Kopf. »Sie müssen verrückt sein!«

Fergus lachte. »Nein, ich bin nicht verrückt, ich habe einen Plan.«

Eine Woche später lief die *Aberdeen* auf die Reede von Plymouth an der Küste Südenglands. Fergus patrouillierte auf dem Achterdeck und beobachtete die Matrosen, die oben auf den Rahen auslegten und ihre Füße in die Fußpferde unter den Rahen stemmten. Der Segelmeister reduzierte nach und nach die Segelfläche, und das Schiff kroch langsam auf seinen befohlenen Ankerplatz zu.

Es war das erste Mal, daß er als Kommandant ein Schiff zu Anker brachte, und er war nervös. Trotzdem fühlte er sich zuversichtlich und war entschlossen, alles richtig zu machen. Er erkannte, daß die Manöver nicht sonderlich kompliziert waren. Als sich das Schiff langsam seinem zugewiesenen Ankerplatz näherte, konnte er die Kommandanten einiger Linienschiffe auf ihren Achterdecks mit auf dem Rücken verschränkten Armen auf und ab marschieren sehen. Er wollte ihnen keine Gelegenheit geben, ihn zu kritisieren.

Als die *Aberdeen* auf der Landseite eines beeindruckenden 100-Kanonen-Schiffes, der *Orestes*, entlanglief, setzte deren Signalgast ein Flaggensignal, das an die *Aberdeen* gerichtet war.

»Was ist die Bedeutung?« fragte Kilburnie einen Midshipman, der neben ihm stand.

Der Midshipman blätterte im Signalbuch und ließ den Finger über die Seiten laufen. »Sir, es bedeutet: ›Gut gemacht.‹«

»Aha«, brummte Kilburnie. »Ich hätte mich an die Nummer erinnern müssen. Ich habe sie schon einmal auf der *Athena* gesehen.«

Kilburnie war verwundert. Woher konnten die wissen, daß die französische Fregatte, die ihnen langsam folgte und die britische Flagge führte, die Prise eines mickrigen Transporters war? Er wandte seine Aufmerksamkeit wieder der Aufgabe zu, am zugewiesenen Platz zu ankern. Als der Segelmeister ihm zunickte, befahl er: »Laß fallen Anker!«

Der Anker klatschte ins Wasser und sank auf den schlammigen Grund der Reede, mehrere Kabellängen der dicken Ankertrosse folgten ihm.

Bald meldete der Bootsmann mit seinem besonderen nordenglischen Akzent: »Anker hält! Kabel steht auf und nieder, Sir!«

Puller blickte über die Seite und studierte die Bewegung des Wassers an der Bordwand. »Keine Fahrt im Schiff!« rief er.

»Sehr gut«, bemerkte Fergus, »Trosse abstoppen und belegen!«

Als die üblichen Arbeiten anliefen, das Schiff auf die Hafenroutine umzustellen, ging Kilburnie zur Steuerbordseite hinüber, von der aus er den Landungssteg für Boote der Royal Navy sehen konnte. Ein Midshipman der Wache beobachtete mit einem langen, glänzenden Messingfernrohr den Landungssteg.

»Was sehen Sie?« erkundigte sich Fergus.

»Sir, ein Boot scheint auf dem Weg hierher zu sein. Im Heck befindet sich ein Zivilist.«

Als das Boot näher gekommen war, ergänzte der Midshipman: »Sir, der Passagier im Heck trägt über einem Auge eine schwarze Klappe und hat nur einen Arm, und es ist nicht Admiral Nelson.«

Kilburnie lachte, war aber baß erstaunt. »Das muß Onkel Jeris sein«, murmelte er.

»Wer bitte, Sir?« fragte der Midshipman.

»Egal. Ehrenwache mit sechs Schiffsjungen.«

Es war tatsächlich Jeris. Er kletterte langsam an der Bordwand empor, dabei benutzte er seinen einen Arm, um den Handläufer des Fallreeps auch sicher zu greifen. Als er an Bord war und auf dem Achterdeck stand, lächelte er Fergus breit an und sagte: »Bitte an Bord kommen zu dürfen, Sir. Ich beginne diese Ehrenwache zu genießen.«

Kilburnie lachte. »Natürlich, Onkel, du bist mein erster wichtiger Besucher. Komm in meine Kajüte.«

In der Kajüte schaute sich Jeris sorgfältig um. »Oh, bei Christi Wunden! Diese Kajüte würde auch einem Admiral nicht schlecht anstehen.«

Kilburnie lachte wieder. »Früher hat hier vielleicht mal einer gewohnt. Jetzt ist die *Aberdeen* zwar zu einem Transporter geworden, und sie wurde in ihrem offiziellen Status herabgestuft, aber die Einrichtung ist geblieben. Nun setz dich doch erst mal, Onkel, und laß uns zusammen eine kleine Erfrischung nehmen. Es ist leider nicht viel Schnaps oder Wein übrig. Der letzte Kommandant scheint den größten Teil der Vorräte verbraucht zu haben, aber ich habe noch etwas echten Bohnenkaffee übrig. Dann erzähle mir, warum du hier bist und woher du erfahren hast, daß ich heute einlaufen werde.«

Jeris nickte. »Ich würde gerne einen Kaffee trinken. Die erste Frage zuerst. Ein schnelles Postschiff kam vor drei Tagen mit deinem Bericht des Gefechts und der Inventarliste deiner Prise an. Ich habe sie gelesen, natürlich nur in groben Zügen.«

»Aber woher wußten die anderen Kommandanten Bescheid? Einer hat mir eine Nachricht zukommen lassen, als ich einlief.«

Jeris schnaufte. »Sie wissen immer innerhalb weniger Stunden alles. In der Marine gibt es keine Geheimnisse.«

Kilburnie veränderte seine Sitzposition auf seinem Sessel. »Ja, ich habe mit dem schnellen Postschiff, das ich ein paar Meilen vor Landsend getroffen habe, eine Kopie meines Berichts auf den Weg gebracht.«

Jeris rückte sich die Augenklappe zurecht. »Der Rest folgt. Aus deiner Inventarliste wußte ich, daß deine Prise sehr wertvoll sein würde, und ich wollte vermeiden, daß das örtliche Prisengericht dich um deinen dir zustehenden Anteil bringt. Ich werde die Überlegungen und Handlungen dieser Herren sehr aufmerksam verfolgen. Aber jetzt zu dem wichtigsten Teil. Ich habe zwar deinen Bericht gelesen, aber du mußt mir genau erzählen, wie du diesen bemerkenswerten Kampf für dich entscheiden konntest. Man nimmt nicht so ohne weiteres an, daß ein schlecht bewaffneter Transporter eine Fregatte mit sechsunddreißig Kanonen bezwingen kann, selbst wenn es sich um einen Franzosen handelt.«

Kilburnie grinste. »Oh, es war gar nicht so schwer. Ich mußte in Gibraltar einen Zwischenaufenthalt einlegen, um ein paar Reparaturen durchzuführen und um Frischwasser und Verpflegung zu bunkern. Der Hafenadmiral wies mich bei dieser Gelegenheit an, dreißig Marine-Infanteristen und fünfzig Seeleute von einer gestrandeten Brigg an Bord zu nehmen, und ich überredete ihn, mir auch die acht Zwölfpfünder einschließlich Lafetten von einem geborgenen Schiff zu übergeben. Sie waren alt und ein wenig abgenutzt, doch wir haben sie wieder aufpoliert.

Ich nahm sie nach unten auf mein sogenanntes Geschützdeck und machte alle Geschützpforten auf beiden Seiten frei zugänglich. Dann riggte ich die Kanonen so, daß man sie leicht von einer Seite auf die andere umsetzen konnte, wenn man es als leicht bezeichnen will, diese unhandlichen Monster über die ganze Breite des Decks zu wuchten und dabei auch noch umzudrehen. Aus meinen Passagieren machte ich Geschützbedienungen. Sogar die Seesoldaten haben freiwillig mitgemacht, und so waren sie alle bald in einem Topzustand und glänzten wie die übrige Ausrüstung der Marines. Ich hatte nie damit gerechnet, daß ich entweder die Mannschaften oder die Geschütze auf dem Rückweg nach England einsetzen könnte.«

Jeris stand auf und marschierte hin und her, dabei streckte er von Zeit zu Zeit sein verwundetes Knie. Dann setzte er sich wieder. »Ich habe nur versucht, die Schmerzen in meinen alten Wunden zu beruhigen. Erzähl weiter.«

»Wie du aus meinem Bericht weißt, sichteten wir die französische Brigg *Toulon* ungefähr hundertfünfzig Seemeilen südwestlich von Landsend. Sie befand sich offensichtlich auf einer Patrouillenfahrt, und ich bin sicher, daß man dort an Bord der Meinung war, daß wir nur ein alter unterbesetzter Transporter wären. Eine leichte Beute also!

Ich hielt meine Geschützpforten geschlossen, um sie anzulocken, dann änderte ich meinen Kurs, um sie glauben zu machen, daß wir versuchen würden, zu flüchten. Sie kam mit voller Kriegsbemalung auf uns zu, jedes Taschentuch gesetzt. Ich versuchte unsere Geschwindigkeit zu verringern, indem ich meine Fock wegnahm. Das konnten sie nicht sehen, weil wir von ihnen wegliefen, sie mußten da drüben glauben, daß wir immer noch auf der Flucht waren. Als sie in Schußweite war, klappte ich meine Stückpforten an der Steuerbordseite hoch, änderte den Kurs nach Steuerbord und brachte so die Steuerbordbatterie zum Tragen. Dann gaben wir ihnen alles, was wir hatten. Alle meine Geschütze standen auf der Steuerbordseite. Ich wußte, daß das nicht ausreichen würde, denn trotz der schweren Schäden, die wir in ihrem Rigg anrichteten und der vielen Männer, die wir auf dem Oberdeck niedermähten, stieß sie weiter auf uns herab wie ein Hund auf seinen Knochen.«

»Wie kam es dazu, daß sie euch entern konnten?«

»Ich hatte es darauf angelegt und habe zuerst wenig Widerstand geleistet. Ich versteckte den größten Teil meiner Seeleute und Marine-Infanteristen unter Deck, als sie längsseits schor. Sie waren alle mit Entermessern, Äxten und Piken schwer bewaffnet. Leider hatten wir nur wenige Gewehre und Pistolen, und die hatte ich an die Seesoldaten ausgeben lassen, die daher doppelt bewaffnet waren.

Als sie längsseits schoren und die Wurfanker schleuderten und über die Verschanzung sprangen, beorderte ich meine Männer an Deck. Die wenigen, die sich auf dem Oberdeck aufgehalten hatten, suchten Schutz hinter den Finknetzen, so daß die Kugeln der Franzosen harmlos in die Hängematten fuhren, aber meinen Männern kaum einen Schaden zufügten. Ich ließ keinen Versuch machen, die Wurfanker zu lösen, und wir alle auf dem Achterdeck machten eine große Schau daraus, uns hinter der Verschanzung zu verstecken.

Mit ihren leergeschossenen Waffen schwärmte die Besatzung des Franzosen auf dem Deck aus und brüllte französische Flüche. Da stießen meine Männer, verstärkt durch die Passagiere, aus dem Zwischendeck hervor. Wir waren ihnen zahlenmäßig überlegen, und schon bald war alles vorüber. Die Franzosen auf unserem Deck waren tot, und so befahl ich meinen Männern, das französische Schiff zu kapern, ohne allerdings alle Seeleute oder Offiziere zu massakrieren. Wir würden ihre Hilfe benötigen, um unsere Prise nach Hause zu segeln.«

»Und dann?«

»Meine Prisenbesatzung hat sie hereingebracht, und du siehst sie hinter uns vor Anker liegen.«

»Ja, und es ist wirklich ein schönes Schiff. Die Inventarliste, die du mitgeschickt hast, sagt aus, daß es eine erhebliche Menge an Goldbarren mitgeführt hat.«

»Ja, einer der französischen Offiziere hat ausgesagt, daß man sie nach Frankreich zurückbringen wollte.«

»Dann wurde der französische Kommandant gierig und wollte dich auch noch aufbringen.«

Kilburnie lachte. »Er hat ein größeres Stück abgebissen, als er kauen konnte, wie man bei uns in Schottland zu sagen pflegt.«

Jeris nickte. »Genau. Jetzt ist die Frage, wie wir deinen Happen in Sicherheit bringen.«

»Ich verstehe nicht?«

»Du weißt darüber wenig, Junge, aber du hast Glück, daß du in Plymouth bist, wo deine Prise von einem ehrlichen Experten begutachtet wird, der mir verpflichtet ist. Ich bin sicher, daß die Admiralität sich entschließen wird, das Schiff zu kaufen. Alle französischen Schiffe sind gut gebaut und schneller als unsere. Jetzt kommt die unangenehme Seite. Was wir als ›Kopf und Geschütz‹ bezeichnen, ist derjenige Teil des Prisengeldes, dessen Höhe auf der Anzahl der Kanonen und Männer an Bord der Prise beruht. Das wird gleichmäßig zwischen allen deinen Besatzungsmitgliedern und Passagieren aufgeteilt, aber der Ertrag aus dem Verkauf des Schiffes und der Goldbarren wird in Achtel aufgeteilt. Glücklicherweise segeltest du nicht unter dem Kommando eines Admirals, der sonst ein Achtel einstreichen würde, daher bekommst du dieses Achtel und zwei weitere Achtel als kommandierender Offizier, also insgesamt drei Achtel. Deine Offiziere teilen sich ebenfalls drei Achtel, und die Besatzung teilt sich den Rest des Geldes. Alles zusammengenommen wird das Prisengeld ein hübsches Sümmchen ausmachen, und die Offiziere und Mannschaften werden gut belohnt werden.«

»An diese Dinge habe ich noch gar nicht gedacht. Wird mein Anteil beträchtlich sein?«

Jeris lächelte. »Das denke ich schon. Mehr oder weniger einige tausend Pfund. Wenn du möchtest, werde ich, wenn es soweit ist, deinen Anteil an deinen Vater überweisen und ihm vorschlagen, daß er davon eine der benachbarten Farmen für dich kauft.«

»Onkel, ich möchte das Geld mit dir teilen. Alles, was ich bin, verdanke ich dir.«

Jeris schüttelte den Kopf. »Nein, mein Junge, Martha

und ich sind finanziell abgesichert. Alles, worum ich bitte, ist, daß du mich zum Lachsangeln auf deiner neuen Farm einlädst. Vielleicht werde ich dich noch um Erlaubnis fragen, ob ich mir auf dem Land ein kleines Häuschen bauen darf.«

Fergus lachte herzlich. »Du bist permanent eingeladen. Ihr könnt uns beide jederzeit besuchen, und du darfst dir natürlich ein Haus in jeder von dir gewünschten Größe errichten. Aber da gibt es eine Einschränkung.«

Onkel Jeris zog die Augenbrauen in die Höhe. »Und die wäre?«

»Ich kann für das Angeln keine Garantie übernehmen.«

Jeris lachte: »Das ist nur fair, schließlich hast du das Land noch nicht mal gesehen.«

Fergus stellte dann eine Frage, die ihm schon die ganze Zeit auf der Zunge brannte: »Was gibt es Neues von der Familie, Onkel Jeris?«

Jeris verzog schmerzlich das Gesicht. »Ich fürchte, daß es deinem Großvater nicht gutgeht. Sogar die robusteste Konstitution bricht mal zusammen, und ich fürchte, das geschieht gerade bei deinem Großvater. Trotzdem hört er mit großer Freude von deinen Heldentaten – und ich halte ihn immer auf dem laufenden.«

»Und wie geht es Mutter und Vater?«

»Ihnen geht es gut, und sie gehen mir ständig damit auf den Geist, wie dankbar sie sind, daß sie von Irland und seinen Katholiken und Rebellen fort sind.«

Fergus entschied sich, keine Fragen über Irland zu stellen, aber er war sich sicher, daß Jeris über die Angelegenheiten in Donegal und das Schicksal von Lord Inver informiert war. »Wie sieht es denn mit der irischen Rebellion aus, Onkel?«

Jeris' Tonfall wurde grimmig: »Natürlich hat die Landbevölkerung – Katholiken und Presbyterianer – die Gelegenheit wahrgenommen, um alte Rechnungen auszugleichen. Ihre Aktionen wurden in einem Meer von Blut ertränkt. Die Rebellion wurde auf dieselbe Art und Weise niedergeschlagen wie seinerzeit '45, also mit grausamer Brutalität und Massenexekutionen.«

»Mir wurde erzählt, daß die Iren ein paar Schlachten gewonnen hätten.«

»Das haben sie tatsächlich.«

Fergus entschloß sich, zu einem angenehmeren Thema überzugehen. »Was ist mit dem alten Prisengeld, was mir noch geschuldet wurde?«

Jeris lächelte wissend. »Es wird dich freuen zu hören, daß es mir gelungen ist, dein Geld dem Prisenagenten aus den Rippen zu schneiden. Davon habe ich deine Schulden bei Leutnant Kittrelle bezahlt, der jetzt eine Fregatte mit sechsunddreißig Kanonen aus Plymouth kommandiert. Alle deine Schulden sind vollständig beglichen.«

»Was bleibt mir davon noch?«

»Die anständige Summe von siebenunddreißig Pfund.«

»Oh, das hätte ich beinahe vergessen! Ich habe einen großen Sack voller Depeschen für die Admiralität an Bord. Kannst du dich darum kümmern?«

Jeris Kinnlade fiel herunter. »Was? Wir haben hier die ganze Zeit geschwatzt, während die Admiralität auf wichtige Informationen wartet?«

Fergus lachte: »Beruhige dich, Onkel, ein paar Stunden machen den Kohl nicht fett.«

Am nächsten Tag kam Onkel Jeris wieder an Bord. Nachdem Fergus ihm einen Brandy vorgesetzt hatte, begann er zu erzählen. Fergus hatte ihn noch nie so aufgeregt gesehen.

»Was ist los, Onkel, hat jemand versucht, meine Prise zu stehlen?«

»Nein, nein, das liegt jetzt alles in den Händen des Prisengerichts. Dein Anteil ist dir sicher, ganz gleich, wie viele hohe Offiziere jetzt versuchen, sich noch in die Sache einzuklinken. Die Prisenbesatzung hat das Schiff bereits übernommen.«

»Ja, das weiß ich. Meine Leute sind heute morgen von der Prise zurückgekehrt, und sie haben mir erzählt, daß die Franzosen an Land in ein Kriegsgefangenenlager gebracht wurden.«

»Sicher werden sie bald ausgetauscht werden.«

»Was gibt es also für Probleme?«

»Ein Eilbote der Admiralität hat mir am Morgen eine Nachricht der Admiralität gebracht. Ich habe ihm deine Depeschen von Admiral Nelson an die Admiralität mitgegeben. In der Nachricht steht, daß sich mindestens zehn Vollkapitäne im Warteraum der Admiralität gegenseitig auf die Zehen treten und beim Dritten Seelord ein gewaltiges Theater veranstalten, um dein Schiff zu übernehmen. Ich muß so schnell wie möglich zurück nach London, um die Befehle für einen von ihnen auszufertigen. Mein Vorgesetzter meint, was er sagt, daran gibt es keinen Zweifel.«

»Mein Gott! Was muß ich tun, um das Kommando zu behalten?«

»Sei ungefähr vier Jahre älter, habe ungefähr fünf

Dienstjahre mehr auf dem Buckel und sei ein Engländer mit dem richtigen Titel.«

»Das kann ich nicht erfüllen. Ich bin so nicht geboren worden. Gibt es denn keine Hoffnung für mich?«

Jeris kippte seinen Brandy und bat um einen zweiten. Fergus goß ihm einen Doppelstöckigen ein.

»Ja, ich habe eine Nachricht zurückgeschickt, daß ich hier noch in wichtigen Angelegenheiten drei Tage beschäftigt bin. Du mußt innerhalb von achtundvierzig Stunden dein Schiff beladen und in Richtung Mittelmeer auslaufen. Ich bin gezwungen die Bestallung des neuen Kommandanten auszustellen, sobald ich zurück bin, aber er muß dich erst mal erwischen.«

Fergus zuckte traurig mit den Schultern: »Ich schätze, das wird er.«

»Vielleicht. Vielleicht auch nicht. Und zumindest hast du ein Kommando für ein paar Monate. Das ist viel Zeit, in der viele günstige Gelegenheiten an die Tür klopfen können. Vielleicht ereignet sich irgend etwas Positives in dieser Zeit. Wie es scheint, hast du dieselbe Art Glück, die Admiral Nelson hat.«

»Aber ich kann den Hafen doch nicht ohne Befehle verlassen.«

Jeris zog einen Umschlag aus der Brusttasche. »Du hast das hier. Das kam mit demselben Postsack wie meine Benachrichtigung. Öffne es.«

Fergus öffnete den offiziell aussehenden Umschlag und las die Befehle durch. »Es heißt hier, daß die *Aberdeen* so schnell wie möglich beladen werden, unverzüglich in See gehen und ins Mittelmeer versegeln soll, wo sie sich bei Admiral Nelson zu melden hat.«

»Du kannst da monatelang untertauchen. Der neue Kommandant finde dich vielleicht nie.«

Fergus erhob sich von seinem Stuhl. »Ich scheine keine andere Wahl zu haben. Ich bin bereit.«

Jeris schnaufte: »Nun, dann ist das erledigt. Gib mir noch einen Brandy, damit er den anderen Gesellschaft leisten kann, und dann erzähl mir noch mehr von der Schlacht bei Abukir.«

»Willst du damit sagen, daß das hier noch nicht allgemein bekannt ist?«

»Nein, wir wissen noch nicht genau Bescheid. Ich habe gehört, daß Admiral Nelson in der Schlacht schwer verwundet worden ist und daß seine Schiffe so schwer beschädigt waren, daß die Flotte zwei Wochen in der Bucht liegenblieb, bevor sie wieder die Anker lichten und auslaufen konnte.«

»Ich glaube, daß das durchaus möglich ist. Wir waren bei mehreren Schiffen längsseits, um sie mit Ersatzteilen und Nachschub zu versorgen. Einige unserer Schlachtschiffe waren entmastet und viele wirklich außerordentlich schwer beschädigt. Auch die französischen Schiffe, die erobert worden waren, mußten zur Sicherheit erst repariert werden, damit man sie überhaupt als Prisen einbringen konnte, denn die waren in einem noch viel schlechteren Zustand als unsere. Aber hätte er keine Nachricht mit einer Brigg schicken können?«

»Ich vermute, daß du eine Korvette meinst, so nennen wir die Sloops heute, seit sie größer geworden sind.«

Fergus hob eine Augenbraue. »Ach ja?«

»Nein. Er hatte nur eine Fregatte, und die war auch beschädigt. Er konnte noch nicht mal die vier Schiffe verfolgen lassen, die geflüchtet sind.«

Fergus lachte, dann wurde er wieder ernst. »Wir haben sie gefunden, obwohl wir das keineswegs vorhatten.«

»Und bei dieser Gelegenheit wurde Kapitän Leeks getötet?«

»Ja. Er war das einzige Opfer, das wir zu beklagen hatten. Ich habe dabei immer noch ein schlechtes Gefühl. Ich glaube, er stand kurz vor dem Ruhestand.«

»Das stimmt. Wir wollten ihn noch ein Jahr lang im Dienst halten, dann wollten wir ihn pensionieren.«

»Wußtest du, daß er stark getrunken hat?«

»Ja, das war uns bekannt, aber in seiner Jugend war er ein echter Tiger. Die Navy schuldete es ihm, daß er noch ein paar Jahre die volle Heuer bekam. Als ich hörte, daß du unter ihm dienst, dachte ich, daß das für dich eine gute Gelegenheit sein könnte, von ihm eine Menge zu lernen.«

»Ich sehe das heute auch so. Er hat mich nicht getriezt, und in der Tat habe ich sehr viel von ihm gelernt.«

Jeris stand auf. »Ich muß wieder an Land, wo ich mich drei Tage lang verstecken werde, damit mich kein Bote der Admiralität mit dringenden Nachrichten finden kann. Ich werde dich für einige Zeit nicht wiedersehen. Viel Glück! Und niemals aufgeben!«

Fergus verabschiedete Jeris und ging dann nach vorne, um das Laden der Nachschubgüter aus einer Barkasse zu überwachen. »Wir wollen einen ordentlichen Schlag ranhauen«, meinte er zu Leutnant Young, seinem Ersten Offizier, der für das Beladen verantwortlich war. Dann wandte er sich wieder an den Bootsmann: »Wir sollen in achtundvierzig Stunden auslaufen. Sind Sie bis dahin bereit?«

Der Bootsmann hob die Schultern. »Nicht so fit, wie

wir in vier Tagen gewesen wären, aber wir werden natürlich segeln können.«

Fergus ging nach unten, wo die Besatzung die zusätzlichen Geschütze fest an die Bordwände laschte, um Platz für die Ladung zu schaffen, die hier unten gestaut werden mußte. Er ging hin und her und streichelte die Bodenstükke der Stücke gefühlvoll.

Der Stückmeister, der ihn begleitete, grinste zufrieden. »Die haben gute Arbeit geleistet. Glauben Sie, daß wir nochmals das Glück haben werden, sie einzusetzen, Sir?«

Fergus lachte. »Das Glück ist da, wo man es findet, und wir fahren an viele verschiedene Orte.«

»Gut, Sir, der Bootsmann hat sie so gestaut, daß wir sie bewegen können, falls wir das müssen. Wenn notwendig, werden wir die Hälfte der Geschütze benutzen können, vielleicht auch mehr.«

Fergus überblickte bei einem letzten Rundgang das Deck und ging dann wieder auf das Achterdeck. Eine Nachricht kam gerade von einem in der Nähe liegenden Linienschiff herein. Der Signalgast las sie vor: »Sir, Sie sind zum Dinner eingeladen worden.«

»Danke. Bestätigen Sie bitte.«

Beim Dinner genoß Fergus die große Kajüte und ihre wunderschöne Einrichtung. Zwei weitere Kapitäne von in der Nähe liegenden Schiffen waren ebenfalls anwesend, aber Fergus stand im Mittelpunkt der Aufmerksamkeit und wurde mit vielen Fragen zur Schlacht von Abukir und zu den Abenteuern seines eigenen Schiffes bombardiert.

Fergus aß und trank nur mäßig und hoffte, daß man ihn zeitig entschuldigen würde, damit er schnell auf sein Schiff zurückkehren konnte, bevor irgendein alter Gramusel von einem Kapitän zur See auftauchte und seinen Posten beanspruchte.

Sein Schlaf war unruhig, denn er lauschte auf jeden Schritt an Deck. Um 03.30 Uhr konnte er nicht mehr schlafen, daher stand er auf und bereitete sich auf den Tag vor.

5
Kommandant

Fergus war um 04.00 Uhr an Deck und sah den Seeleuten zu, welche die Nachschubgüter verstauten und die schweren Mastteile laschten. Hin und wieder warf er einen Blick zum Landungssteg für die Boote der Royal Navy. Er befürchtete, daß sich von dort ein Boot zu ihm hinaus in Bewegung setzten könnte. Am Ufer entlang waren viele Lichter zu sehen, die meisten markierten den Eingang zu einer Kneipe.

In der Morgendämmerung hatte er noch immer kein verdächtiges Boot herankommen sehen, und auch auf dem Signalturm der Royal Navy, auf dem Licht brannte, blieb alles ruhig. Er hatte den Bootsmann rufen lassen, und schon bald hörte er die bekannten Kommandos in den Decks: »Alle Mann! Auf die Stationen zum Anker hieven und klar zum Setzen der Segel!«

Im fahlen Licht des Morgengrauens schlich die *Aberdeen* aus dem Hafenbereich und lag gut innerhalb der achtundvierzig Stunden, die Jeris eingeräumt hatte.

Als das Schiff aufgeklart war und alle Segel getrimmt waren und anständig zogen, stieß Fergus einen tiefen Seufzer aus. Er mochte zwar nicht der rechtmäßig bestallte Kommandant der *Aberdeen* sein, aber in seinen Augen und in denen seiner Offiziere und der Besatzung war er es – und daran würde sich jetzt für einige Zeit nichts ändern.

Er blickte in die prall geblähten Segel und schaute dann über das Vordeck. Die *Aberdeen* war etwas breiter als moderne Schiffe ihrer Größe und daher nicht ganz so schnell, und einige der Planken und ein Teil ihres Unterbodens, nämlich dort, wo sich vor langer Zeit einmal der berüchtigte sogenannte Teredowurm seinen Weg durch ein Loch im schützenden Kupferbeschlag gesucht hatte, befanden sich im Zustand des Verrottens. Doch für Fergus war sie immer noch eine Schönheit. Jedes vorbeiziehende Schiff, auf dem man noch nicht wußte, daß sie nicht länger als Linienschiff eingesetzt war, würde sie als ein solches ansehen, solange ihre Geschützpforten geschlossen blieben.

Der Segelmeister kam auf das Achterdeck, um mit Fergus das Wetter und den Einsatz der Segel zu besprechen. Er bemerkte, daß Fergus tief in Gedanken versunken war, und stellte sich einige Minuten schweigend neben ihn und sah den Toppgästen zu, die aus dem Vortopp an Deck herunterkamen.

Dann bemerkte ihn Fergus und fragte: »Ja?«

»Ich glaube, Sie bewundern Ihr Schiff«, stellte der Segelmeister fest, »es ist aber auch eine Schönheit.«

»Ja«, antwortete Fergus, »ich kann mich glücklich schätzen.«

»Das denkt auch die Mannschaft. Sie freuen sich darauf, unter Ihnen dienen zu dürfen.«

Fergus lachte. »Ich hoffe, daß sie nicht von mir erwarten, daß wir auf jeder Reise eine Prise nehmen.«

»Nein, sie haben ihr Geld von der letzten noch nicht ausgegeben, aber sie wissen, daß Sie zuschlagen, wenn es eine Gelegenheit dazu gibt, und nicht wegrennen.«

Fergus lachte wieder. »Das können sie ruhig glauben.«

Während sie südwärts in Richtung Gibraltar segelten, wurde es jeden Tag wärmer. Sie befanden sich jetzt in den frühen Augusttagen des Jahres 1798, und der Sommer hatte seinen Höhepunkt erreicht. Gibraltar zerschmolz in der Hitze, als sie dort vor Anker lagen. Sie hatten Sonnensegel geriggt, um die sengenden Strahlen zu mildern. Fergus war froh, daß ihm seine Befehle erlaubten, weiter nach Osten zu segeln, um dort nach Admiral Nelsons Flotte zu suchen. Er fragte den Hafenadmiral: »Was glauben Sie, wo werde ich ihn am ehesten ausfindig machen?«

Der alte Admiral hob eine Augenbraue und grinste schief: »In Neapel, natürlich.«

Fergus war verwirrt. »Sir, warum sollte er gerade dort sein?«

Der Admiral lachte. »Ich vermute, daß Sie mit dem neuesten Klatsch nicht auf dem laufenden sind. Er ist dort, weil Lady Hamilton dort ist.«

»Wer ist das?«

»Die Ehefrau eines Diplomaten, der dort akkreditiert ist.«

»Ich verstehe noch immer nicht.«

»Da lassen Sie sich mal keine grauen Haare drüber wachsen. Anscheinend hat Hamilton nichts dagegen einzuwenden. Wenn Sie die Dame kennengelernt hätten, dann würden Sie mir zustimmen, daß er wahrscheinlich ein wenig Hilfe gebrauchen kann, wenn Sie verstehen, was ich meine.« Er legte einen Finger an die Seite seiner langen roten Nase.

Fergus, der nun den Sinn der Unterhaltung begriffen hatte, bedankte sich artig: »Vielen Dank für Ihren wertvollen Tip, Sir. Ich laufe morgen aus und werde nach Neapel versegeln.«

Am 23. September segelte die *Aberdeen* langsam in die Bucht von Neapel. Der Vesuv erhob sich dräuend hinter dem Hafen.

Fergus erschauderte. »Ich mag diesen verdammten großen heißen Felsen nicht so dicht in meiner Nachbarschaft.«

Der Segelmeister lachte. »Der liegt da schon sehr lange, und er sieht eigentlich ganz friedlich aus.«

»Ja, und wenn ich meinen Geschichtsbüchern Glauben schenken darf, hat er vor vielen Jahren eine Menge Menschen getötet, aber die Überlebenden bleiben einfach an seinen Abhängen wohnen.«

»Ich mache mir viel mehr Sorgen darüber, wie ich diesen verdammten neapolitanischen Schiffen ungeschoren entkomme. Sie haben keinen Schimmer von den Gesetzen der Seefahrt und davon, wer Vorfahrt hat.«

Obwohl er in der brütenden Septemberhitze reichlich schwitzen mußte, gelang es dem Master, die *Aberdeen* ohne größere Schäden vor Anker zu bringen. Allerdings zischte ein kleines Schiff dicht vor ihrem Bug vorbei, gerade bevor sie Anker werfen wollten, und es dabei schaffte, an ihrer Steuerbordseite entlangzuscheuern, wobei es einen langen dünnen Kratzer hinterließ.

Der italienische Skipper flegelte sich mit gekreuzten

Unterarmen auf der Verschanzung und lachte, als er den langen Kratzer in der Farbe der *Aberdeen* sah. Der Bootsmann am Bug bedachte ihn mit einem Schwall von Flüchen und schüttelte drohend die Fäuste. Darüber mußte der italienische Skipper nochmals lachen und antwortete mit einem noch viel längeren Schwall italienischer Flüche und grüßte den Bootsmann auf italienisch mit seinem ausgestreckten Mittelfinger.

Fergus schüttelte den Kopf. »Das ist eine andere Welt«, stellte er lakonisch fest.

Als der Anker sicher im Grund gefaßt hatte, sah sich Fergus im Hafen um. Während des Einlaufens hatte er keine britischen Kriegsschiffe entdecken können, aber jetzt bei näherem Hinsehen sah er Nelsons Flaggschiff, die *Vanguard*, vor Anker hinter einer Reihe italienischer Schiffe. Eine britische Fregatte hatte längsseits festgemacht. Er blickte prüfend durch sein langes Fernglas auf die Schiffe. Nach ein paar Sekunden pfiff er leise zwischen den Zähnen.

»Ist irgend etwas nicht in Ordnung?« fragte der Segelmeister.

»Mein Gott! Das Oberdeck der *Vanguard* ist immer noch ein einziges Trümmerfeld. Ich glaube, sie wird unsere Hilfe benötigen. Lassen Sie meine Gig zu Wasser bringen!«

Der Midshipman der Wache rief nach dem Bootsmann, und dessen Pfeife erklang umgehend. »Die Kommandantengig aussetzen!«

Dreißig Minuten später legte die Gig an der Bordwand des Flaggschiffs an. Für Fergus wurde Seite gepfiffen, dann wurde er vom Adjutanten des Admirals in Empfang genommen.

Der Adjutant fragte: »Ist das die *Aberdeen*, mit der Sie eingelaufen sind?«

Fergus antwortete: »Aye, aber ich bin kein Kapitän. Ich kommandiere sie als Leutnant.«

»Erstaunlich! Ich hätte gedacht, daß dieser Schwarm von Bussarden, die sich im Warteraum der Admiralität eingenistet haben, Ihr Schiff inzwischen gefunden hätte.« Der Adjutant geleitete Fergus unter Deck. »Der Admiral wollte Sie so schnell wie möglich sprechen.«

Admiral Nelson ruhte zurückgelehnt auf einem Sofa in seiner Kabine, als Fergus hineingeführt wurde.

»Leutnant Kilburnie, kommandierender Offizier der *Aberdeen*«, meldete ihn der Adjutant an.

Nelson erholte sich offensichtlich immer noch von seiner Kopfwunde, die er bei Abukir empfangen hatte. Oben am Haaransatz war eine rosa Narbe zu erkennen, wo die Haut wieder zusammengenäht worden war. »Verzeihen Sie mir bitte, daß ich nicht aufstehe«, entschuldigte er sich, »meine Wunden quälen mich leider etwas von Zeit zu Zeit.« Dann schaute er Fergus scharf an. »Ah, ich erinnere mich an Sie, Sie waren auf dem Schiff, das uns bei San Pietro wieder mit Masten versorgt hat. Wie ich gehört habe, ist Ihr Kommandant kürzlich in einem Gefecht gefallen.«

»Jawohl, Sir. Es tat mir sehr leid, ihn zu verlieren.«

»Und jetzt sind Sie zeitweise kommandierender Offizier?«

»Jawohl, Sir. Ich weiß, daß ein Kapitän zur See unterwegs ist, der das Schiff übernehmen wird.«

Nelsons düsteres Gesicht hellte sich auf. »Nein, das ist er ganz gewiß nicht. Er war auf einem Transporter unterwegs, der hierher bestimmt war, ist aber bei einem harten

Gefecht mit einer spanischen Fregatte getötet worden. Ich bin daher ganz sicher, daß Sie noch eine gute Weile das Kommando behalten werden. Es dürfte für Sie interessant sein, daß ich eine Nachricht an die Admiralität geschickt habe, in der ich Ihre sofortige Beförderung zum Kapitän zur See empfehle, und daß Sie weiter das Kommando über die *Aberdeen* behalten. Ich denke, das wird klar gehen. Von jetzt ab haben Sie den Rang eines Vollkapitäns, der der Größe Ihres Schiffes entspricht. Ich werde das mit der Admiralität abstimmen.«

Fergus verbeugte sich. »Vielen Dank, Sir.«

Nelson, der offensichtlich müde wurde, lächelte schwach. »Und jetzt bringen Sie Ihr Schiff längsseits, damit wir die Ausrüstung und Verpflegung übernehmen können. Wenn Sie das Achterdeck überqueren, werden Sie feststellen, wie dringend wir alles benötigen.« Der Admiral konzentrierte sich nochmals und fragte hellwach: »Oh, nebenbei gesagt, haben Sie auf der letzten Reise nicht auch noch eine Prise genommen?«

»Aye, Sir. Ich hatte eine Menge Unterstützung durch meine Passagiere und die zusätzlichen Geschütze, die ich an Bord mitführte.«

»Haben Sie die Kanonen an Land gegeben?«

Fergus wurde rot. »Nun ja, nein, Sir. Ich war im letzten Hafen sehr in Zeitdruck.«

Nelson lachte. »Ich würde mir darüber keine Gedanken machen. Behalten Sie sie. Ich habe auch ein paar Passagiere für Sie. Auf dem Flaggschiff befinden sich fünfzig verwundete Seeleute, Veteranen der Schlacht vor Abukir, die ich in die Heimat ins Hospital schicken muß. Ich möchte, daß Sie diese Männer an Bord nehmen.«

»Natürlich, Sir. Sind sie schwer verwundet?«

Nelson zuckte die Achseln. »Ein paar schon. Aber die meisten sind nicht bettlägerig, und wenn sie mitbekommen, daß es Prisengeld zu verdienen gibt, dann werden sie flitzen wie die jungen Götter.«

»Ich verstehe, Sir.«

Nelson blickte nach oben an die Decke, sein gesundes schwarzes Auge blitzte in seinem bleichen Gesicht. »Ich möchte Sie daran erinnern, daß Sie bis zum Einlaufen in der Heimat unter meinem Kommando stehen. Daher steht mir ein Drittel des Prisengeldes zu, welches Sie vielleicht gewinnen werden.«

Fergus nickte: »Natürlich, Sir.«

Nelson fuhr fast entschuldigend fort: »Normalerweise kümmere ich mich nicht um solche Sachen wie Prisengelder, aber kürzlich sind meine.. äh ... Aufwendungen an Land erheblich gestiegen, und da würde mir ein wenig Prisengeld sehr gelegen kommen.«

Fergus grinste: »Nun, Sir, ich werde mein Bestes tun!«

Zwei Tage später war die Ladung der *Aberdeen* vollständig gelöscht. Fergus verabschiedete sich von Admiral Nelson und setzte den Kurs auf Gibraltar ab. Die Reise zum Felsen verlief ohne besondere Ereignisse, und bald bewegte sich die *Aberdeen* nach Norden in Richtung England.

Während der ersten drei Tage segelte die *Aberdeen* mit einer leichten südlichen Brise einen nördlichen Kurs. Das Wasser war klar und blau wie im Mittelmeer, und große Schulen von Schweinswalen begleiteten sie. Fergus verbrachte seine Stunden am Tage damit, ihnen zuzuschauen, wenn sie wie kleine Kinder fröhlich herumtollten. Über ihnen schwebten die agilen weißen Seemöwen und die pfeilschnellen Seeschwalben, die von Zeit zu Zeit blitzschnell in das Wasser tauchten, um dann mit etwas grünem Seetang oder einem kleinen Fisch, der sich unvorsichtigerweise zu dicht unter der Oberfläche aufgehalten hatte, im Schnabel wieder aufzusteigen.

Während er müßig die See und ihre Attraktionen beobachtete, dachte er an Shannon. Er fragte sich auch, wie die Farm wohl aussah, die er sich von seinem Prisengeld in Schottland gekauft hatte. Ganz gewiß würde ein Haus auf dem Land stehen, zusätzlich war ein Lachsfluß vorhanden, und er dachte kurz daran, den Dienst in der Marine zu quittieren. Dann würde er nach Irland fahren, um herauszufinden, ob Shannon ihren Mann verlassen und mit nach Schottland auf die Farm ziehen würde. Schließlich hatte Nelson das ähnlich gemacht, und die Admiralität hatte darauf kaum reagiert.

Ein Ruf aus dem Masttopp unterbrach seine Tagträume. »Segel an Steuerbord voraus!«

Fergus schwang sich auf die Verschanzung und von dort in die Wanten. Dann überlegte er es sich und sprang zurück an Deck, um Midshipman Puller an seiner Stelle in den Topp zu schicken. Puller wurde jetzt schnell erwachsen und brauchte mehr Verantwortung und Herausforderungen.

Auf dem Deck stehend blickte er nach Steuerbord und beobachtete, wie das Segel immer größer und größer wurde. Er dachte kurz daran, nach Backbord abzudrehen und abzulaufen, denn schließlich war die *Aberdeen* nur ein teilweise bewaffneter Transporter, und man erwartete nicht von ihr, sich mit feindlichen Kriegsschiffen herumzuschlagen. Schnell verwarf er dann diesen Gedanken wieder, weil er sich daran erinnerte, was Kapitän Waterbury vor Monaten in einer ähnlichen, aber wesentlich günstigeren Ausgangssituation gemacht hatte, als er nämlich vorsätzlich ein Gefecht mit einem französischen Schiff vermieden hatte. Er, Kapitän Kilburnie, würde keinem Kampf aus dem Wege gehen, ganz gleich, wie die Chancen standen. Das hatte auch Admiral Nelson nie getan, und er hatte damit großen Erfolg gehabt. Kilburnie würde dem Beispiel Nelsons folgen, nicht dem Waterburys. Er wußte, daß seine Besatzung auf einen Kampf brannte, weil als Belohnung das klingende Prisengeld lockte. Er konnte sehen, wie ihn die Männer in der Nähe ansahen und erwartungsvoll grinsten.

Puller kam an einem Backstag heruntergerutscht, ohne auf den Teer zu achten, der sich an seinen weißen Strümpfen ansammelte. »Sir«, meldete er, »es handelt sich um einen Franzosen, und es ist eine große Fregatte.«

Fergus wandte sich an MacGregor. »Master, behalten Sie den Kurs bei!«

Dann sagte er zum Ersten Offizier: »Leutnant Young, treffen Sie bitte alle Vorbereitungen für einen Kampf!«

»Soll ich klar Schiff zum Gefecht anschlagen lassen?«

»Auf jeden Fall.«

Der Erste Leutnant sah etwas verwirrt aus. »Sind Sie sicher, daß es ein Franzose ist, Sir?«

»Ich setze meinen letzten Penny auf Midshipman Pullers Einschätzung, darum bin ich auch nicht aufgeentert.«

Young grinste: »Ich verstehe, Sir.«

Fergus nickte zuversichtlich. »Jetzt werden wir uns den Burschen schnappen.«

Das französische Schiff kam auf einem westlichen Kurs unter voller Besegelung stetig näher.

Fergus studierte die Windverhältnisse, er wußte, daß er den Franzosen auf einen mehr südlichen Kurs locken mußte. »Master, zwei Strich nach Steuerbord, bitte.«

MacGregor gab die erforderlichen Befehle in seinem schottischen Tieflanddialekt, und ein paar Matrosen verließen zeitweilig ihre Geschütze, um beim Trimmen der Segel mitzuhelfen.

Der Franzose änderte seinen Kurs ebenfalls um zwei Strich, um Richtung und Geschwindigkeit der Annäherung konstant zu halten. Die schnelle Fregatte stand jetzt genau im Osten der *Aberdeen* und war fünf Meilen entfernt.

Fergus befahl Midshipman Puller, der neben ihm stand: »Schnappen Sie sich ein Teleskop und richten Sie es auf das Achterdeck des Franzmanns und halten Sie es da, was auch immer passiert. Ich will wissen, was der Kommandant da drüben tut, wo er hinschaut, wie er aussieht, und sagen Sie mir auch, falls Sie das schaffen, was er denkt. Teilen Sie mir natürlich auch alles andere Wichtige mit, das Sie entdecken.«

Puller lachte. »Ich spreche französisch, Sir, aber ich fürchte, daß der Abstand zu groß ist, um seine Worte von den Lippen abzulesen.«

Fergus, der den Gegner ebenfalls durch ein Fernglas studierte, das er auf der Verschanzung abgestützt hatte, entfuhr ein leiser Fluch: »Verdammt, der Kerl ist größer, als ich angenommen hatte. Der führt mindestens achtunddreißig Kanonen.«

Der Segelmeister hörte das. »Kapitän, sind Sie sicher, daß Sie Ihre Meinung nicht doch noch ändern wollen? Ich glaube zwar nicht, daß wir ihm wegsegeln können, aber wir könnten das Unvermeidliche herauszögern, und er könnte aufgeben und uns entkommen lassen.«

Fergus lachte. »Zur Hölle mit dem Unvermeidlichen. Wir werden uns etwas einfallen lassen müssen.«

Der Segelmeister zuckte die Schultern und verschränkte die Arme hinter seinem Rücken. »Nun, was immer Sie machen wollen, dann sollten Sie es besser bald machen. Wir befinden uns gerade noch außerhalb der Reichweite seiner Geschütze.«

Fergus wandte sich an den Ersten Leutnant, der den Befehl über die Steuerbordbatterie hatte. Leutnant Young war, wie um seinen Namen Lügen zu strafen, kein junger Mann mehr, sowohl was sein Lebensalter als auch sein Aussehen anging. Jahrelang hatte er auf einem Linienschiff auf seine Beförderung gewartet, und jahrelang hatte man ihn übergangen, zugunsten »dieser ekelhaften Kerle, die in der Admiralität herumhängen«, wie er es ausgedrückt hatte. Jetzt diente er zum Abschluß seiner Karriere auf einem zweitklassigen Schiff, bis er reif für die Pensionierung war. Fergus mochte ihn, aber er brauchte ständig einen ermunternden Stoß. Fergus vermutete, daß darin auch der Grund lag, warum er nie befördert worden war. Jetzt stand Leutnant Young vor Fergus, und sein faltiges, besorgtes Gesicht zeigte einen bitteren Ausdruck. Aber Young schien heute auch ungewöhnlich enthusiastisch zu sein, und Fergus hoffte, daß es ihm gelungen war, Youngs Einstellung zu ändern.

Er fragte den wartenden Young: »Haben Sie alle Vorbereitungen getroffen? Sind alle zusätzlichen Kanonen auf dem Geschützdeck so aufgestellt, daß sie nach Steuerbord feuern können?«

»Aye, Sir. Die Passagiere sind auch bereit und scharf drauf, daß der Kampf beginnt.«

»Können sie uns trotz ihrer Verwundungen wirklich von Nutzen sein?«

»Doch, Sir. Sie haben alle von der Prise gehört, die Sie beim letzten Mal erobert haben. Sie haben Vertrauen zu Ihnen. Die meisten haben ihre Verletzungen vergessen. Es befinden sich einige langjährig erfahrene Geschützführer unter ihnen, die können ihre Geschütze auch trotz ihrer Blessuren richten lassen. Sie werden besser sein als die französischen Kanoniere!«

Fergus ballte leicht die Fäuste. »Ich werde versuchen, sie nicht zu enttäuschen. Sie werden bald etwas zu tun bekommen.« Er befahl dem Segelmeister: »Ändern Sie bitte den Kurs um acht Strich nach Backbord!«

MacGregor gab die Order an den Rudergänger weiter und schickte die Segeltrimmer los, um die Einstellung der Segel entsprechend anzupassen. Die *Aberdeen* schwang rasch herum, dadurch blieb die Fregatte an ihrer Steuerbordseite. Der Franzose versuchte nach Steuerbord zu drehen, um sich der *Aberdeen* zu nähern, aber er war nicht so schnell wie sein Opponent. Die große Breite der *Aberdeen* machte sie langsamer, verlieh ihr aber die Fähigkeit, flinker zu drehen als schnellere Schiffe mit einem langgestreckten Lateralplan.

Fergus grinste und rief: »Feuer frei!«

Die Geschützführer überprüften die Richtung ihrer Stücke, und sobald sie sicher waren, daß sie den drehenden Franzosen im Visier hatten, donnerten die Kanonen los. Obwohl sie auf maximale Reichweite eingestellt waren, flogen einige Kugeln hoch von vorne bis hinten durch die

Segel des Franzosen, und zumindest ein Segel löste sich völlig in Fetzen auf, die in der Brise flatterten.

Fergus triumphierte: »Die meisten Treffer in den Segeln stammen von den Kanonen im Zwischendeck, die von den Passagieren bedient werden!« sagte er zu Puller. »Großartige Schießleistung!«

Puller antwortete: »Sie bezahlen ihre Überfahrt.«

Das französische Schiff drehte so langsam, daß es sich noch die zweite Salve einfing, als es endlich der *Aberdeen* seine Breitseite zeigte.

Puller rief aufgeregt: »Ich konnte mindestens vier Treffer beobachten, die meisten in den Segeln und im Rigg.«

Kilburnie belehrte ihn: »Darum schießen die Geschützführer ja auch in der Aufwärtsbewegung.«

»Ich verstehe. Sie wollen den Rumpf nicht beschädigen, damit wir sie problemlos nach Hause segeln können, Sie wollen den Franzosen nur langsamer machen.«

Der Segelmeister trat von hinten an Fergus heran. »Kapitän, ich denke, wir haben seine Segel und das Rigg ausreichend beschädigt, um ihn aussegeln zu können und uns dünne zu machen.«

Fergus lachte schallend: »Verdammt, Master, hören Sie auf, sich Sorgen zu machen. Wir wollen den Schwanz nicht einklemmen, wir wollen den Froschfresser erobern!«

MacGregor grinste: »Ich wollte Sie nur mal testen, Sir.«

Die beiden Schiffe näherten sich langsam. Jetzt gab der Franzose seine erste ungleichmäßige Salve ab. Die meisten Kugeln flogen hoch durch die Segel, aber eine schlug vorne im Rumpf ein. In der relativen Stille zwischen den Salven konnte man sie einschlagen hören.

Puller lachte, sein junges englisches Gesicht war leicht gerötet. »Da sind jetzt keine Kanonen und Geschützmannschaften, es ist also nicht viel Schaden entstanden. Vielleicht können wir die Kugel zurückschießen?«

Fergus rannte nach vorne zu den Zwölfpfündern auf dem Oberdeck und besprach sich mit Leutnant Young, auf dessen Gesicht ein breites Grinsen lag. Fergus hatte noch nie erlebt, daß er soviel Enthusiasmus versprühte. Er wies ihn an: »Zielen Sie weiter auf die Segel und das Rigg!«

Youngs Miene verdüsterte sich, sein Grinsen verschwand. »Sir, wollen Sie denn nicht versuchen, den Gegner zu versenken?«

»Zur Hölle, nein. Machen Sie nur, was ich Ihnen aufgetragen habe. Feuern Sie Ihre Kanonen in der Aufwärtsbewegung ab. Das da drüben ist ein Lachs, der für den ersten Preis beim Wettangeln gut ist. Den wollen wir doch nicht zurück in den Fluß werfen, oder? Den wollen wir an Land ziehen!«

Fergus rannte zum Achterdeck zurück: »Puller, gibt es irgend etwas Neues?«

»Nein, Sir.«

Die achteren Kanonen bellten auf. Fergus verfolgte die leicht bogenförmige Flugbahn der Kugeln, die wie schwarze Fasane über das seegrüne Moor flogen.

Plötzlich rief Puller aus: »Ich will verdammt sein! Eine Kugel hat ihr Ruderrad und das Kompaßhaus getroffen. Auch der Kommandant ist zu Boden gegangen, um ihn herum liegen noch mehrere Männer an Deck.«

Fergus bewegte seine verkrampften Beinmuskeln. »Ein Glückstreffer, und wir beschweren uns nicht darüber!« Dann wandte er sich an den Segelmeister: »Kommen Sie etwas nach Steuerbord auf, so daß wir näher herankommen, aber nicht so stark, daß unsere Steuerbordkanonen das Ziel verlieren.«

Dann griff er sich ein langes Teleskop vom Kompaßhaus und richtete es auf den Franzosen. Er studierte die Takelage des Schiffes sowie die Offiziere und Mannschaften auf dem Oberdeck sehr sorgfältig. Einige Männer standen um den Kommandanten herum, die Geschützbedienungen auf dem Oberdeck schienen desorientiert und ohne Führung. Die meisten winkten mit den Händen und blickten nach oben. Einige wenige Männer schauten über das Heck nach dem Ruder.

Fergus bemerkte zu Puller: »Ich vermute, daß das Schiff nicht mehr dem Ruder gehorcht. Wenn das Ruder es nicht am Wind hält, wird er es nach Steuerbord herumdrücken.«

Das Feuer von *Aberdeens* Kanonen hielt an, aber die Feuergeschwindigkeit der Franzosen nahm ab. Dann stellte Puller fest: »Die Luvlieken der Segel fangen an zu killen. Sie luvt definitiv an.«

»Gut!« rief Fergus. Er wandte sich Leutnant Young zu, der nach achtern gekommen war. »Leutnant Young, kümmern Sie sich um die Jagdgeschütze am Bug und um jedes andere Geschütz, welches das Ziel auffassen kann. Sie werden den Gegner in wenigen Minuten von achtern bis vorn der Länge nach bestreichen können.«

Als der Franzose weit genug gedreht hatte, um der *Aberdeen* den Spiegel zuzuwenden, rief Fergus dem beschäftigten Segelmeister zu: »Halten Sie genau auf ihn zu und verringern Sie den Abstand, auch wenn dadurch unsere Steuerbordbatterie das Ziel verliert. Unsere Jagdgeschütze am Bug sind stärker als die in ihrem Spiegel. Wir werden ihnen jetzt so richtig Feuer unter dem Arsch machen!«

Die Fregatte lag manövrierunfähig im Wasser. Die Buggeschütze der *Aberdeen* unterhielten ein ständiges Feuer, und ihre letzten Segel kamen in Fetzen von oben, eins nach dem anderen, gefolgt von den Rahen und anderen Teilen des Riggs.

»Sie ist hilflos«, rief der Segelmeister, »sie muß bald die Flagge streichen.«

Das machte sie dann auch, aber nicht bevor eines der Heckgeschütze noch eine letzte zwölfpfündige Kugel auf die *Aberdeen* geschleudert hatte. Sie traf die Verschanzung in Höhe des Kompaßhauses und ließ eine Wolke von Hunderten scharfer Splitter über das Achterdeck zischen. Fergus spürte, wie einige von ihnen wie gereizte Bienen in seine linke Schulter fuhren. Zuerst fühlte er keinen Schmerz, aber er blickte nach unten und sah, wie das Blut durch sein Hemd drang. Er wollte seinen linken Arm bewegen, aber das war nicht möglich.

Der Segelmeister, der durch Fergus' Körper vor dem tödlichen Schauer geschützt gewesen war, blickte ihn an. »Gütiger Gott! Kapitän, soll ich den Arzt nach oben kommen lassen?«

Fergus schüttelte den Kopf. »Nicht jetzt. Das kann ich mir nicht entgehen lassen. Mir geht es schon wieder ganz gut.«

Langsam schob sich die *Aberdeen* auf eine Position querab von dem Franzosen, der kapituliert hatte. Seine Flagge lag schlaff auf der Heckreling. Die Segel der Fregatte hingen in Fetzen herunter, und die Offiziere und Mannschaften auf dem Deck waren führungslos. Fergus begann den

Schmerz zu spüren, und er spürte auch, daß er dicht davor stand, ohnmächtig zu werden. Er stützte sich am Kompaßhaus ab und atmete tief durch, um Haltung zu bewahren.

Der Segelmeister ließ die Segel back nehmen, und die *Aberdeen* stoppte sauber hundert Yards von dem träge rollenden Franzosen auf.

Fergus klammerte sich an das Kompaßhäuschen und befahl seinem zweiten Leutnant: »Nehmen Sie sich zehn Matrosen, fünf Seesoldaten und so viele von den Passagieren, wie sich freiwillig melden. Sie werden dort drüben Prisenkommandant. Auf dem Weg nach Hause können Sie Ihre probaten Französischkenntnisse bei den Hundesöhnen da drüben ausprobieren.« Fergus wandte sich dann an seinen Ersten, der wieder nach achtern gekommen war: »Leutnant, lassen Sie ein Boot zu Wasser bringen. Bewaffnen Sie die Bootsbesatzung und das Prisenkommando.« Während das Boot weggefiert und die Prisenbesatzung zur Fregatte hinübergepullt wurde, studierte Fergus das verkrüppelte Schiff. Dann fluchte er: »Das Schiff ist oben in einem schrecklichen Zustand«, sagte er zum Leutnant. »Sobald das Boot zurückkommt, schicken Sie bitte den Bootsmann, den Zimmermann und den Segelmacher und ein paar ihrer Maaten hinüber. Auch ein paar Matrosen, wenn die Deckoffiziere meinen, daß sie die brauchen. Sagen Sie ihnen, daß wir sie wieder unterwegs an Bord nehmen, sobald sie die schlimmsten Beschädigungen repariert haben.«

Fergus schickte nach dem Zimmermann und reichte ihm sein Fernglas. »Schauen Sie sich das Ruderrad und das Kompaßhaus an, Timmie. Glauben Sie, daß Sie das wieder auf die Reihe kriegen?«

Der Zimmermann, der den Umgang mit dem langen Teleskop nicht gewöhnt war, brauchte ein paar Minuten, um es richtig zu justieren. Er drehte am Ring der Schärfeeinstellung und blinzelte mit den Augenlidern, dann sagte er nachdenklich: »Herr Kapitän, ich kann von hier alles sehen, was ich sehen muß. Das Ruderblatt selbst scheint intakt zu sein. Ich kann sicherlich einfach neue Steuerseile einscheren und ein behelfsmäßiges Rad bauen. Das wird ungefähr vierundzwanzig Stunden dauern.«

»Wie sieht es mit den Masten und Spieren aus?«

Der Zimmermann, der jetzt lässig mit dem Glas hantierte, stellte fest: »Vielleicht nochmals vierundzwanzig Stunden. Dann könnte sie mindestens drei Knoten laufen – vielleicht mehr.«

»Gut«, seufzte Fergus. »Ab dafür! Ich werde Sie und die anderen bis zur Rückkehr scharf bewachen.«

Der Zimmermann wischte sich die schwitzende Stirn ab. »Kapitän, ich würde auf ein brennendes Wrack steigen, wenn Sie mich darum bitten würden.«

Als das Boot von seiner zweiten Fahrt zurückkam, und beide Schiffe friedlich beigedreht lagen, überließ Fergus dem Ersten Leutnant das Kommando und ging unter Deck, um den Arzt aufzusuchen.

Der Schiffsarzt war Mister Pollitt, der junge Waliser, mit dem Fergus zusammen auf der *Athena* gedient hatte. Seine Versetzung auf die *Aberdeen* war der einzige Gefallen gewesen, um den Fergus seinen Onkel Jeris gebeten hatte.

Jeris hatte lachend geantwortet: »Das ist schnell getan, Junge, der ist noch so jung, daß kein anderer Kommandant ihn haben will.«

Pollitt war Fergus eine große Hilfe gewesen und hatte

die Mannschaft gut versorgt. Sein wichtigster Beitrag bestand darin, daß er die Mannschaft davon überzeugt hatte, den neuerdings vorgeschriebenen Limonensaft gegen Skorbut auch tatsächlich zu trinken. Über Jeris hatte Fergus viele Fässer mit diesem Saft bestellt. Es war in der Folgezeit kein einziger Fall von Skorbut aufgetreten. Pollitts kräftige Waliser Stimme bereicherte auch die unregelmäßig abgehaltenen sonntäglichen Gottesdienste. Er ließ vergessen, daß sie keinen Kaplan an Bord hatten, und nahm Fergus die Pflicht ab, am Sonntagmorgen eine Predigt zu halten, eine Aufgabe, die ihm verhaßt war.

Der Chirurg legte Fergus auf mehrere zusammengestellte Seekisten, die er als Operationstisch benutzte, dann schnitt er ihm das Hemd auf und begann mit der Untersuchung. Er pfiff leise vor sich hin. »Herr Kapitän, ein paar von den Dingern sitzen tief und sind ziemlich groß. Ich werde alle Splitter extrahieren, aber ich kann Sie anschließend nicht zunähen, weil dann in der Tiefe eine Infektion einsetzen könnte. Ich muß ein Loch offen lassen und es mit Kompressen und Binden verpacken. Dann wird die Wunde mit der Zeit von innen her zuheilen, und wie wir hoffen wollen, ohne sich zu infizieren. Auf See sind die Splitter, die von Hölzern stammen, welche die ganze Zeit über dem Salzwasser und der Sonne ausgesetzt waren, fast steril, daher verursachen sie selten septische Reaktionen.«

Während Pollitt an ihm herumschnippelte, stöhnte Fergus auf, da die Schmerzen zunahmen, aber er schaffte es, zwischen den zusammengebissenen Zähnen herauszupressen: »Nun machen Sie schon, ich muß bald wieder an Deck.«

Der Arzt legte die Stirn in Falten. »Das wußte ich nicht.

Ich werde Ihnen etwas Laudanum geben, während ich hier tätig bin. Sie werden sich nicht gerade wie der junge Morgen fühlen, wenn ich mit Ihnen fertig bin.«

Das Laudanum half, und Fergus grub seine Zähne in einen Stoffballen, trotzdem wurde er zweimal ohnmächtig.

Als der Chirurg fertig war, erkundigte er sich: »Wollen Sie immer noch an Deck gehen?«

«Nein, aber ich muß. Kann ich mich dort auf einen Stuhl setzen?«

»Ich empfehle es Ihnen nicht, aber ich weiß, daß Sie ein starrköpfiger Schotte sind. Sollten Sie es doch tun, dann sorgen Sie dafür, daß jemand Sie darin festlascht. Ich möchte nicht, daß Sie stürzen, denn dann würde die Blutung sofort wieder einsetzen.«

Fergus forcierte ein Lächeln. »Ich verspreche es. Es gibt nur ein Phänomen auf der Welt, das schrecklicher als ein starrköpfiger Schotte ist, und das ist ein starrköpfiger Waliser. Wie lange wird es dauern, bis die Wunde ausgeheilt ist?«

»Das hängt von Ihrer Konstitution ab. Auch ein wenig Glück gehört dazu. Auf jeden Fall müssen Sie ins Hospital, nachdem wir den Hafen erreicht haben.«

Nachdem man Fergus auf das Oberdeck geholfen und in einem Stuhl festgelascht hatte, blickte er zu dem französischen Schiff hinüber, das immer noch in hundert Yards Entfernung in den Wellen rollte. Die Restaurationskünstler der *Aberdeen* schwangen oben im Rigg, dirigierten ihre Männer und die französische Besatzung. Taljen wurden aufgeriggt, um Spieren und Stengen aufzuheißen.

Der Segelmeister grinste: »Sie haben es alle eilig, wieder in den Hafen zu kommen. Der Zimmermann hat gerade signalisiert, daß er eine behelfsmäßige Ruderanlage aufgeriggt hat. Sie funktioniert. Ich kann auch sehen, daß neue Spieren und Segel hochgehievt werden.«

Am nächsten Morgen liefen die beiden Schiffe mit gleichmäßigen vier Knoten in Richtung England. Da keine Segel in Sicht waren, hatte Fergus dem Arzt und seinem Steward erlaubt, ihn in eine Hängematte zu legen, die an Stelle der Schwingkoje in seiner Kajüte geriggt worden war. Die Schmerzen waren schlimmer geworden, aber wurden durch gelegentliche Dosen von Laudanum in einem erträglichen Rahmen gehalten.

Eine Woche später erreichte die *Aberdeen* die Themsemündung und ankerte vor Gravesend. Inzwischen fühlte sich Fergus schon viel besser, und er stand stolz auf dem Achterdeck, als sie einliefen. Die Prise ankerte ganz in ihrer Nähe.

Dieses Mal war es fast schon Mittagszeit, bevor Jeris an der Pier erschien, sich ein Boot zum Schiff mietete und an Bord kletterte.

Er war so begierig darauf, an Bord zu kommen, daß er fast vom Fallreep gefallen wäre. Nachdem er von den Männern der Ehrenwache gerettet und die letzten noch verbleibenden Stufen emporgehievt worden war, blickte er Fergus an und sagte: »Mein Gott, Junge, soll das bei dir zur Gewohnheit werden? Sehe ich da drüben etwa schon wieder eine neue Prise?«

»Ja, Onkel, aber diesmal konnte ich dir leider vorher keine Nachricht zukommen lassen.«

Jeris schaute sich Fergus sorgfältig an. »Junge, was hast du mit deinem Arm gemacht? Bist du schwer verwundet?«

»Der Chirurg ist dieser Meinung, und er ist dabei, mich in das Hospital einzuweisen.«

»Nun, dann laß uns gehen. Falls du das Fallreep mit einem Arm hinunterkommst, dann können wir meine Kutsche benutzen.«

»Wenn du das schaffst, dann ich auch.«

Fergus drehte sich zu seinem Ersten Leutnant um, der aufrecht auf dem Achterdeck stand. »Übernehmen Sie bis zu meiner Rückkehr das Kommando. Genießen Sie es. Sie haben es sich verdient.«

6
Genesungsurlaub

Fergus fuhr in Jeris' Kutsche ins Hospital, der Kutscher versuchte sorgfältig die schlimmsten Schlaglöcher im ausgefahrenen Kopfsteinpflaster zu vermeiden. Jeris verließ ihn am Eingang.

»Ich muß in die Admiralität. Morgen komme ich dich wieder besuchen«, versprach er ihm.

Der Chefarzt des Lazaretts nahm Fergus unter seine Fittiche. Er ließ ihn die Oberbekleidung ablegen und sich auf einem Operationstisch unter einer Reihe von Gaslichtern mit Reflektoren lang ausstrecken. Der Chirurg entfernte vorsichtig die Bandagen. Dann besah er sich die blutgetränkte Kompresse auf der Wunde, die von dem größten Splitter verursacht worden war. Er stieß einen leisen Pfiff aus. »Ich werde Ihnen etwas Laudanum verabreichen, bevor ich mich dem hier widme.«

Eine Stunde später, nachdem Fergus zweimal bewußtlos geworden war, schaute der Arzt auf ihn herab, als er wieder die Augen öffnete. »Es ist alles vorbei und in Ordnung. Ich habe die Wunde entleert und gereinigt und eine Drainage eingelegt. Sie hatten Glück, und Ihr Schiffsarzt hat beim Reinigen und Verbinden der Wunden gute Arbeit geleistet. Es gibt keine Anzeichen für eine Infektion, und der Heilungsprozeß hat von innen her begonnen. Ich habe wieder alles verbunden, und wenn Ihnen danach ist, dürfen Sie aufstehen und herumspazieren.«

Fergus atmete tief durch, und der Nebel der Ohnmacht wurde durchsichtiger. »Wie lange werde ich hierbleiben müssen?«

»Ungefähr zwei Wochen, vielleicht auch drei.«

Fergus versuchte mit der Schulter zu zucken, aber dagegen protestierte seine Wunde energisch. »Nun, das ist nicht so schlimm.«

Der Chefarzt fragte: »Wie heißt Ihr Schiffsarzt?«

»Doktor Pollitt.«

Der Chirurg rieb sich nachdenklich das Kinn. »Den kenne ich nicht. Ist er noch jung?«

»Sehr jung und ein Waliser.«

»Er ist wirklich sehr gut. Er hatte Ihre Wunde ausgezeichnet gesäubert und versorgt. Sie hätten sich eine ganz üble Infektion einhandeln können.«

»Danke. Das werde ich ihm ausrichten.«

Der Chefarzt rieb sich wieder das Kinn. »Ich würde ihn gerne hier einstellen, aber ich bin mir sicher, daß Sie antworten werden, daß Sie ihn nicht entbehren können.«

Fergus grinste. »Genau das würde ich sagen, Sir. Aber wir brauchen ihn wirklich.«

»Aber Sie kommandieren doch kein vollwertiges Kriegsschiff. Sie sollten eigentlich nicht viele Verwundete zu versorgen haben.«

Fergus schürzte die Lippen. »Das kommt auf den Blickwinkel an und hängt davon ab, was man unternimmt. Bis jetzt haben wir in diesem Jahr mehr Kämpfe durchgestanden als jede große Fregatte, die mir bekannt ist.«

»Wie ich hörte, haben Sie auch eine Prise erobert.«

»Zwei, um genau zu sein.«

»Nun, dann habe ich vor der falschen Tür gebellt, wie mein alter walisischer Vater immer zu sagen pflegte, aber wenn Sie ihn irgendwann mal entbehren können, lassen Sie es mich bitte wissen.«

Fergus lachte. »Komisch, mein alter schottischer Großvater pflegte dasselbe über den Hund zu sagen, der vor der falschen Tür bellt. Die Hunde müssen wohl überall gleich sein.«

Am nächsten Morgen erschien Jeris strahlend im Hospital. »Wie fühlst du dich?« wollte er wissen. »Ich habe ein großes Freßpaket von Tante Martha bei mir.«

Nach einem ausgedehnten Frühstück mit all den leckeren Delikatessen, die er während der langen Zeit auf See vermißt hatte, richtete sich Fergus auf und stöhnte zufrieden: »Richte ihr bitte meinen besten Dank aus. Den Rest werde ich heute nachmittag nach einem kleinen Schläfchen verdrücken. Ich liege hier für zwei oder drei Wochen im Trockendock. Werde ich deshalb mein Schiff verlieren?«

»Junge, du mußt dir darüber keine Gedanken mehr machen. Die *Aberdeen* gehört dir, solange du willst.«

»Das verstehe ich nicht. Vor noch nicht allzu langer Zeit mußte ich mich im Mittelmeer verstecken.«

»Nun, inzwischen ist in der Admiralität ein Schreiben von Admiral Nelson eingegangen, das sich auf dich und deine Taten bezieht. Er hat ganz klar verlangt, daß du zum

Kapitän zur See befördert wirst und das Kommando über die *Aberdeen* behalten sollst, solange er in See ist. Das alles ist natürlich noch nicht offiziell, aber es könnte bald veröffentlicht werden.«

Fergus seufzte. »Das höre ich gerne.«

Jeris war aber noch nicht fertig. »Als man gestern auf der Admiralität vernahm, daß du schon wieder eine Prise eingebracht hast, versuchten sie Nelson zu übertrumpfen. Als ich ihnen von den zusätzlichen acht Geschützen erzählte, die du an Bord versteckt hast, wollten sie dir weitere acht dazugeben und auch das Personal für die Bedienung.«

Fergus grinste breit. »Weitere acht, das wären dann sechzehn, damit käme ich auf eine Breitseite von zweiunddreißig Kanonen. Zusammen mit den vier auf dem Vorschiff und den acht auf dem Achterschiff würde das der Bewaffnung einer 44er Fregatte entsprechen.«

»Das ist wohl genau das, was sich die Admiralität vorstellt. So knapp wie die Royal Navy an kämpfenden Einheiten ist, wollen Sie die *Aberdeen* wohl in ein schlagkräftiges Kriegsschiff umwandeln, sie dabei aber in zweiter Linie weiter als Transporter nutzen.«

Fergus lachte. »Das klingt gut, aber ich kann nicht immer so viel Glück haben. Ich werde die zusätzlichen Geschütze behalten und weiter mein Bestes versuchen. Zumindest muß ich mir keine Sorgen mehr machen, daß ich mein Schiff verliere.«

Jeris meinte: »Da steckt mehr dahinter, als du mir bis jetzt erzählt hast. Wie bist du Admiral Nelson über den Weg gelaufen?«

»Ganz einfach. Ich hatte etwas, was er dringend brauchte, nämlich ein Schiff voll beladen mit Reservespieren.«

«Und er verfügte über keine? Das verstehe ich nicht.«

»Sein Flaggschiff wurde in einem plötzlichen, ungewöhnlich starken Sturm im nördlichen Mittelmeer vollständig entmastet. Ich habe ihn nur zum richtigen Zeitpunkt für uns beide gefunden.«

»Aber das kann doch nicht alles sein?«

»Nein. Er wußte über meine Zeit auf der *Athena* Bescheid. Ich vermute, daß Admiral Jervis ihm davon erzählt hat. Er hat mir versichert, daß ich das Kommando über die *Aberdeen* behalten kann, solange er die Mittelmeerflotte befehligt.«

»War da noch mehr?«

Jetzt lachte Fergus etwas nervös. »Dann ging es da noch um seinen Wunsch, sein Achtel am Prisengeld zu bekommen, falls ich denn wieder erfolgreich sein sollte. Er erinnerte mich, daß ich unter seinem Kommando segeln würde und er daher ein Anrecht darauf habe.«

»Normalerweise nimmt er kein Prisengeld von den Schiffen unter seinem Kommando.«

»Das habe ich auch gehört, aber ich habe auch mitbekommen, daß er in Neapel dringend Geld braucht.«

»Ah, ich verstehe. Es gibt da so ein Gerücht – oder auch zwei.«

Fergus versuchte seinen Kopf aus der Schlinge zu ziehen. »Mehr als das, aber ich schlage vor, daß weder du noch ich sie weiterverfolgen.«

Dann erkundigte er sich nach Essex und dessen Vater, dem Lord Satterfield. Onkel Jeris konnte ihm fröhlich berichten, daß sich Essex auf seinem nicht mehr ganz so neuen Kommando hervorragend mache. »Er erwirbt sich einen beneidenswerten Ruf als wagemutiger Kommandant und fähiger Vorgesetzter, der seine Besatzungsmitglieder wie Männer behandelt und nicht wie Hunde. Natürlich ist ihm sein Vater in dieser Angelegenheit im Oberhaus von nicht geringem Nutzen.«

»Und wie geht es seinem Vater?«

»Essex' Vater ist ein Meister der Politik und auf der Klaviatur des Stimmrechts. Er hat Verbindungen zu allen Parteien: den Torries, den Whigs, den Männern des Königs und sogar den Jakobinern. Trotzdem ist er einer der eher verbalen Verfechter einer harten Linie im Krieg gegen die Franzosen, die in seinen Augen, wie er es auszudrücken pflegt, ›mit weitaus gefährlicheren Ideen infiziert sind als diejenigen, welche die Amerikaner hätscheln‹.«

Fergus lehnte sich auf seinem Stuhl zurück. »Onkel, ich bin erstaunt über deine profunden Kenntnisse über Lord Satterfields politische Verbindungen. Wie kommst du zu diesem Wissen?«

Jetzt lächelte Jeris vielsagend. »Fergus, wenn man Sekretär in der Admiralität ist, dann verlangt schon der Job differenzierte Kenntnisse über viele Männer und ihre politischen Vorstellungen. Wie ich dir schon mal erzählt habe, fragt man mich von Zeit zu Zeit um Rat. Dieser Ratschlag bezieht sich dann nicht unbedingt auf den Fortschritt der Arbeiten in den Werften, wenn du verstehst, was ich meine.«

»Ich hatte in Erwägung gezogen, Lord Satterfield während meines Aufenthalts in London einen Besuch abzustatten. Jetzt kommt es mir so vor, als wäre ich ein tumber Tor, wenn ich das nicht tun würde.«

Jeris nickte. »Gut erkannt, Leutnant Kilburnie. Du wirst nicht immer ein Leutnant bleiben, wenn du das tust.

Ich glaube, daß er dich gerne empfangen wird, Bandagen hin, Bandagen her.«

Später in dieser Nacht lag Fergus in seinem Federbett, irgendwie erstaunt darüber, daß das Bett nicht hin und her schwang wie eine Hängematte. Er erwog, wie er sich Lord Satterfield nähern sollte. Vielleicht sollte er ihm einen Brief schreiben, in dem er anfragte, ob Seiner Lordschaft ein Besuch genehm sein würde. Verdammt! Warum hing die Karriere in der Marine so stark von einem mächtigen Gönner ab? Es war nun überhaupt nicht so, daß er Lord Satterfield nicht mochte, im Gegenteil, er fand ihn sehr sympathisch. Aber es war so leicht durchschaubar, was Fergus wollte, nämlich die Beziehung zu einem Mann pflegen, der über politischen Einfluß verfügte, in der Hoffnung dadurch schneller befördert zu werden oder vielleicht sogar ein besseres Schiff zu bekommen. Als er dann doch langsam in den Schlaf driftete, überlegte er, wie er den Brief formulieren sollte.

Am Morgen schickte ihm Tante Martha ein gewaltiges schottisches Frühstück, das aus Porridge, Kloß, gekochten Eiern, Haferkeksen und vielen Tassen starken Tees bestand. Danach drängte ihn Jeris, seinen Brief an Lord Satterfield zu verfassen. »Ich nehme ihn mit zur Admiralität und lasse ihn zustellen, aber bitte Seine Lordschaft, dir unter dieser Adresse zu antworten.«

Fergus nahm die Feder und schrieb sorgfältig folgendes nieder:

Dear Sir:

Da ich erst kürzlich von einem Einsatz im Mittelmeer zurückgekehrt bin und mich zur Zeit zwecks Genesung von einer Verwundung im Lazarett befinde, würde ich mich sehr freuen, wenn Sie mir erlauben würden, Ihnen meine Aufwartung machen zu dürfen, um Ihnen eine Schilderung der Schlacht vor Abukir geben zu dürfen, die ich aus nächster Nähe miterlebt habe.

Auch würde ich mich sehr gerne nach dem Wohlergehen Ihres Sohnes, dessen enger Freund ich bin, erkundigen wollen.

Ich verbleibe Ihr ergebener Diener

Fergus Kilburnie, Leutnant R.N.

Nachdem er es gelesen hatte, nickte Jeris zustimmend. »Sehr gut. Seiner Lordschaft wird das ganz unzweifelhaft gefallen.«

»Warum, Onkel?«

»Weil, Fergus, in London Leute, die Augenzeugen der Schlacht waren, so rar sind wie weiße Elefanten. Seine Lordschaft wird scharf auf jede Information aus erster Hand sein, die er von dir bekommen kann. Sie könnte ihm einen politischen Vorteil verschaffen, und in diesem harten Geschäft freut sich jeder Politiker, wenn er seinen Konkurrenten etwas voraus hat.«

Am nächsten Tag kam eine Ordonnanz in Fergus' Zimmer und übergab ihm einen Brief, der adressiert war an *Leutnant Fergus Kilburnie, Royal Navy.*

Fergus drehte den Brief um, damit er das Siegel aufbrechen konnte, und dabei stellte er fest, daß das Siegel vom Wappen eines Edelmannes geziert wurde. Unwillkürlich sprang er aufgeregt auf die Füße – Lord Satterfield! Er brach das Siegel und entfaltete schnell den Briefbogen. Der Brief war kurz und kam sofort auf den Punkt – es war der Brief eines vielbeschäftigten Mannes.

Leutnant Kilburnie:

Vielen Dank für Ihren Brief. Ich wäre in der Tat sehr erfreut, Sie zu treffen, und mir Ihren Bericht über den Sieg anzuhören, den Nelsons Flotte über die Franzosen erringen konnte. Bei dieser Gelegenheit könnten wir auch gleich über Ihre Pläne sprechen, wie Sie sich Ihren weiteren Dienst in Seiner Majestät Marine vorstellen.

Bitte treffen Sie mich morgen um sieben Uhr in meinem Club – White's. Ich bedanke mich, daß Sie an mich gedacht haben.

Ich verbleibe Ihr ergebener Diener

Satterfield

Am nächsten Abend stand Fergus vor White's, einem der exklusivsten Clubs in London. Er war überall in der Stadt – vielleicht sogar in der Welt – bekannt als ein Ort, an dem sich die Männer zusammenfanden, die das Geld und die Macht in Britannien in ihren Händen hielten. Es war nicht gerade ein Ort, dem sich Fergus sehr selbstbewußt näherte. Schließlich würde ein schlichter Leutnant zur See in diesem Etablissement ziemlich deplaziert wirken, zu dessen Mitgliedern die höchsten Spitzen der Regierung und der Wirtschaft zählten.

Als er sich dem Eingang näherte, trat ein Portier – ein großer Bursche mit einer Nase, die anscheinend mehr als einmal gebrochen war – auf ihn zu und verbeugte sich leicht. »Kann ich Ihnen helfen, Sir?« Sein Gesicht verriet nichts: keine Abneigung, keine Zustimmung, nichts.

»Guten Abend. Ich habe hier eine Verabredung mit dem Earl of Satterfield, auf Einladung Seiner Lordschaft.«

Bei der Erwähnung von Lord Satterfields Namen flakkerte ein Licht in den Augen des Portiers auf. »Jawohl, Sir«, erwiderte er und trat zurück, um die Tür für ihn zu öffnen. »Der Portier in der Halle wird Ihnen helfen, Seine Lordschaft ausfindig zu machen.« Er lächelte und zeigte dabei einige sehr interessante Zahnlücken.

Fergus bedankte sich bei ihm, aber er hatte sich schon wieder umgewandt und richtete seine Aufmerksamkeit auf den nächsten Mann, der sich dem Eingang näherte. Während Fergus durch die Tür schritt, hörte er den Portier sagen: »Guten Abend, Mylord.«

Als er die Empfangshalle betrat, wuchs neben ihm ein weiterer Mann – etwas kleiner und älter als der Türsteher – aus dem Boden. »Guten Abend, Sir. Erlauben Sie mir, daß ich Ihnen den Hut abnehme.« Er zupfte Fergus den Hut aus den Händen. »Ich vermute, daß Sie Leutnant Kilburnie sind.«

»Wie? Ja, ja, der bin ich«, stieß Fergus hervor, der ziemlich verblüfft war über die Menschenkenntnis dieses Mannes.

»Ah, wunderbar«, der Empfangsportier warf einen verstohlenen Blick auf die Uhr in der Halle. »Und genau zur verabredeten Zeit. Seine Lordschaft wird erfreut sein.« Er beorderte mit einem Wink einen der Diener heran. Als der Mann neben ihnen stand, wies er ihn an: »Das ist Leutnant Kilburnie. Er ist Lord Satterfields Gast. Bitte führen Sie ihn augenblicklich zu Seiner Lordschaft.«

Der Diener verbeugte sich leicht. »Wenn Sie mir bitte folgen wollen, Sir.«

Fergus tat, wie ihm geheißen, und folgte dem Mann durch eine Flucht von Räumen, in denen Herren laut diskutierten oder sich leise unterhielten. Andere Männer hingen schlaff in ihren Sesseln und schliefen. Über allem hing der Geruch von Tabaksrauch. Fergus stellte fest, daß er gerne gewußt hätte, wer diese Männer waren, weil er das sichere Gefühl hatte, daß einige von ihnen wirklich mächtige Männer waren.

Lord Satterfield saß allein in einer relativ ruhigen Ecke, las Zeitung und trank ein Glas Rotwein, als sich Fergus näherte.

»Mylord«, sagte der Diener mit großer Ernsthaftigkeit, »Leutnant Kilburnie.«

Satterfield lies die Zeitung sinken, sah erst den Diener an und entdeckte dann Fergus. Zu Fergus' Erleichterung begann der Earl zu lächeln, als er seiner ansichtig wurde. »Ah«, rief er jovial, »ein Held des Nils[1]! Nun, da Admiral Nelson nicht in London ist, müssen Sie herhalten, trotz der Bandagen!« Er zwinkerte ihm zu. »Wir wollen uns in den Speisesaal begeben, ich habe von dieser ganzen Politik Hunger bekommen. Ich muß wieder raus aufs Land oder ich werde die Gicht bekommen.« Er lachte brüllend auf und erhob sich. »Kommen Sie, Kilburnie.«

Fergus folgte Lord Satterfield in den großen Saal, in dem Tische aufgestellt waren, an denen viele Herren speisten, tranken und sich unterhielten. Nachdem sie sich gesetzt hatten, überlegte Fergus, daß man auf den ersten Blick vermuten könnte, in einer x-beliebigen Taverne Londons zu sein, aber nach ein paar Minuten erkannte man die teure, wenn auch zurückhaltende Ausstattung des Raumes

1 Abukir liegt zwischen Alexandria und einem Mündungsarm des Nildeltas. Daher wird im englischen Sprachraum die Schlacht überwiegend auch *the battle of the nile* genannt (Anm. d. Ü.).

und die exklusive Qualität der Garderobe, die die Herren trugen. Spätestens jetzt wußte man, daß hier nicht jeder Zutritt hatte.

Lord Satterfield hatte Fergus zu einem Tisch mit vier Stühlen geführt und sich auf einem der Stühle niedergelassen und winkte Fergus, dasselbe zu tun. Ein Mann kam mit einer Flasche Rotwein und zwei Gläsern herangeeilt, was Satterfield freudig strahlen ließ.

»Ah, gut, ich sehe, Sie haben es nicht vergessen«, lobte er den Kellner, dann wandte er sich wieder Fergus zu. »Ich habe die Anweisung gegeben, daß mir immer Burgunder serviert wird, bis ich ausdrücklich eine andere Anordnung treffe. Ich habe hier mal vor einiger Zeit ein paar Täßchen Punsch zu viel getrunken, bin dann bei der Zeitungslektüre eingeschlafen und habe eine Abstimmung im Oberhaus verpaßt. Der Premierminister war nicht sonderlich erbaut, wurde mir später berichtet, aber da er weiß, daß ich mehr als nur ein paar Stimmen im Unterhaus kontrolliere, kann er wenig machen.« Er kicherte.

Fergus fragte sich, was das für ein Gefühl seien mußte, wenn man Stimmen im Unterhaus kontrollierte und sich wegen der Meinung des Ersten Ministers des Königs keine Gedanken zu machen brauchte. Er spürte, welch gewaltige Kluft zwischen ihm und Lord Satterfield oder Essex bestand, deshalb war es für ihn noch verwunderlicher, daß Lord Satterfield ihn in diesen Club eingeladen hatte.

Fergus blickte bedeutungsvoll auf die leeren Stühle, und Lord Satterfield lächelte breit. »Ah, ein scharfer Beobachter. Ich habe mir die Freiheit herausgenommen, Freunde von mir einzuladen, die begierig sind, Ihre Geschichten von den Kämpfen mit den Franzosen zu hören. In London schwirren tausend Gerüchte und Schauermärchen herum – zusätzlich zu allgemeinen Veröffentlichungen, also Nelsons Depeschen und so etwas. Daher wollen sie hören, was ein Augenzeuge zu berichten hat.«

»Nun ja, Sir, mein Schiff, die *Aberdeen*, war nicht im dicksten Kampfgetümmel wie die *Vanguard* oder die *Bellerophon*. Nachdem die Dunkelheit hereingebrochen war, konnte man wegen des dichten Pulverqualms der Geschütze und dem Rauch der brennenden Schiffe nicht mehr viel erkennen.«

»Das leuchtet mir ein, Kilburnie«, sagte Lord Satterfield wohlwollend. »Ich erinnere mich, wie unübersichtlich die Dinge auf dem Schlachtfeld werden können. Ich kann mir kaum vorstellen, wie das auf See zugeht, wo es keine Sergeanten gibt, welche die Männer wieder in die Linien treiben.« Er trank einen Schluck Wein. »Während wir warten, erzählen Sie mir doch von Ihren Plänen. Ich nehme doch stark an, daß Sie in der Marine bleiben wollen.«

»Jawohl, Sir. Der erste und wichtigste Grund ist der, daß wir uns in einem mörderischen Krieg befinden, aber auch sonst könnte ich mir nicht vorstellen, den Dienst zu quittieren.«

»Eine bewunderungswürdige Einstellung, Kilburnie, wirklich bewunderungswürdig. Gefällt Ihnen Ihr gegenwärtiges Schiff?«

Fergus zögerte einen Augenblick. Bot ihm Lord Satterfield gerade seine Hilfe bei der Suche nach einem neuen Schiff an? Doch wenn er jetzt sagte, daß er die *Aberdeen* und Kapitän Leeks nicht mochte, würde ihm das nicht als Illoyalität ausgelegt werden? Sagte er andererseits, daß er alles prächtig fand, würde dann Lord Satterfield die Sache für abgeschlossen halten? »Nun, Sir, die *Aberdeen* ist ein gutes Schiff. Kapitän Leeks war ein ausgezeichneter Kommandant und guter Mann.«

Lord Satterfield lächelte. »Aber?«

Fergus lief rot an und grinste dann schafsdämlich. »Ich bin – natürlich – immer offen für, sagen wir mal, andere Herausforderungen.«

Ein ernster Ausdruck huschte über Lord Satterfields Gesicht. »Mein Junge, ich entschuldige mich, daß ich diese Frage gestellt habe. Als Soldat blieb man immer seinem Regiment gegenüber loyal, egal ob das Offizierskorps aus einer Bande von Schurken besteht und die Männer eine Kollektion aller möglichen Gauner darstellen. Es ist das 10. Regiment zu Fuß oder 16. Leichtes Dragonerregiment, das oder gar nichts! Ich vergesse immer, daß für das Leben eines Seeoffiziers andere Regeln gelten. Sehr gedankenlos von mir. Ich entschuldige mich, Sir.«

»Oh, keine Ursache, Sir«, erwiderte Fergus sehr erleichtert. »Wie geht es Ihrem Sohn?«

»Ha! Dieser junge Halunke! Kilburnie, wie Ihr Onkel ja weiß«, bei diesen Worten kniff Satterfield ein Auge zu, »kommandiert er schon seit einiger Zeit einen Kutter. Das Schiff ist der Kanalflotte zugeteilt. Er ist für Sondereinsätze eingeteilt, wie das mein Sohn bezeichnet. Was immer das heißen mag. Aber alles, was so geheim ist, muß ziemlich gefährlich sein.« Er schwieg einen Augenblick lang und starrte besorgt in seinen Wein.

Fergus wußte, daß Satterfields Sorgen durchaus berechtigt waren. Sondereinsätze beinhalteten Überfälle, das Anlanden und die Rettung von Agenten entlang der französischen Küste, und das war tatsächlich im höchsten Maße gefährlich.

Lord Satterfield blickte wieder hoch. »Es ist eine gute Aufgabe für einen unternehmungslustigen Jungen, wie er einer ist. Niemand blickt ihm über die Schulter oder sagt ihm, was er zu tun hat.« Er lachte, als ob er einen Witz gemacht hätte, den nur er verstand. »Seine älteren Brüder sind natürlich verrückt vor Eifersucht, und ich muß zugeben, daß auch ich ein wenig neidisch bin. Aber, Krieg ist eine Sache der jungen Männer, nicht wahr?« Er lächelte vielsagend, dann meinte er: »Zweifellos hätten Sie nichts dagegen, selbst so ein Schiff zu führen, nicht wahr, Kilburnie?«

»Ganz ehrlich, Sir«, gab Fergus zu, »etwas Besseres könnte ich mir nicht vorstellen.«

»Sie sind ein guter Mann«, entgegnete Satterfield. »Ich glaube, der Dienst auf einem bewaffneten Transporter wird einen Mann wie Sie auf die Dauer nicht ausfüllen.« Kilburnie war sichtbar von seiner Verwundung mitgenommen. Satterfield ging freundlich darauf ein: »Ich sehe, daß Sie gerne in Ihr Krankenhaus zurückfahren möchten. Ich werde meinen Gästen sagen, daß Sie Ihnen ein anderes Mal Rede und Antwort stehen werden. Es war sehr freundlich von Ihnen, sich heute mit mir hier zu treffen.«

Kilburnie nickte dankbar. »Danke, Sir, und ich hoffe, daß wir uns wiedersehen werden.«

»O ja, und ich werde Ihre Karriere scharf im Auge behalten.«

Nach dem Treffen mit Lord Satterfield wurde Fergus für fünf Tage aus dem Lazarett frei gegeben, damit er sich zu

Hause weiter erholen konnte. Eines Morgens wurde er von einem Klopfen an der Tür geweckt. Das Mädchen rief ihm durch die Tür zu: »Ich habe heißes Wasser für die Rasur, Sir.« Sie lächelte scheu, als sie mit dem Krug eintrat und ihn gegen den vom Abend zuvor austauschte. »Guten Morgen, Sir«, grüßte sie, bevor sie ging.

Er stand am Waschtisch und bereitete alles für die Rasur vor. Er schlug Schaum aus der Seife und verteilte ihn über seine Bartstoppel, dann klappte er das Rasiermesser auf und begann sich zu rasieren. Plötzlich hielt er inne, als er an die Stelle kam, an welcher der Knoten sitzen würde, wenn man ihn aufhängte. Er ließ die Klinge sinken und atmete tief durch, dann schüttelte er den Kopf, er versuchte die Erinnerung an den Mann zu verbannen, bei dessen Ende er zugeschaut hatte.

Bei der Erinnerung an Lord Invers puterrotes ärgerliches Gesicht an jenem Tag auf dem Friedhof in Irland, als dieser ihn mit seiner Tochter quasi in flagranti erwischt hatte, mußte er kichern. Er hob das Rasiermesser wieder an und setzte seine Rasur fort. Außerdem hast du zuviel Glück, um gehängt zu werden, Fergus, verdrängte er die Erinnerungen.

Das wundervolle Aroma von Tante Marthas großartigem Frühstück stieg ihm bereits in die Nase, als er die Treppe hinunterstieg.

»Also, ich muß schon sagen«, schalt ihn Tante Martha mit gespieltem Ernst, »der halbe Tag ist längst vorüber, und du bist jetzt erst so weit, zum Frühstück zu erscheinen.«

»Es ist erst sieben Uhr, und der Tag ist noch lang.« Fergus entschied sich dafür, diesen Punkt nicht weiter auszudiskutieren und setzte sich. Er goß sich gerade eine Tasse Tee ein und begann sich den Teller mit Speisen vollzuladen, als Tante Martha einen Brief aus ihrer Schürze zog.

»Ach ja, einer dieser livrierten Lakaien, die jetzt, seit du bei uns bist, um dieses Haus herumzuhängen scheinen wie die Fliegen, hat das heute früh abgegeben.«

»Einer von Lord Satterfields Dienern?«

»O nein, Sir«, ließ sich die Köchin vernehmen, »das war einer in einem blauen Rock mit einer Reihe herrlicher Goldknöpfe.«

»Danke«, maulte Tante Martha wegen der unerbetenen Einmischung der Köchin, was jene veranlaßte, einen roten Kopf zu kriegen und sich schnell wieder ihrer Arbeit zuzuwenden. »Wie ich schon sagte, Fergus, er wurde heute morgen abgeliefert.«

Das Siegel auf dem Kuvert war relativ einfach gestaltet, ohne das Wappen eines Edelmannes aufzuweisen, jedoch war das Papier dick und weich. Hastig brach Fergus das Siegel und überflog den Inhalt. Sein überraschter Gesichtsausdruck veranlaßte Tante Martha zu der Frage, ob der Brief schlechte Nachrichten enthielt.

»Nein, aber ich bin zu einem Empfang im Hause des Honorable Mr. John Phipps eingeladen worden, um den kürzlichen Sieg unserer Flotte unter dem Kommando von Admiral Horatio Nelson zu feiern.«

»Das muß ich sehen«, Tante Martha riß ihm den Brief aus der Hand. Nachdem sie ihn gelesen hatte, stellte sie fest: »Das liegt in einer teuren Gegend, obwohl mir der Name nichts sagt.« Sie blickte wieder auf den Brief. »Gütiger Gott, Fergus, das ist ja schon heute abend!« Sie schaute sich hektisch in der Küche um und begann Befehle herauszusprudeln: Heißes Wasser mußte zubereitet und Bügeleisen erhitzt werden. »Wo ist deine Gala-Uniform?«

»Oben.«

»Zusammen mit deinem besten Hemd?« Fergus nickte. »Gut.« Sie befahl dem Mädchen: »Geh nach oben und hol die Uniform und das Hemd. Jetzt!« Genau in diesem Augenblick kam der Stalljunge mit einem Arm voll Brennholz herein. »Du da! Geh und schnapp dir die Schuhe meines Neffen und bring sie auf Hochglanz.« Sie hob die Hand. »Warte!« Zu Fergus gewandt fragte sie: »Hast du Halbschuhe?«

Halbschuhe? Tanzschuhe? Das ging zu weit. »Wozu sollte ich die brauchen?« fragte er ungläubig.

Tante Martha seufzte ungeduldig. »Nur für den Fall, daß du es noch nicht bemerkt haben solltest, Fergus, wir leben in einer Stadt, und du kannst keinen Schritt machen, ohne in irgend etwas Schmutziges zu treten, sei es Abfall oder Kot irgendeiner Art. Du möchtest doch nicht den Kot auf dem Teppich eines feinen Gentleman breittreten, oder?«

Das geht jetzt also wirklich zu weit, dachte Fergus. »Was ist denn falsch daran, einen Stiefelabkratzer zu benutzen?«

Tante Martha stemmte beide Arme in die Hüfte. »Willst du, daß diese Leute höhnisch flüstern: Da ist dieser schottische Einfaltspinsel, Kilburnie, er riecht nach Mist und poltert mit seinen schweren Stiefeln herum wie ein Bauernlümmel im Kuhstall ...«

»Wer achtet schon auf Schuhe, Tante Martha?«

Tante Marthas Stimme nahm langsam einen verzweifelten Tonfall an. »Viele gestandene Männer erster Güte – und ihre Frauen, das sind diejenigen, welche! Es gibt jede Menge Männer, die hinter einer Beförderung in der Marine her sind wie die Hunde hinter dem Fuchs. Aber wenn ein einflußreicher Mann oder seine Frau oder seine Mätresse entscheidet – und es gibt viele große, wichtige Männer, die sich auf die Meinung von Frauen verlassen –, daß du wie ein ungehobelter Bauernklotz aussiehst trotz deiner Ausgehuniform und dem gestärkten Hemd, dann bekommst du nie ein eigenes Kommando.«

»Ganz gewiß werden solche Dinge nicht auf diese Art und Weise entschieden«, schnarrte Fergus ungläubig.

Tante Martha schnaubte: »Öfter als du denkst, mein Junge.« Sie drohte ihm mit dem Finger. »Du magst vielleicht etwas von der Welt gesehen haben, Fergus Kilburnie, aber du kennst nicht die verschlungenen Wege hinter den Kulissen.« Sie schwieg und schüttelte den Kopf. »Ich werde nachsehen, ob dein Onkel noch ein Paar übrig hat, das dir passen könnte. Wenn ich keins finde, dann wirst du heute abend gut aufpassen müssen, wohin du trittst.«

Stunden später war Fergus' Uniform gebürstet und glänzte vor Reinlichkeit, wie es nach den vereinten Anstrengungen von Tante Martha und ihren Mädchen auch zu erwarten war. Seine Schuhe waren gesäubert und auf Hochglanz poliert, die Schnallen funkelten strahlend im Licht. Sein Hut war sorgfältig gebürstet worden und erwartete ihn in der Halle. Auch ein Paar Halbschuhe hatten sich angefunden (»die sind noch aus der Zeit, als dein Onkel und ich andere Leute besucht haben, das war noch bevor ihn dieser verfluchte Krieg so lange im Büro festhielt«) und waren in einen Zustand versetzt worden, der sie nach Fergus Meinung auch die Inspektion des kleinlichsten Admirals der Flotte hätte überstehen lassen, den Tante

Martha aber unwirsch als lediglich »passabel« bezeichnet hatte. Onkel Jeris kam nach Hause, und als er sich unschuldig nach dem Grund für diesen Aufriß erkundigte, der ihn zusammen mit Fergus in den Salon verbannte, beschied ihn Tante Martha: »Geh mir aus dem Weg, Jeris!« Sie bekamen nur eine große Portion Brot, Käse und jeweils einen Krug Bier vorgesetzt. »Halte mir auch Fergus vom Leibe und sieh zu, daß er etwas ißt. Ich möchte nicht, daß die Leute denken, daß er nur an diesem Ball teilnimmt, weil er woanders keine vernünftige Mahlzeit bekommt.«

Jeris befolgte diese Befehle und zwinkerte Fergus mit einem schiefen Lächeln zu. »Komm mit, mein Junge, die kleine Henne braucht den Platz, um scharren zu können.«

Sie zogen sich in den Salon zurück, ließen sich bequem in die Sessel fallen und begannen, sich dem Brot, Käse und Bier zu widmen. Erst dann begannen sie zu reden. »Also, wie war der Name des Mannes, der die Einladung zu diesem Ball ausgesprochen hat?«

»Der Honorable John Phipps.« Fergus reichte ihm den Brief.

Onkel Jeris legte nachdenklich die Stirn in Falten. »Nun, das ist der Sohn eines Edelmanns, daher kommt *Honorable*, aber der Name sagt mir nichts.« Er zuckte bedauernd mit den Achseln und gab Fergus den Brief zurück. »Hast du darüber nachgedacht, was ich über deine Aussichten gesagt habe? Ich wollte dir keine Angst machen, Fergus. Ich weiß, daß die Aussicht auf ein Kommando verlockend ist, aber du solltest dir bewußt sein, was dich erwarten kann.«

»Mir ist klar, warum du es getan hast, und ich danke dir dafür.«

Jeris hob seinen Krug. »Na denn, Fergus, laß uns auf dein nächstes Schiff trinken – wie auch immer sein Name sein mag.«

Fergus hob ebenfalls den Bierkrug. »Danke, Onkel Jeris. Möge es schöne Linien haben und schnell sein.«

In der Kutsche überprüfte Fergus etwa zum zehnten Mal seine Schuhe und bürstete wieder und wieder die Aufschläge des Uniformrocks. Er überzeugte sich, daß der Friesbeutel mit den Halbschuhen seines Onkels noch an dem Platz lag, an dem er noch vor – nun ja – einer Minute gelegen hatte. Er atmete tief durch und verfluchte sich selbst, daß er so nervös war. »Verdammt«, sagte er laut, »du hast im Gefecht gestanden und hast in die Geschützmündungen eines spanischen Dreideckers geblickt. Warum sollte dich die Teilnahme an einem Fest aufregen?« Aber seine Nervosität blieb. Verdammt. Er schaute aus dem Fenster des Kabrioletts seines Onkels. Obwohl die Herbstsonne untergegangen war, war das Licht der Dämmerung noch hell genug, daß er das Gedränge der Menschen auf der Straße erkennen konnte. Stets wenn die Kutsche ihre Geschwindigkeit verringerte, drängte sich ein Mann oder eine Frau heran, die etwas verkaufen wollten. Mehr als einmal war er dankbar für den Schlagstock, den der Kutscher auf den Sitz gelegt hatte. Ein paar Prostitu ierte, die nach Gin und billigem Parfum stanken, hatten sich anzüglich erkundigt, ob er nicht bei ihnen längsseits kommen wollte wie Admiral Nelson bei den Franzosen. Als er sie ärgerlich wegscheuchte, überschütteten sie ihn mit einem Schwall von Flüchen, die einen Bootsmann hätten erröten lassen.

Gerade begann sich Fergus zu fragen, ob sich der Kutscher nicht vielleicht verfahren hatte, als sie eine Straße erreichten, an der gut gebaute, hell erleuchtete Häuser lagen. Es wurde bald klar, in welchem Haus die Feier stattfinden würde, denn vor dem Eingang staute sich eine lange Schlange von Kutschen.

Nach ein paar Minuten langsamen Vorrückens hielten sie vor einer Gruppe livrierter Lakaien. Eine unsichtbare Hand öffnete den Wagenschlag, und ein Mann bückte sich und klappte den Tritt herunter. Während sich Fergus vergewisserte, daß er seinen Hut und die Pumps bei sich hatte, blickte ein älterer Diener, der hier wohl die Oberaufsicht führte, Fergus ausdruckslos an und fragte ihn nach seinem Namen.

»Leutnant Fergus Kilburnie, Royal Navy«, erwiderte Fergus, der inständig hoffte, daß man seiner Stimme die Nervosität nicht anmerkte, die er verspürte.

Im Gesicht des Dieners zuckte kein Muskel. »Ja, Sir.« Er deutete auf den Eingang. »Hier entlang, bitte, Sir.«

Fergus schritt den Aufgang hinauf zu der großen Eingangstür, vor der ein weiterer Diener postiert war, der bei seiner Annäherung den Türflügel öffnete. Als er durch die Tür in den Vorraum getreten war, blieb Fergus einen Augenblick überwältigt stehen, geblendet von der Lichterflut, die von Dutzenden Kerzen verursacht wurde, und überrascht von dem plötzlichen Lärm – dem Summen der Gespräche, die von Gelächter untermalt wurden, der Musik und den Schritten umhereilender Diener. Der Lärm schien aus einem anderen Raum zu kommen, und Fergus sah, daß Leute durch Türen dort hinein- und hinausdrängten.

Ein Bediensteter näherte sich ihm. »Ihren Hut, Sir?«

Fergus übergab ihn ihm wortlos. Ein kurzes zustimmendes Zucken lief über das Gesicht des Mannes. »Wie ich sehe, haben Sie Ihre Tanzschuhe mitgebracht. Sie werden sie anziehen wollen.« Der Mann deutete auf einen Stuhl im Vorraum. »Ich werde darauf achten, daß ihren Stiefeln nichts passiert, Sir.«

Nachdem er seine Halbschuhe angezogen hatte, schritt Fergus durch die Tür des Vorraums und wurde von einem Diener in den Raum geführt, in dem die Phippses und ihre Gäste versammelt waren. Er blieb einen Moment lang im Eingang stehen und suchte nach einem bekannten Gesicht, aber er konnte keins finden. Statt dessen sah er viele Damen und Herren, die alle wunderbar gekleidet waren – und eine nicht gerade kleine Zahl von Offizierskameraden. Bei Nummer fünfzehn gab er das Zählen auf und war etwas bedrückt, daß der geringste Dienstgrad zu einem Commander gehörte, der jünger als er zu sein schien. Mindestens zwei Admirale waren anwesend. Keiner der Männer war ihm bekannt, was allerdings auch sein Gutes hatte, schließlich hätte ja auch Kapitän Waterbury anwesend sein können, überlegte er. Verdammt sollte er sein.

Ein Lakai gab bekannt: »Leutnant Fergus Kilburnie, Royal Navy.«

Jetzt gibt es kein Zurück mehr, dachte Fergus und betrat den Raum. Da er nicht wußte, ob er sich zu den anderen Offizieren gesellen sollte oder nicht, entschied er, daß der sicherste Platz dort war, wo die Getränke ausgeschenkt wurden. Aber bevor er den ausmachen konnte, wuchs ein Diener neben ihm aus dem Boden, der auf einem Tablett Getränke anbot. Fergus wählte ein Glas Wein und begann durch den Raum zu wandern, er gab sich die größte Mühe, nicht auf die Bilder, die schönen Möbel oder die Damen zu glotzen, deren äußerst ansehnliche Figuren in kostbare Gewänder gehüllt waren. Eine besonders schöne Frau mit fast jadeschwarzem Haar, hellblauen Augen und einem energischen Kinn lächelte ihm aufmunternd zu, und als Fergus zurücklächelte, kam sie zu im herüber. Fergus fragte sich, ob vielleicht durch Nelsons Sieg dieses Jahr Seeleute in Mode gekommen waren. Was auch immer der Grund sein mochte, er war froh über die Aufmerksamkeit.

»Guten Abend, Leutnant.«

Fergus verbeugte sich. »Leutnant Fergus Kilburnie, Royal Navy, Madame. Zu Ihren Diensten.«

»Oh, Sie sind Schotte«, meinte sie fröhlich, und einen Augenblick fragte sich Fergus, ob er beleidigt werden sollte. »Genau wie der tapfere Lord Cochrane.« Sie lächelte, es war ganz klar: Die Frau wollte keinen Schotten verletzen. Derart ermutigt, entschloß sich Fergus die Unterhaltung fortzusetzen. Aber was sollte er sagen? Er war dankbar, als sich die Dame mit einer Hand vor den Mund schlug. »Oh, wie dumm von mir! Sie wissen ja gar nicht, wer ich bin!«

»In der Tat, da sind Sie mir überlegen.«

»Ich bezweifle doch sehr, daß Ihnen irgend jemand überlegen sein kann«, schnurrte sie und berührte leicht seinen Arm mit ihrer Hand. Fergus spürte, wie ihm ein kalter Schauer den Rücken herunterlief. »Ich bin Honoré Phipps, die Schwester des Gastgebers. Erzählen Sie mir, Fergus Kilburnie, auf welchem Schiff dienen Sie als Offizier? Oder gehören Sie zu diesen armen Teufeln auf Halbsold, die sich nach einem Einsatz sehnen und auf der Suche nach einem Schiff durch die Hafenstädte wandern?«

Fergus erwiderte: »Es befriedigt mich wirklich sehr, daß ich von mir sagen kann, daß ich Offizier auf Seiner Majestät Schiff *Aberdeen* bin.«

Honorés Stirn legte sich für einen kurzen Augenblick in Falten, während sie überlegte. »*Aberdeen*, mir scheint, ich erinnere mich an den Namen. War das nicht eines der Schiffe in der Bucht von Abukir?« Sie beugte sich vor und flüsterte ihm verschwörerisch zu: »Mein Bruder denkt, daß ich keine Zeitungen lese, aber ich lese sie, und zwar sehr aufmerksam.«

»Ja, tatsächlich war sie – die *Aberdeen* – vor Abukir dabei.« Jetzt war es an ihm, sich vorzubeugen und ihr zuzuflüstern: »Allerdings, um ehrlich zu sein, haben wir nicht in der Schlachtlinie gestanden.«

»Oooh«, quiekte Honoré erfreut, »das ist ja schrecklich interessant! Wir geben hier ein Fest, um einen Sieg zu feiern, und einer der Männer, der dabei war, befindet sich in unserer Mitte.« Sie hakte sich bei Fergus ein. »Kommen Sie, ich muß Sie unbedingt meinem Bruder vorstellen.«

Fergus und Miss Phipps standen am Rand einer Ansammlung von Männern. Es gab keinen Zweifel daran, wer in dieser Gruppe ihr Bruder war. Honorable Mr. Phipps und seine Schwester hatten das gleiche schwarze Haar, blaue Augen und ein energisches Kinn.

»Bruder«, rief sie. Der Mann verstummte und wandte ihr seine Aufmerksamkeit zu. »Darf ich dir Leutnant Fergus Kilburnie von der Royal Navy vorstellen? Er kommt von Seiner Majestät Schiff *Aberdeen* und ist ein Mann, der mit Admiral Nelson in Ägypten gekämpft hat.«

Bei den magischen Wörtern Nelson und Ägypten erstarb jegliche Konversation innerhalb der Gruppe, und alle

Köpfe wandten sich Fergus zu. Er spürte, wie sich Miss Phipps Hand von seinem Arm löste, und sofort stand er im Mittelpunkt der Aufmerksamkeit. Mit einem Ausdruck größter Freude packte Mr. Phipps seine Hand und schüttelte sie heftig. »Toll, toll, toll«, war alles, war er herausbrachte. Aber wenn Mr. Phipps auch ein Ausbund an Redseligkeit war, so überschwemmten die anderen Männer Fergus mit einer waren Redeflut. »Hervorragend!« »Gut gemacht!« »Spitze!« »Ich hoffe, daß die Armee sich genauso gut schlägt!«

Phipps stieß hervor: »Sie müssen uns alles über die Schlacht erzählen!«

Sofort erhob sich ein zustimmend murmelnder Chor.

Bevor Fergus etwas erwidern konnte, hatte Phipps ihn am Arm gepackt, drehte ihn um und führte ihn zu einem Tisch, auf dem alle möglichen Delikatessen und Speisen aufgetürmt standen. »Das müssen Sie uns zeigen, Leutnant!« jubelte er erfreut. Er wandte sich an die Gäste. »Leutnant Kilburnie hier war mit Nelson und seiner Flotte in der Bucht von Abukir! Er hat zugestimmt, uns die Schlacht in allen Einzelheiten zu beschreiben.«

Nach dieser Ankündigung setzte ein lautes zustimmendes Gemurmel ein, und die Gäste begannen auf Fergus zuzuströmen.

Phipps machte den Bediensteten ein energisches Zeichen mit der Hand. »Schafft das hier weg!«

Die Dienerschaft eilte herbei und schleppte Schüsseln und Tabletts fort, bis auf dem schneeweißen Tischtuch ein großer freier Platz entstanden war.

Phipps Blick fiel auf eine Schale voller Nüsse. »Hier«, er schaufelte eine Handvoll heraus, »diese Nüsse sollen die französischen Schiffe sein. Und«, er packte eine Schale mit Zuckerwerk, »das sind unsere Schiffe.«

Während sich Fergus noch verwundert fragte, wann er denn zugestimmt hatte, die Schlacht zu beschreiben, begann er lahm zu protestieren: »Also, wirklich, Sir, ich kann wirklich nichts Neues hinzufügen, was die hier anwesenden belesenen Herrschaften nicht schon aus den allgemeinen Veröffentlichungen wüßten.«

Ein Sturm höflichen Protests folgte seinen Worten.

»Ach, bitte, Leutnant Kilburnie«, drängte ihn Mister Phipps. »Ich bin sicher, daß es die Ladys sehr ineressieren wird.«

»O ja, in der Tat«, ließ sich Honoré vernehmen, die auf der anderen Seite des Tisches Fergus gegenüberstand. Sie klatschte bittend in die Hände. »Ach, bitte, Leutnant.«

Fergus zögerte. Was sollte er machen? Dann vernahm er eine dröhnende, tiefe Stimme, die auch ohne die Hilfe einer Flüstertüte spielend die Entfernung zwischen dem Kompaßstand und dem Bramsegel überbrücken könnte: »Ja, Leutnant, bitte schildern Sie es uns!«

Fergus blickte auf Honorés rechte Seite, dort stand ein rotgesichtiger Mann mit drahtigen buschigen Augenbrauen und einer Admiralsuniform. Der Admiral machte eine kleine Geste. »Lassen Sie diese Leute wissen, wozu die Navy in der Lage ist, *Mister* Kilburnie.« In der Stimme des Admirals klang keine Drohung mit, aber durch die Betonung des »Mister« war Fergus klar, daß er gerade einen Befehl erhalten hatte.

»Und lassen Sie kein Detail aus«, mischte sich eine ihm wohlbekannte Stimme ein.

Fergus Kopf schoß zur linken Seite herum. Dort stand

Lord Satterfield, er grinste breit und hatte ein prächtiges Weib an seiner Seite. Lord Satterfield gab ihm mit den Augen ein Zeichen, das besagte: Machen Sie weiter!

Gestärkt durch das Lächeln von Miss Phipps und die Anwesenheit von Lord Satterfield, stieg in Fergus Sicherheit auf. »Nun, dann will ich es auch richtig machen und werde zuerst den Schauplatz einrichten ...«

Ein zufriedenes Murmeln lief durch das Publikum.

Fergus deutete auf eine Flasche Wein. »Wenn ich die bitte haben dürfte.« Er stellte sie dicht neben sich auf den Tisch. »Nehmen wir an, daß dies Abukir Castle ist, und die hier«, er schnappte sich einige Servietten, die in der Nähe der Speisen gelegen hatten, und arrangierte sie zu einem flachen gestreckten Bogen, »dienen uns als Begrenzung der Bucht.« Dann nahm er die Walnüsse und legte sie in eine Linie hintereinander, wodurch er die Positionen der Franzosen darzustellen versuchte. Als sie richtig lagen, ergriff er die Schale mit dem Zuckerwerk.

»Es war um die Zeit der Dämmerung, und der Wind wehte von hier.« Er deutete die Windrichtung an. »Auf der *Aberdeen*, die etwa hier stand«, er zeigte mit dem Finger auf eine Stelle des Tisches, »fragten wir uns, was der Admiral wohl vorhatte. Seit Monaten hatten wir nach den Franzosen gesucht, aber jetzt war die Sonne im Begriff unterzugehen, was bedeuten würde, daß wir im Falle eines Angriffs eine Nachtschlacht zu führen hätten.« Er begann die Süßigkeiten auf dem Tischtuch in der Nähe der Zufahrt zur Bucht zu verteilen. »Gerade als die führenden Schiffe die Einfahrt der Bucht erreichten, stieg das Signal zum Angriff auf der *Vanguard* in die Höhe.« Ungewollt mußte er bei dieser Erinnerung lächeln. »Nun, Sie können sich sicherlich den Tumult an Bord vorstellen. Die Männer – und auch die Offiziere – schrien sich vor Begeisterung heiser, und einige begannen zu singen.« Unerklärlicherweise spürte Fergus, wie sich seine Kehle bei der Erinnerung an diese Emotionen zusammenschnürte. Das war schon ein großer Augenblick gewesen. Ein großer Sieg – und er war dabei gewesen. Dann erinnerte er sich wieder daran, wo er sich befand, er räusperte sich und hustete.

»Oh, bitte vergeben Sie mir«, sagte Mister Phipps und drückte ein Weinglas in Fergus' Hand, »hier, wir können nicht zulassen, daß Sie eine trockene Kehle bekommen.«

Zaghaftes Gelächter erhob sich rings um den Tisch.

»Danke, Sir«, meinte Fergus, der plötzlich sehr dankbar über den Wein war und über die Tatsache, daß anscheinend niemand bemerkt hatte, wie sehr ihn die Erinnerungen bewegt hatten. Er trank einen Schluck. »So ist es viel besser, Sir.« Und dann begann Fergus mit der Schilderung der Schlacht, die er mit vielen lebendigen Einzelheiten der hauptsächlichen Ereignisse würzte: Wie die britische Vorhut die gefährliche Umgehung der Spitze der französischen Linie gemeistert hatte, und er schilderte die Explosion der riesigen *L'Orient* und den Ausbruch der kläglichen Überreste der französischen Flotte am nächsten Tag. Er vergaß auch nicht von dem französischen Admiral zu erzählen, dessen Wunsch es gewesen war, auf seinem Achterdeck zu sterben, von der Weigerung des Sohns eines Kommandanten, seinen tödlich verwundeten Vater zu verlassen, und von der Zähigkeit und der verbissenen Tapferkeit einiger französischer Besatzungen. Gelegentlich legte er eine Pause ein, um einen Schluck Wein zu trinken, dabei studierte er immer die Gesichter seiner Zuschauer. Alle schienen ihm mit atemloser Spannung zu lauschen, sogar die Offiziere – einschließlich der Admirale.

Als er mit der Beschreibung von *Aberdeens* Einsatz gegen die französische Fregatte endete, die sich über die *Bellerophon* hermachen wollte, spielte er die Rolle der *Aberdeen* herunter und schanzte den Löwenanteil an diesem Erfolg der *Zealous* und ihrem rechtzeitigen Eintreffen zu. Nachdem er auch diese Geschichte erzählt hatte, nahm er wieder einen langen Schluck und stellte fest: »Nun, mehr habe ich wirklich nicht zu berichten.«

Die Männer riefen ihm ihre Zustimmung zu, die Damen klatschten höflich. Aus den Augenwinkeln konnte Fergus beobachten, daß die beiden Admirale sich zustimmend zunickten. Na immerhin, dachte er, habe ich die Ehre und den Ruf der Marine hochgehalten. Es blieb ihm nur wenig Zeit, seinen Triumph auszukosten (wenn es denn einer war), denn fast sofort war er von einer Menschentraube umgeben, die ihn mit allen möglichen Fragen bombardierte.

Gerade als sich Fergus zu wundern begann über dieses unersättliche neugierige Interesse, kam ihm Phipps zu Hilfe. »Meine Damen und Herren, es gibt noch andere Unterhaltungsmöglichkeiten hier, als Leutnant Kilburnie mit Fragen zu löchern.« Ein paar der Damen stöhnten leise ungehalten auf, aber Phipps ignorierte sie. »Ich glaube, daß Mister Kilburnie jetzt weiß, warum es einige Männer vorziehen, eher in die Mündung einer Kanone zu rennen, als zu einem Empfang in London zu gehen.« Bei dieser Bemerkung kam Gelächter auf. »Wir sollten ihm zumindest eine kurze Pause gönnen.«

Er nickte dem Quartett zu, das in einer Ecke saß;

schnell setzten die Musiker ihre Instrumente an und begannen zu spielen. Der Geräuschpegel der Unterhaltungen wurde wieder höher, und die Leute begannen sich in kleine Gruppen aufzuteilen.

Phipps lächelte Fergus herzlich an. »Vielen Dank, Sir, für Ihre wahrlich höchst interessante Beschreibung der Schlacht. Bitte verzeihen Sie mir, daß ich Sie so den Löwen vorgeworfen habe, wie ich es getan habe, aber London dürstet nach Informationen, und außerdem sind Sie mir wärmstens empfohlen worden.« Bevor Fergus sich erkundigen konnte, was mit dieser Bemerkung gemeint war, entschuldigte sich Phipps eilig. »Oh, da schickt sich jemand zum Gehen an, ein Mann, den ich auf Wunsch meines Vaters äußerst zuvorkommend behandeln muß, weil er sonst vielleicht bei der nächsten Abstimmung im Unterhaus mit seinen Stimmen abwandert. Bitte, bedienen Sie sich doch mit den Erfrischungen.«

Fergus drehte sich dankbar zu der Stelle um, wo der Wein ausgeschenkt wurde, und nippte glücklich an seinem Glas, als er dicht neben sich Lord Satterfields Stimme vernahm.

»Gut gemacht, Kilburnie, wirklich gut gemacht.«

Fergus drehte sich um, und Lord Satterfield stand vor ihm, die hinreißende Frau noch immer am Arm. Sie war kein junges Mädchen, sondern eine reife Frau mit einer tollen Figur, ihre Augen blickten hellwach und scharf.

Fergus verbeugte sich leicht. »Danke, Mylord.«

»Bitte, vergeben Sie mir, Kilburnie, aber ich war es, der diese Einladung für Sie arrangiert hat. Sogleich nachdem ich Mister Phipps von Ihren Erfahrungen erzählt hatte, war er ganz scharf darauf, daß Sie teilnehmen.«

»Ah, jetzt verstehe ich, wen er gemeint hat, als er sagte, ich sei ihm wärmstens empfohlen worden.«

Lord Satterfield grinste belustigt. »In der Tat, außerdem sind hier Leute anwesend, die sehr wichtig für Ihr weiteres Fortkommen sein können.« Die Lady neben Lord Satterfield räusperte sich. »Oh, entschuldigen Sie vielmals. Diese Dame brennt darauf, Sie kennenzulernen, und ich schwatze vom Geschäft.« Er machte eine Handbewegung in Fergus' Richtung. »Leutnant Fergus Kilburnie, darf ich Ihnen die Gräfin du Montclair vorstellen. Meine liebe Countess, Leutnant Kilburnie.«

Die Dame lächelte freundlich und reichte ihm ihre Hand.

Fergus nahm sie vorsichtig und verbeugte sich. »Ihr Diener, Madame.«

Das Lächeln wurde sogar noch herzlicher, und die Lichter in ihren Augen tanzten vor Entzücken. »Ich möchte Ihnen danken, Sir, für alles, was Sie zur Verteidigung gesagt haben, um diese ... diese ...« Die Gräfin du Montclair sprach mit einem starken französischen Akzent, der Fergus vermuten ließ, daß sie Französin war. Sie schwieg, weil sie nach dem richtigen Wort suchte. »Diese Verbrecher!« Ihre Augen funkelten jetzt vor Ärger.

Fergus schwieg. Er vermutete, daß sie die Franzosen meinte, und nahm an, daß sie zu den vielen Flüchtlingen gehörte – Adlige und einfache Leute –, die seit dem Ausbruch der Revolution in Frankreich den Weg in die Sicherheit Englands gesucht hatten, besonders nachdem dort der Terror des Mobs tobte, der sich in willkürlichen Hinrichtungen und Verhaftungen äußerte. Anstatt das Risiko einzugehen, etwas zu sagen, was als Affront aufgefaßt werden konnte, oder Sympathie für etwas oder jemanden auszudrücken, wo sie nicht angebracht erscheinen mochte, verbeugte sich Fergus nur erneut. »Danke, Madame.«

Lord Satterfield mischte sich ein. »Wie die meisten unserer Offiziere, Madame, ist Leutnant Kilburnie etwas schüchtern, wenn es darum geht, den Dank für eine gut vollbrachte Tat entgegenzunehmen – sogar von einer schönen Frau.«

»Besonders von einer so schönen Frau«, stellte Fergus mit tiefer Überzeugung fest, was ein leichtes Lächeln auf das Gesicht der Gräfin zauberte. Auf Lord Satterfields Gesicht zeichnete sich höchstes Entzücken ab. »Es ist in der Marine nämlich so, daß der Erfolg so sehr von dem Einsatz der gesamten Mannschaft abhängt, daß es mir falsch erscheint, wenn man das ganze Lob für sich allein einstreicht.«

»Oho, mein lieber Leutnant Kilburnie, Sie sind ja ein gewiefter Diplomat«, meinte die Gräfin etwas neckisch, »das sollte Ihnen in Ihrem Beruf zugute kommen.«

Fergus spürte, daß er errötete. Er mochte sich selbst alle möglichen Eigenschaften zuschreiben, aber als Diplomat hatte er sich noch nie gesehen. »Vielen Dank, Madame, aber ich bin fest entschlossen, meine Talente als Seemann weiterzuentwickeln – mehr als die zum Diplomaten.«

Die Gräfin warf ihm wieder einen überwältigenden Blick zu. »Äußerst bewunderungswürdig, mein lieber Leutnant, aber große Siege werden häufig durch ein wohl erwogenes Wort errungen.«

»Oha, Kilburnie«, kicherte Satterfield, »jetzt hat sie Sie!«

Fergus verbeugte sich leicht. »In der Tat, das hat sie, Mylord. Ich mußte mich eines Besseren belehren lassen.«

Satterfield lächelte und deutete auf die Menge in dem Saal. Er senkte seine Stimme ein wenig. »Ihr Auftritt war sehr eindrucksvoll. Ich hoffe, daß es keine vergeudete Liebesmüh für den einen oder anderen der eher – sagen wir mal – älteren Gäste war.«

»Das hoffe ich auch, Sir«, erwiderte Fergus wahrheitsgemäß. »Sogar im Krieg ist es ganz offensichtlich so, daß ein Mann Beziehungen braucht, um in den Genuß einer Beförderung zu kommen.«

»Das ist nur zu wahr, Kilburnie«, antwortete Seine Lordschaft ernsthaft. Nach einer kurzen Pause, wandte er sich wieder der Gräfin zu. »Kommen Sie, meine Liebe, ich brauche Sie, um einen Bankier zu becircen, den ich kenne. Er muß die Wichtigkeit eines weiteren Darlehens für die Krone einsehen.«

Fergus verbeugte sich. »Guten Abend, Gräfin, und einen guten Abend, Mylord.«

7
Shannon

Zwei Wochen nachdem Kilburnie in das Krankenhaus zurückgekehrt war, entfernte der Arzt den Verband von Fergus' Wunde und betrachtete prüfend die rosa Fläche der heilenden Haut. »Das ist wirklich gut abgeheilt«, brummte er zufrieden, »ich werde Ihnen jetzt nur noch eine dünne Binde anlegen, um die empfindliche Stelle zu schützen.«

»Wann kann ich zurück auf mein Schiff?«

»Vielleicht nach einer weiteren Woche. Ich möchte sichergehen, daß der Heilungsprozeß weit genug fortgeschritten ist, um einer Infektion zu widerstehen.«

Fergus seufzte: »Die Langeweile bringt mich um!«

»Ah, dagegen habe ich ein wirksames Mittel. Die Admiralität hat mir eine Nachricht geschickt, daß ich Sie und etwaige andere kommandierende Offiziere für einen Ball freistellen soll, der heute abend zu Ehren von Admiral Nelsons Sieg veranstaltet wird.«

»Wird er anwesend sein?«

»Nun, wohl nicht. Wie es scheint, wird er in Neapel

aufgehalten, aber die Veranstaltung wird trotzdem in seinem Namen stattfinden.«

Fergus lachte. »Das kann ich verstehen, aber ich möchte wirklich nicht dorthin gehen müssen.«

«Sicherlich kann ein Schotte tanzen, und Sie sind doch schon auf Gesellschaften gewesen.«

Fergus wurde rot. »Natürlich können alle Schotten tanzen. Aber ich dürfte nicht mit diesen modischen englischen Tänzen vertraut sein, wie Reels und Bucks und was es da sonst noch so gibt.«

Der Chirurg lachte. »Da werden Sie keine Probleme bekommen. Sie haben einen Namen als Kämpfer, und ganz gewiß sind Sie auch ein schmucker Bursche. Sie werden es schwer haben, all die jungen Damen abzuwehren, die sich darum reißen werden, Ihnen die neuesten Tänze beibringen zu dürfen.«

Fergus lachte. »Vielen Dank, Doktor, für Ihre Prognose. Ich vermute, ich werde zu Ehren von Admiral Nelson hingehen müssen, wenn die Admiralität es von mir verlangt.«

»So ist es. Ich habe Ihren Steward angewiesen, daß er Ihren besten Uniformrock herbringt. Er war ein wenig vergammelt, aber wir haben ihn etwas mit Krankenhauschemikalien behandelt. Jetzt ist der Schimmel zwar verschwunden, doch der Rock könnte noch etwas seltsam riechen. Aber das wird schon in Ordnung gehen. Die Damen werden denken, daß das ein exotischer seemännischer Duft ist.«

Fergus mußte wieder lachen. »Wie ich die Damen kenne, haben sie sich dermaßen mit Parfum eingenebelt, daß sie mich noch nicht mal bemerken werden.«

»Woher haben Sie die Uniform eines Kapitäns zur See?«

»Sie ist eine Art Erbschaft von einem meiner Kommandanten, Kapitän Burbage, den ich sehr bewundert habe. Ich habe sie die ganze Zeit über immer mitgeführt und eines Tages werde ich sie seiner Witwe übergeben. Ich kann mir gut vorstellen, daß sie in der Tiefe meiner Seekiste reichlich Schimmel angesetzt hat.«

Am Abend zog Fergus seine bequemen Lazarettklamotten aus und stieg widerwillig in Kapitän Burbages Gala-Uniform. Eine junge Krankenschwester half ihm, den schweren Rock über seine immer noch ein wenig empfindliche Schulter zu ziehen. Der Segelmacher hatte sein Bestes getan, sie für ihn zu ändern. Das Hemd war sauber, gestärkt und frisch gebügelt, aber der goldbesetzte Uniformrock roch nach der seltsamen Chemikalie, welche die Schwestern benutzt hatten, um dem Schimmel den Garaus zu machen. Fergus hatte sich wieder Jeris' Halbschuhe ausgeliehen und wünschte sich nur, daß er an dem Ball in einem weichen, sehr viel bequemeren zivilen Anzug teilnehmen könnte.

Jeris, der von der Aufforderung der Admiralität an Fergus und andere kommandierende Offiziere, die sich gerade in London aufhielten, gehört hatte, an dem Ball zu Nelsons Ehren teilzunehmen, borgte Fergus für diesen Abend seine Kutsche einschließlich Kutscher. Fergus bestieg das auf Hochglanz polierte Gefährt am Eingang des Krankenhauses unter den wachsamen Augen des Chefarztes und seiner Krankenschwester. Er kam in perfektem Zustand vor dem Ballsaal an, war aber immer noch nicht glücklich darüber, den Abend auf diese Weise verbringen zu müssen.

»Es wird nicht lange dauern«, versicherte er dem Kutscher.

Der Kutscher grinste. »Sie sehen großartig aus, Sir, und ich denke, daß die Damen Sie mindestens bis Mitternacht in Beschlag nehmen werden, aber ich werde auch schon vorher in Bereitschaft stehen.«

Die Kutsche mußte kurz in der Reihe warten, bevor sie vor dem Eingang des Ballhauses vorfahren konnte. Fergus stieg vorsichtig aus, denn er bewegte sich in der Galauniform doch etwas gehemmt.

Widerwillig betrat er den großen Ballsaal. Das Orchester war schon in vollem Schwung, und der Tanz hatte begonnen. Ein Mitglied des Ballkomitees, eine »mittelalterliche« Matrone in einem tief ausgeschnittenen Ballkleid, im Dekolleté war ein rotes Band befestigt, um die Wichtigkeit ihrer Position zu unterstreichen, trat ihm am Eingang entgegen, stellte sich sofort vor, packte seinen Arm und zog ihn zu einer jungen hübschen Lady.

»Ah, Sie sind der berühmte Leutnant Kilburnie?« fragte sie mit weit aufgerissenen blauen Augen.

Fergus mußte lachen. »Ich bin zwar Kilburnie, das ist richtig, aber ich glaube nicht, daß ich berühmt bin.«

Die junge Dame betrachtete ihn über ihren Fächer hinweg sorgfältig. »Nun ich mag Sie jedenfalls, und ich glaube auch, daß Sie in der Lage sein werden, gut zu tanzen.«

Fergus grinste. »Danke. Ich freue mich, mit Ihnen tanzen zu dürfen.«

Der Tanz endete, und er nahm ihre Hand, um sie zu einem Platz im nächsten Reel zu geleiten.

Nach einigen englischen Reels entschuldigte sich Fergus und ging zur anderen Seite des Saales zu dem Tisch mit den Erfrischungen hinüber. Als er den Raum halb durchquert hatte, blieb ihm beinahe das Herz stehen, und er spürte, wie seine Kehle trocken wurde. Die Dame einige Schritte vor ihm, die sich angeregt mit einem älteren Herren unterhielt, mußte Shannon Inver sein. Das lange dunkelrote Haar war sorgfältig frisiert und türmte sich nach der neusten Mode über ihrem Kopf auf, die grünen Augen, der helle Teint, die perfekte Figur in einem dunkelgrünen seidenen Abendkleid – alles paßte zusammen.

Er stand ein paar Minuten stocksteif inmitten der herumwirbelnden Tänzer, um sich zu vergewissern, dann ging er auf sie zu und drängte sich dabei durch die Paare. Auf halbem Weg hielt er neben einem Pärchen inne. »Verzeihen Sie. Können Sie mir sagen, wer die Dame da drüben ist?«

»Welche?« fragte die Lady.

Fergus deutete diskret in die Richtung. »Die wunderschöne Rothaarige in dem grünen Ballkleid.«

Die Lady sah zu Shannon hinüber und sagte ohne zu zögern: »Natürlich kann ich das. Das ist Lady Shannon Malin.«

»Vielen Dank.« Fergus setzte seinen Weg zu Shannon über den dicht bevölkerten Tanzboden fort.

Sie drehte sich etwas um, blickte in seine Richtung und sah ihn an. Ihre Augen weiteten sich, und er war sicher, daß sie ihn erkannt hatte.

Er stellte sich an ihre Seite, verbeugte sich tief und murmelte: »Ich bin Fergus Kilburnie. Erinnerst du dich an mich?«

Shannon warf ihm die Arme um den Hals, impulsiv wie früher. »Natürlich, wie könnte ich dich vergessen?«

Fergus' Herz begann schneller zu schlagen.

Shannon fuhr fort, die Arme immer noch um seinen Hals gelegt: »Ich bin so froh, dich wiederzusehen.«

Fergus war sich der Anwesenheit des Mannes neben ihr sehr bewußt und befürchtete, daß Shannons herzliche Begrüßung ihn beleidigt haben könnte – besonders, falls es sich um ihren Ehemann handeln sollte.

Shannon ließ Fergus los, offensichtlich hatte sie seine Bedenken bemerkt. Sie sah den Mann an ihrer Seite an und lächelte spitzbübisch. »Onkel, das ist ein junger Mann, den ich kannte, als ich noch ein Mädchen war. Ich hoffe, du wirst mir mein Benehmen verzeihen, aber wir standen uns damals sehr nahe.«

Fergus fühlte sich erleichtert und streckte seine Hand aus. »Kapitän Fergus Kilburnie, Sir.«

Der ältere Mann lächelte und nahm Fergus' Hand. »Ich habe von Ihnen gehört. Sie sind berühmt, Sir. Ich bin Clevis Strathan of Donegal.«

Shannon packte Fergus am Arm und lächelte ihren Onkel entwaffnend an. »Danke, Onkel. Bitte entschuldige uns für ein paar Minuten, während ich mit Fergus tanze.«

Der Onkel verbeugte sich. »Ich setze mich solange zu den Anstandsdamen, falls ihr mich suchen solltet.«

Shannon flüsterte hinter ihrem Fächer, als er sich entfernte: »Glaub ihm kein Wort. Er wird mit jeder schönen Frau tanzen, die er kriegen kann.«

Der erste Tanz war ein Walzer, und Fergus war gezwungen, Shannon in einem erheblichen Abstand zu halten, wie es die neuste Mode verlangte. Fergus war mit diesem Tanz nicht vertraut, und er erkundigte sich bei Shannon.

»Es ist ein neuer Tanz aus Deutschland«, berichtete

sie. »Sie haben ihn bei den Franzosen eingeführt. Einige Angehörige unserer Botschaft in Berlin haben ihn mit nach London gebracht, aber er ist noch nicht sonderlich populär. Ich glaube, das war für heute abend der letzte Walzer.«

Fergus zog sie so eng an sich, wie der Tanz es erlaubte. »Bei diesem Tanz kommen wir uns nicht nahe genug. Die Deutschen können ihn behalten.«

Sie war immer noch dicht genug an ihm. Erinnerungen an die vergangenen Tage in Donegal überfluteten ihn, und er fragte sich, ob es ihr genauso ging. Nach dem zweiten Tanz – keinem Walzer, fragte er sie: »Gibt es hier ein ruhiges Plätzchen, wo man sich unterhalten kann?«

Shannon nahm Fergus an die Hand und führte ihn nach draußen. Sie gingen durch einen schönen, streng formal angelegten Garten, der Weg wurde von steinernen Bänken in Alkoven gesäumt, aber diese privaten Rückzugsplätze waren schon alle besetzt. Schließlich fand Fergus ein niedriges Mäuerchen, auf das sie sich setzen konnten.

Fergus begann die Unterhaltung. »War das wirklich dein Onkel, mit dem du gesprochen hast?«

Sie lachte. »Ja, aber mein Mann ist fast genauso alt. Er konnte heute abend nicht mitkommen.«

»Hast du Kinder?«

»Zwei Mädchen, zwei und drei Jahre alt. Ich nehme an, daß du auch verheiratet bist?«

»Nein. Ich bin noch Junggeselle.«

»Ich bin überrascht, daß dich noch kein Mädchen gekrallt hat.«

Fergus zuckte die Achseln. »Dazu bestand einfach zu wenig Gelegenheit, da ich die meiste Zeit auf See gewesen bin. Ich vermute mal, daß du einen Mann heiraten mußtest, den dir dein Vater ausgesucht hat.«

Shannon seufzte. »Ich habe dagegen angekämpft, solange ich konnte. Ich wußte, daß du nie wieder nach Irland zurückkommen würdest, und da ich dich nicht bekommen konnte, spielte es irgendwie kein große Rolle mehr, wen ich heiratete.«

»Hast du jemanden geheiratet, den ich kenne?«

»Ich bin mir nicht sicher, ob du Finian Malin kennst. Als du in Irland warst, war er irgendwo auf der Schule oder auf Reisen. Er ist jetzt ein Lord. Sein Vater, der Engländer war, und mein Vater kamen, als sie jung waren, nach Irland, um Rennpferde zu züchten. Das war die einzige Sache, die sie gerne machten, und sie hatten auch genug Geld. Als mein Vater vor ein paar Jahren starb, erbte ich seinen Grundbesitz, auf dem wir jetzt wohnen. Du erinnerst dich sicher an das große Haus.«

Fergus grinste frech. »Und an die Ställe und den Sattelplatz, wo wir uns zu treffen pflegten.«

Shannon seufzte. »Das waren die schönsten Tage meines Lebens. Ich werde sie nie vergessen.«

»Bist du glücklich?«

Shannon zuckte mit den Schultern. »Ich weiß nicht. Finian ist ein netter Mensch und ein guter Vater. Aber nach seinen Kindern gilt sein Interesse der Politik und den Pferden, in dieser Reihenfolge. Ich komme erst danach. So ist es schon seit so langer Zeit, daß ich es gar nicht mehr bemerke. Aber wenn ich mich zu einsam fühle, dann kann ich nicht anders und muß daran denken, wie es gewesen wäre, wenn du und ich die ganze Zeit zusammengeblieben wären.«

Fergus drehte sich um, damit er Shannon besser betrachten konnte. Sie war noch immer, wie er sie in Erinnerung gehabt hatte, aber ihre grünen Augen und das schöne Gesicht waren sehr viel reifer geworden. Ihre Robe betonte ihre schlanke, aber gut geformte Figur, die trotz der beiden Geburten noch immer elegant war, und dem Geschmack der Zeit entsprechend, waren ihre vollen Brüste kaum verhüllt. Er wollte diese Frau gerne in die Arme nehmen, wenn auch nur kurz. »Willst du noch mal mit mir tanzen?«

»Natürlich.«

Sie tanzten viele Male und sprachen noch mehr. Gegen Mitternacht meinte Shannon: »Mein Mann ist für zwei Tage in Irland. Es hat irgend etwas mit Pferden zu tun.«

»Aber du lebst in London?«

»Wir haben hier ein Stadthaus. Er kommt während der Sitzungsperiode des Parlaments nach London, um die Debatte bezüglich der Verschmelzung des irischen und englischen Parlaments zu verfolgen. Eine große Leidenschaft meines Mannes ist es, dem irischen Volk zu helfen.«

Fergus versuchte sein Glück. »Kann ich dich in eurem Stadthaus besuchen?«

Shannon atmete tief durch. »Ich dachte schon, du würdest niemals fragen und ich wollte es dir schon vorschlagen.«

Sie fanden Shannons Onkel wieder, der mit einer schönen Witwe tanzte.

Shannon erklärte ihm: »Onkel, Kapitän Kilburnie hat für heute nacht kein Dach über dem Kopf gefunden, daher werde ich ihn jetzt mit mir nach Hause nehmen.«

Fergus ergänzte: »Sir, ich habe draußen eine Kutsche,

daher müssen Sie wirklich nicht gleich mit uns aufbrechen.«

Der Onkel sah erleichtert aus. »Ich bin, wie Sie sehen, hier noch beschäftigt.«

Fergus grinste. »Das sehe ich, Sir, und ich wünsche Ihnen viel Glück.«

Ihr Onkel nickte. »Ich brauche kein Glück, mein Junge, nur eine Gelegenheit, und die haben Sie mir gerade verschafft.«

Onkel Jeris Kutsche wartete draußen. Der Kutscher grinste Fergus wissend an, aber Fergus übersah ihn geflissentlich und half Shannon in die Kutsche, dann schickte er den Kutscher fort, um Shannons Lakaien zu suchen und ihm mitzuteilen, daß er auf Shannons Onkel warten solle. Als er zurückkehrte, nannte Shannon ihre Adresse und leise vor sich hin kichernd fuhr er los.

Als sie vor Shannons Haus anlangten, schlug sie Fergus vor: »Du kannst deinen Kutscher ruhig nach Hause schikken. Du kannst meine Kutsche benutzen, wann immer du möchtest.«

Der Kutscher wollte gerade ein breites Grinsen aufsetzen, als Fergus ihn drohend fixierte, daher blickte er lieber ausdruckslos vor sich hin und verschwand.

Shannon nahm Fergus' Hand und führte ihn die Stufen zum Eingang hinauf, wo sie einen Schlüssel aus ihrer Tasche nahm und die Tür aufschloß. Im Haus brannte in der Bibliothek ein schwaches Feuer im Kamin.

Shannon bat ihn: »Fache das Feuer ein wenig an und schütte noch etwas Kohle auf. Im Nachbarzimmer steht ein großer Schrank mit Gläsern und Getränken. Du wirst darin alles finden, was wir brauchen. Ich bin gleich zurück.«

Fergus fachte das erlöschende Feuer mit dem Rüttler und ein paar Stücken Kohle wieder an, dann goß er sich einen schottischen Whisky aus dem Getränkekabinett ein. Gerade als er es sich vor dem Feuer bequem gemacht hatte, kam Shannon in das Zimmer zurück. Sie trug jetzt einen grünen, seidenen Hausmantel und passende Slipper.

Fergus seufzte bedauernd: »Schade, daß du dich umgezogen hast, ich fand dich in dem Abendkleid so unglaublich schön.«

Shannon lachte. »Du bist wie alle Männer. Balltoiletten und alles, was darunter gehört, sind für eine Frau ziemlich unbequem. Jetzt lege auch deinen Uniformrock ab, und wir werden uns beide besser fühlen.«

Fergus hing seine Uniformjacke über eine Stuhllehne und goß ein zweites Glas Whisky ein, dem er ein wenig Sodawasser hinzufügte. Er reichte das Glas Shannon. »Ich hoffe, daß es die Sorte Whisky ist, die du wolltest.«

»Ja, das ist für den Augenblick das richtige. Vielleicht finde ich für später noch eine Flasche Champagner. Jetzt setz dich hier neben mich und erzähl mir alles über deine Karriere und all die Jahre, die du in der Marine verbracht hast. Ich habe versucht, deine Karriere zu verfolgen, aber das war ziemlich schwierig. Man sagt, daß du berühmt geworden bist. Bist so berühmt wie Admiral Nelson?«

Fergus lachte. »Jetzt willst du mich aber veralbern, wie du es schon früher immer gemacht hast. Ich bin nur ein einfacher Kapitän zur See und kommandiere den Transporter *Aberdeen*. Vor einer Woche war ich noch Leutnant, ich bin erst heute nachmittag befördert worden.«

»Aber hast du nicht zwei französische Fregatten erobert? Man vermutet eigentlich nicht, daß Transporter dazu in der Lage sind, zumindest hat mir mein Onkel Clevis das erzählt.«

»Reines Glück und eine gute Mannschaft.«

Shannon seufzte. »Ich wünschte, wir hätten etwas mehr Glück gehabt, als wir in Irland jung waren.«

Fergus schüttelte den Kopf. »Ich war sehr unglücklich, daß ich dich in Irland zurücklassen mußte, aber dadurch bin ich zur Marine gekommen.«

»Du bist sofort zur See gefahren?«

»Ja. Ich wollte nur noch weg.«

Sie lachte. »Du bist ganz sicher weit herumgekommen. Aber wohin genau?«

»Meistens ins Mittelmeer. Ich bin auch bis Westindien gekommen, hatte aber nie die Gelegenheit, die Südsee zu bereisen oder all diese anderen romantischen Orte, von denen man immer träumt. Die meiste Zeit habe ich Kreise im Atlantik vor Gibraltar gedreht, und die Möwen und Delphine waren immer dieselben.«

»Das verstehe ich nicht.«

Fergus hob die Schultern. »Ich glaube, die Öffentlichkeit ist nicht gut darüber informiert, was die Marine eigentlich macht.«

»Du klingst wie ein Schreiberling.«

Fergus ignorierte sie. »Auf dem ersten Schiff, auf dem ich gedient habe, begann ich als einfacher Seemann vor dem Mast. Ich bin auf ihm geblieben, bis ich zum Leutnant befördert worden bin. Das Schiff war eine Fregatte, mittelgroß, ein schnelles Schiff für den Patrouillendienst, um französische Kriegs- und Handelsschiffe abzufangen, sie zu nehmen oder zu zerstören. Wir haben viel Zeit damit verbracht, immer dasselbe Seegebiet zu überwachen, und immer gespannt darauf gewartet, daß endlich mal ein Schiff vorbeikommt. In der Seekarte sah unser Kurs wie eine Ansammlung von Kreisen aus. Ich habe das Schiff die ganze Zeit nicht einmal verlassen.«

»Hattest du Erfolg?«

»Ich persönlich – ja, würde ich sagen. Ich wurde vom Matrosen zum Geschützführer und schließlich zum diensttuenden Leutnant befördert. Alles auf demselben Schiff, der *Athena*.«

»Ihr habt eine Menge Prisen gekapert?«

»Nein. Nur eine.«

»Hast du viel Prisengeld bekommen?«

»Für das eine nur wenig, Leutnants bekommen nur einen kleinen Anteil.«

»Kapitäne sind da besser dran?«

»Sehr viel besser! Nachdem ich diensttuender Kommandant auf meinem gegenwärtigen Schiff geworden war, haben wir zwei Prisen aufgebracht, eine Brigg mit Goldbarren an Bord, und dafür habe ich mehr bekommen, als ich selbst in meinen kühnsten Träumen zu hoffen gewagt hätte. Ich bekam zwei Achtel vom Wert der Brigg, ihrer Ladung und den Goldbarren, die sie nach Frankreich transportieren sollte.«

»Auf wieviel belief sich das?«

»Zwanzigtausend Pfund.«

»Was hast du damit gemacht?«

»Ich habe mir ein großes Gut in Fairlie, Schottland, neben dem Land meiner Eltern gekauft. Mit dem Geld für die zweite Prise werde ich dort ein großes Haus in der Nähe des Lachsflusses bauen lassen.«

»O ja, ihr Schotten liebt ja alle Lachs.«

»Und ihr Iren den atlantischen Kabeljau.«

Shannon lachte. »Denk dran, ich bin keine richtige Irin. Meine Mutter war eine, aber mein Vater war Engländer. Sie haben in der Church of England geheiratet.«

Fergus stand auf und bereitete zwei neue Drinks zu.

Shannon sagte: »Laß das Wasser diesmal besser weg, ich will schließlich nicht baden.«

Fergus setzte sich wieder und hob sein Glas. »Auf die Schotten und die Iren, und der Teufel soll den Rest der Engländer holen.«

Shannon rückte näher an ihn heran. »Erzähl mir was über die Frauen, mit denen du zusammen warst.«

Fergus kicherte rauh. »Was für Frauen? Als ich von Irland nach Schottland gereist bin, habe ich mit einem jungen irischen Mädchen gesprochen, aber wir hatten nichts miteinander, ich mußte immer noch an dich denken. Ich glaube, du kannst dir gar nicht vorstellen, wie das im Krieg bei der Marine zugeht. Ich bin seit meinem Eintritt in die Navy nicht an Land gewesen, außer auf meiner Reise zur Admiralität, um mein Leutnantsexamen abzulegen und jetzt, um ins Lazarett zu gehen. Nun ja, vielleicht mal bei einem kurzen Aufenthalt in Gibraltar.«

Shannon erschauderte. »Das ist ja schrecklich.« Dann lachte sie. »Dann musst du ja, wie man so salopp sagt, ziemlich aufgeladen sein.«

Fergus wurde rot. »So kann man es auch ausdrücken. Dein bloßer Anblick bringt mein Blut zum Kochen.«

»Meins siedet auch – und ich bin nicht auf See gewesen.«

Fergus verschwendete keine Zeit mehr. Er nahm sie in die Arme, und sie preßte sich bereitwillig an ihn. Ihre

Küsse dauerten lange, waren leidenschaftlich, und der Hunger schien nicht enden zu wollen. Fast hatte man den Eindruck, als ob sie alles nachholen wollten, was sie in all den Jahren, die seit ihrer Jugendzeit vergangen waren, versäumt hatten.

Der Hausmantel glitt herab, und Fergus stellte fest, daß sie alle ihre Kleidungsstücke abgelegt hatte. Er dachte an damals, auf dem alten Kirchhof, als er so dicht davor gewesen war, sie zu besitzen, und konnte sich nicht länger beherrschen. Er warf seine Kleidungsstücke ab und küßte sie wieder heiß. Sie war alles, was er begehrt hatte, und er nahm sie auf dem Teppich vor dem flackernden Feuer, zuerst zart, dann mit ganzer Kraft. All die Jahre des Verlustes, des Bedauerns und des Kummers fielen von ihm ab.

Später, als sie in seinen Armen lag, entdeckte sie den roten Flecken auf seiner linken Schulter. »Wie ist das passiert?« erkundigte sie sich.

Er erzählte ihr von seiner Verwundung, und dann stand er auf und kehrte mit zwei Gläsern Whisky zurück. Sie schüttete den Inhalt in einem Zug hinunter und verzog dabei nicht einmal das Gesicht.

Fergus lachte leise. »Du hast eine verdammt schottische Art, Whisky zu trinken.«

Shannon hob die Schultern. »Ich trinke auch irischen Whiskey pur. Das ist eine Angewohnheit, die ich mir bei dem Versuch zugelegt habe, dich zu vergessen. Die Flasche neben dem schottischen ist der irische Whiskey. Wir sollten ihn das nächste Mal probieren.«

Der Alkohol löste ihre Zungen, und sie lagen sich bis zur Morgendämmerung in den Armen.

Dann drängte ihn Shannon: »Komm in mein Schlafzimmer. Die Dienerschaft und die Kinder werden bald hier auftauchen.«

In der Wärme und Abgeschlossenheit ihres Schlafzimmers liebten sie sich wieder, aber auch danach waren sie durch die Ereignisse dieser Nacht so aufgewühlt, daß sie immer noch keinen Schlaf fanden. Sie zogen sich an und gingen nach unten. Shannon wies das Personal an, ein ausgiebiges Frühstück zu servieren. Die Kinder spielten bereits im Garten. Fergus sah ihnen vom Fenster des Eßzimmers aus zu.

»Du hast wunderbare Kinder«, stellte er fest.

»Ja«, bestätigte Shannon, »ich hatte Glück. Sie halten meine Ehe zusammen.«

»Aber du hast gesagt, daß du nicht glücklich bist. Willst du dich nicht von deinem Mann scheiden lassen und mich heiraten? Wir könnten auf meinem Gut ein wunderschönes Leben führen. Wie ich mich erinnere, liebst du es, angeln zu gehen. Ich habe den besten Lachsfluß von ganz Schottland direkt vor der Haustür. Ich würde so viele Pferde halten, wie du möchtest. Und wir hätten möglicherweise sogar genug Geld, um uns ein Stadthaus in London leisten zu können.«

Shannon weinte und machte keinen Versuch, ihren Tränenstrom einzudämmen. Fergus reichte ihr rasch sein Taschentuch.

»Danke, mein Liebster, aber mir kann zur Zeit niemand helfen.«

»Das verstehe ich nicht. Warum nicht?«

Shannon begann wieder zu weinen, aber sie hatte sich schnell wieder unter Kontrolle. »Ich könnte mir nichts

Schöneres vorstellen, als den Rest meines Lebens mit dir zu verbringen, aber das geht nicht.«

Fergus war perplex. »Warum nicht?«

»Eine Scheidung würde die politische Karriere meines Mannes ruinieren, und obwohl es zwischen uns keine großen romantischen Gefühle gibt, kann ich ihm das nicht antun. Er ist immer gut zu mir gewesen und liebt unsere Kinder sehr. Und ich muß auch an die Kinder denken. Sie würden Ausgestoßene sein, besonders daheim in Irland.«

»Das verstehe ich nicht. Du kannst nicht die Sünde der Scheidung auf dich nehmen, begehst aber die Sünde des Ehebruchs mit mir.«

Shannon seufzte. »Das ist ein Unterschied. Wenn ich mich scheiden lasse, würde ich andere Menschen verletzten, meine Kinder und meinen Mann – und das kann ich nicht. Wenn ich ehebrüchig bin, dann verletze ich nur mich selbst – und das kann ich.«

Traurig schüttelte Fergus den Kopf. »Jetzt habe ich dich wiedergefunden, und doch kann ich dich nicht haben. Ich fühle mich fast so schlecht wie damals in Irland, als ich dich verlassen mußte.«

»Du kannst mich heute und morgen haben und jedes Mal, wenn du nach England zurückkehrst. Schick mir eine Nachricht, und ich werde immer eine Ausrede finden, um hier wegzukommen, zu dir zu eilen und solange bei dir zu bleiben, wie du möchtest.«

Fergus schüttelte den Kopf. »Das ist nicht lange. Zwei oder drei Tage im Jahr.«

Sie seufzte. Dann wollen wir das Beste aus den beiden Tagen machen, die uns bleiben.«

Als ihre Leidenschaft zeitweilig gestillt war, schlug

Shannon vor: »Laß uns eine Ausfahrt mit meiner Kutsche machen.«

»Was ist mit den Kindern?«

»Sie sind glücklich mit ihrem Kindermädchen.«

»Ich würde sie gerne besser kennenlernen.«

Shannon seufzte wieder. »Ich glaube nicht, daß es gut für dich ist, sich zu sehr an sie zu gewöhnen.«

Fergus stand auf und zog sich an. »Du hast recht.«

Sie fuhren mehrere Stunden durch London und seine Parkanlagen, am Schloß vorbei und dem Parlament und schließlich auch an der Admiralität. Obwohl Fergus zuerst verdrießlicher Stimmung gewesen war, wurde er munter, als sie das gelbe Gebäude passierten.

»Was ist daran so interessant?« fragte Shannon.

Fergus erzählte ihr von seinem ersten Besuch auf der Admiralität und von Onkel Jeris und Tante Martha. »Du würdest sie mögen«, schloß er.

Sie drängte sich an ihn und küßte ihn so leidenschaftlich, daß Fergus besorgt war, der Kutscher könnte es mitbekommen. Als Fergus sich befreit hatte, wies er den Kutscher an: »Bitte zurück zum Haus der gnädigen Frau.«

Die zweite Nacht war sogar noch schöner als die erste. Fergus vergaß keinen Moment, daß er die Erinnerung daran viele Monate mit sich herumtragen musste, und so liebkoste er sie leidenschaftlich, von den dunkelroten Haaren bis zu den schlanken Beinen. Gegen Morgen erwachte er, zog sich an und verließ leise das Schlafzimmer. Er ging hinaus in den Garten und marschierte dort auf und ab, dabei fragte er sich, ob er sich später an die Blumen und Rasenarrangements erinnern würde, wenn er wieder auf dem Achterdeck auf und ab spazieren mußte.

Als die Sonne aufging, kehrte er zu Shannon zurück und weckte sie mit einem Kuß. Danach frühstückten sie zum letzten Mal zusammen.

Diesmal bestand Fergus darauf, ihre Kinder kennenzulernen und verbrachte den ganzen Vormittag mit ihnen im Garten.

Gegen Mittag sagte Shannon: »Ich weiß, daß du jetzt gehen mußt. Erinnere dich daran, was ich dir gesagt habe. Wenn du von See zurückkommst, schick mir einfach eine Nachricht, dann werde ich, sobald es mir möglich ist, bei dir sein.«

Etwas später brachte Shannons Kutsche Fergus zurück in das Lazarett. Fergus stieg aus und ging wie in Trance zum Eingang des Hospitals hinüber. Der Chefarzt begegnete ihm.

»Mein Gott, Kilburnie, ich wollte schon einen Suchtrupp nach Ihnen aussenden. Warum sind Sie in der Nacht nach dem Ball nicht wieder zurückgekommen? Sie hatten doch angekündigt, nicht lange bleiben zu wollen. Ihrem traurigen Gesicht nach zu schließen, würde ich sagen, daß der Ball ein ziemlicher Reinfall war.«

Fergus quälte sich ein trauriges Lächeln ab. »Nein, er hat meine wildesten Träume bei weitem übertroffen. Ich habe eine wundervolle Frau wieder getroffen, die ich vor Jahren in Irland zurückgelassen hatte.«

»Und was geschah dann?«

Fergus zuckte mit den Schultern. »In dieser Nacht habe ich das Paradies gefunden und wurde zwei Tage später wieder daraus vertrieben.«

8
Zurück auf der *Aberdeen*

Am Ende einer weiteren Woche wurde die Verwundung als völlig verheilt begutachtet, und der Chefarzt sagte: »Ich habe Ihre Verletzung kuriert, aber ich kann nichts gegen Ihre Depressionen machen. Wenn Sie nicht mit mir reden wollen und mir erzählen, was passiert ist, dann kann ich Ihnen beim besten Willen nicht helfen.«

Fergus versuchte zu lächeln, aber die Anstrengung erwies sich als nutzlos. Statt dessen schüttelte er nur traurig den Kopf. »Verzeihen Sie mir, aber ich kann Ihnen nicht erzählen, was mich so bedrückt. Gegen diese Krankheit gibt es keine Arznei. Vielleicht hilft nur viel Zeit und das Überqueren weiterer salziger Wasserflächen – das könnte mein Leiden zumindest erträglich machen.«

»Ich ahne, daß es eine Herzensangelegenheit ist. Ich würde Ihnen gerne sagen, daß ich seit einigen Jahren glücklich verheiratet bin, und vielleicht kann ich Ihr Problem dadurch lösen, daß ich Ihnen einen Rat gebe, der auf meinen eigenen früheren Problemen basiert. Ich weiß aus

Ihrer Krankenakte, daß Sie unverheiratet und erst sechsundzwanzig Jahre alt sind. Daher bleiben ihnen noch viele, viele Jahre, sich nach einer anderen umzuschauen.«

Fergus nickte: »Das ist völlig richtig. Falls ich mein Leben so nicht weiterführen kann, dann kann ich die Admiralität noch immer bitten, mich vorzeitig zu pensionieren, oder ich könnte meine Bestallung zurückgeben.«

Am nächsten Tag kehrte Fergus auf die *Aberdeen* zurück. Leutnant Young empfing ihn auf dem Achterdeck. »Schön, daß Sie wieder da sind, Sir, wir haben Sie vermißt. Alle Reparaturen sind gerade abgeschlossen worden, und unsere Vorräte sind geladen. Nachdem Sie jetzt wieder an Bord sind, sind wir in jeder Hinsicht bereit zum Auslaufen.«

Fergus sah sich oben an Deck um. Das Rigg war neu, das stehende Gut war stramm durchgesetzt und frisch geteert. Die Planken waren geflickt, zwar waren noch hier und da frische Stöße und Nähte zu sehen, aber die würden unter den aufmerksamen Augen des Zimmermanns bald unter mehreren Farbschichten verschwunden sein.

»Ja, es scheint, als könnten wir wieder in See gehen. Sie und die Mannschaft haben gute Arbeit geleistet.«

»Das meiste hat doch die Werft gemacht, Sir.«

»Nun gut, das hier ist eine gute Marinewerft, aber Ihnen gebührt der Verdienst, alles in die Wege geleitet und kontrolliert zu haben.«

»Danke, Sir. Jetzt brauchen wir nur noch unsere Befehle, dann kann es wieder losgehen.«

»Die werden wir bald bekommen.«

Leutnant Young verbeugte sich. »Das ist gut, Sir.«

»Wie sieht es mit der Besatzung aus?«

»Sehr gut, Sir. Wir brauchten noch nicht mal Männer

zu pressen oder welche aus dem örtlichen Gefängnis zu rekrutieren. Sogar die Verwundeten aus dem Lazarett sind rechtzeitig zurückgekommen. Sie wollen keine Reise unter Ihrem Kommando versäumen.«

»Warum denn das?«

»Sie glauben, daß Sie Glück haben!«

»Na, ob es ihnen nicht nur um die Freude am Kampf geht?«

»Mag sein, aber ein bißchen Glück kann nie schaden.«

Fergus seufzte. »Die Männer wissen eben nicht, wie wenig Glück ich in der Liebe habe.«

Young grinste. »Ich glaube, daß die einfachen Seeleute da andere Maßstäbe haben. Sie halten Sie schon deshalb für einen vom Glück begünstigten Mann, weil Sie es schaffen, jeden wieder mit hinaus auf See zu schleppen.«

Am nächsten Morgen kam Jeris an Bord der *Aberdeen*, die längsseits am Kai lag. »Das an Bord gehen über die Gangway schlägt das Fallreep um Längen.«

»Seit ich verwundet war, habe ich einen guten Eindruck davon, wie schwierig es mit nur einem gesunden Arm ist, sich auf einem Schiff zu bewegen und das Fallreep hinabzusteigen.«

Jeris nickte. »Trotzdem würde ich lieber einen Arm als ein Bein verlieren. Komm nach unten, damit ich dir deine neuen Befehle geben kann. Übrigens siehst du aus, als hättest du mehr verloren als nur einen Arm.« Als sie vor ihren üblichen Brandygläsern saßen, schlug Jeris nochmals in diese Kerbe. »Wie ich hörte, hast du den größten Teil des Abends mit der schönsten Dame getanzt, die auf diesem Ball anwesend war. Martha möchte alles darüber wissen – und ich auch.«

»Das war Lady Shannon Malin. Ich kenne sie aus Irland, als sie noch Shannon Inver hieß und erst sechzehn Jahre alt war.«

Jeris' Augenbrauen zuckten in die Höhe. »Oho, das ist doch die Kleine, wegen der du Irland verlassen mußtest.«

»Na ja, nicht so ganz. Es war auch zu einem gut Teil meine Schuld.«

»Und du hast die Zeit mit ihr verbracht?«

»O ja! Zwei Tage.«

»Und Nächte?«

»Ja, und es war wundervoll. Als ob wir niemals getrennt gewesen wären, bis ...«

»Bis?«

»Bis ich sie bat, sich scheiden zu lassen und mich zu heiraten. Da hat sie mich abblitzen lassen und gesagt, daß sie das nicht machen könne. Danach fühlte ich mich für ein paar Minuten wie in der Hölle auf Erden.«

»Und das, nachdem du sie gerade eben erst wiedergefunden hattest.«

»Ja. Und jetzt weiß ich nicht, was ich tun soll.«

»Du mußt dich weiter um deine Karriere kümmern. Die Marine braucht dich, und du wirst jetzt mehr denn je die Marine brauchen, damit sie dir über deine Probleme hinweghilft. Um ehrlich zu sein, es ist vielleicht ganz gut, daß es so gekommen ist. In deinem Alter sind noch nicht viele Kapitäne verheiratet. Das Leben in der Royal Navy hält besonders in Kriegszeiten für die Ehefrauen nicht viele Freuden bereit. Auch Shannon hätte es vielleicht nicht ertragen, falls sie sich dazu entschlossen hätte, sich von ihrem Mann scheiden zu lassen.«

»Es wäre auch für einen Ehemann nicht gerade ein Zuckerschlecken gewesen.«

»Daher heiraten die meisten Kapitäne der Royal Navy auch wohl erst, wenn sie sich aus dem aktiven Dienst zurückziehen.«

Fergus lächelte mürrisch. »Das ist anscheinend die einzige Alternative, die ich habe, aber selbst dann gibt es Ärger.«

Jeris runzelte die Stirn. »Warum?«

»Weil sie der Meinung ist, daß eine Scheidung die politische Karriere ihres Mannes und den guten Ruf ihrer Kinder ruinieren würde.«

»Das wäre nicht gut. Wie alt ist denn ihr Mann?«

»Das weiß ich nicht genau, aber er ist bedeutend älter als sie.«

»Vielleicht ist das die Lösung für dein Problem. Er wird nicht ewig leben.«

»Aber eine Ewigkeit kann verdammt lange sein! Anscheinend bleibt mir aber keine andere Möglichkeit, als darauf zu hoffen.«

»Vielleicht kannst du es genauso machen, wie Admiral Nelson es jetzt vorexerziert.«

»Mit ihr öffentlich zusammenleben, obwohl sie verheiratet ist? Ich wäre sofort dazu bereit, aber Shannon will nicht wegen der Kinder.«

»Ich verstehe.«

»Also muß ich wohl weiter zur See fahren.«

»Da stimme ich dir zu.«

»Hast du meine Befehle?«

»Ja, ich hätte sie beinahe vergessen. Hier sind sie.« Er schob Fergus einen dicken Umschlag zu.

Dieser las die Befehle, zog seine Augenbrauen zusammen und studierte sie nochmals. »Das verstehe ich nicht. Wir haben niemals zuvor Transporter und noch nicht einmal Handelsschiffe in Konvois zusammengefaßt. Zumindest die Transporter sind immer alleine und erfolgreich gesegelt.«

Jeris erklärte ihm: »Es gibt eine neue Wendung im Seekrieg. Die Franzosen haben Seeschlachten mit unseren Linienschiffen vermieden, wenn große Flottenstärken beteiligt waren. Statt dessen schicken sie jetzt ihre Schiffe in kleinen Gruppen hinaus, um unsere Handelsschiffe und Transporter zu kapern. Unsere Antwort besteht darin, diese in Konvois zu sammeln und sie mit Geschwadern unserer Kriegsschiffe zu beschützen.«

»Das verringert zweifellos die Gelegenheit, Eigeninitiative zu entwickeln.«

»Wenn du darunter die lukrative Möglichkeit verstehst, weitere Prisen zu ergattern, dann muß ich dir leider recht geben.«

Fergus stand auf und marschierte auf und ab, während ihn sein Onkel aufmerksam beobachtete. »Du hast schon wieder eine Idee.«

Fergus blieb stehen. »Ja, es könnte sein, daß ich mich bald von der Marine verabschiede, denn ich werde Shannon niemals aufgeben. Aber zuerst werde ich bei ein oder zwei Konvois ausprobieren, wie es läuft.«

Fergus segelte sein Schiff in drei großen Geleitzügen, die zum größten Teil aus Handelsschiffen bestanden, von England ins Mittelmeer und zurück. Auf den ersten beiden Reisen passierte nichts Außergewöhnliches. Auf der dritten

Reise wurden sie von einer kleinen Flottille französischer Schiffe attackiert, die aber von den drei Fregatten der britischen Eskorte verjagt wurden.

Fergus schäumte, marschierte auf seinem Achterdeck auf und ab und fluchte unterdrückt vor sich hin. Er wollte kämpfen, aber für die *Aberdeen* gab es dafür keine Gelegenheit, da ihre Station hinten im Konvoi war, weit entfernt von den französischen Angreifern.

Beim darauffolgenden Geleit liefen die Schiffe durch die Irische See nach Liverpool, wodurch sie die französischen Streitkräfte umfuhren, die üblicherweise am Westausgang des Kanals lauerten. Wieder kam es zu keinem Gefecht.

Die Mannschaft wurde unruhig, sie spürte die Veränderung in der Kriegsführung. Auch Fergus war über das Ausbleiben von kriegerischen Aktionen unglücklich. Die langen Tage und Nächte auf See waren mit den Erinnerungen an Shannon und ihre allzu kurze gemeinsame Zeit in London angefüllt. Während er in den langen Nachtstunden auf dem stillen Achterdeck umherwanderte, durchlebte er immer wieder jede Sekunde, jeden Augenblick ihrer glühenden Leidenschaft und sogar die ihrer lange vergangenen Tage in Irland. Das Laufen gegen das Rollen des Schiffes vermochte es nicht, die Erinnerungen zu vernebeln oder seine Gefühle zu beruhigen, so ging er schließlich unter Deck in die zweifelhafte Barmherzigkeit seiner einsamen Koje. Er schlief nur, wenn ihn die Erschöpfung überkam und nur unter schweren Träumen.

Die *Aberdeen* kehrte auch vom fünften Konvoi zurück, ohne daß etwas Bemerkenswertes geschehen wäre. Fergus bat Jeris, etwas über Lord Malin herauszufinden.

Nach ein paar Tagen voller Nachforschungen erstattete ihm Jeris Bericht: »Der alte Junge ist noch ganz kernig, allerdings reitet er seine Pferde in den Rennen nicht mehr selbst.«

Fergus überlegte laut: »Ich weiß, daß ihm das Reiten noch wichtiger ist als Shannon. Das könnte schon etwas bedeuten!«

Jeris schüttelte den Kopf. »Darauf würde ich nicht allzuviel geben. Engländer sind nun mal so.«

»Was hast du über Shannon herausgefunden?«

»Da das Parlament zur Zeit Sitzungspause hat, befindet sie sich mit ihrer Familie in Irland.«

»Wie sieht sie aus?«

»Alle, die sie gesehen haben, beschreiben sie als schön wie immer.«

»Aber außerdem?«

»Ich glaube nicht, daß meine Ermittler die großen Experten auf dem Gebiet des weiblichen Glücks sind, aber einer von ihnen hat mit einem Kerl gesprochen, der sie hat reiten sehen.«

»Und?«

»Er berichtete, sie habe ihrem Pferd die Sporen wie der Teufel persönlich gegeben.«

Fergus nickte. »Sie ist unglücklich. Sie läßt es dann immer an ihrem Pferd aus.«

»Nun, wenn das ihre Art ist, dann hast du vielleicht Glück, daß sie dich nicht reitet.«

Fergus lachte. »Mit mir würde sie das nicht machen. Sie ist zwar eine überaus temperamentvolle Frau, aber ich würde den Versuch mit ihr freudig wagen, wenn man mir die Gelegenheit dazu geben würde.«

Jeris seufzte schwer und streckte sein verwundetes Bein. Offensichtlich ging ihm diese gefühlvolle Unterhaltung gegen den Strich. Er schnaufte: »Junge, darauf kannst du dich nicht verlassen. Es ist besser, du bleibst noch eine Weile auf See.«

Fergus entschloß sich, noch eine letzte Fahrt im Geleitdienst zu machen. Eine Woche später lief die *Aberdeen* wieder aus, als einziger Transporter in einem Konvoi von dicken, fetten Handelsschiffen. Für dieses Geleit hatte eine übermäßig zuversichtliche Admiralität die Eskorte auf nur eine Fregatte reduziert. Fergus drillte seine Geschützbesatzungen hart und versuchte, die Geschwindigkeit der Segeltrimmer in der Wende zu verbessern. Er hoffte, diese Veränderung in der Konvoipolitik würde dem Schiff eine bessere Chance geben, ins Gefecht zu kommen.

Am dritten Tag stand der Konvoi gut südlich vor dem Eingang des Englischen Kanals. Dann drehte der Wind plötzlich nach Süden und begann aufzufrischen.

Fergus rief Leutnant Young, MacGregor und Danbury auf dem Achterdeck zu einer Besprechung zusammen. »Gentlemen«, begann er, »ich traue diesem Wetter nicht.«

MacGregor unterbrach ihn: »Her Kapitän, in diesem Teil der nördlichen Hemisphäre muß man zu dieser Jahreszeit immer mit schweren Stürmen und starkem Seegang rechnen.«

»Da stimme ich Ihnen voll und ganz zu, und es sieht so aus, als würden wir hier bald gewaltig einen auf die Mütze bekommen.«

Leutnant Young hatte die Frachter im Geleit beobachtet. Er schüttelte den Kopf. »Wir denken, daß wir es mit nur zweihundert Mann schwer mit der Bedienung der Segel haben werden, aber auf diesen Frachtern da drüben müssen sie dasselbe mit nur hundert oder noch weniger Männern leisten.«

Fergus nickte und knöpfte sich seinen Ölmantel am Hals fester gegen den stärker werdenden Wind zu. »Die Fregatte da vorne hat mindestens dreihundert Mann Besatzung. Sie werden nicht viel Mitleid mit dem schäbigen Rest von uns empfinden.«

MacGregor schüttelte den Kopf. »Wir werden fortwährend gegen den Sturm aufkreuzen müssen, trotzdem werden wir dabei kaum Luvgewinn nach Süden erzielen.«

Fergus befahl: »Gentlemen, bereiten Sie das Schiff auf schweres Wetter vor!«

Der Wind legte ständig zu. Die Geschwindigkeit stieg von dreißig auf vierzig, dann auf fünfzig und schließlich auf sechzig Knoten. Die langen Windseen rollten aus Süden heran, hoben den plumpen Bug der *Aberdeen* an, liefen unter dem Kiel durch und kamen am Heck wieder zum Vorschein, wobei sie jedesmal dem Ruderblatt einen Schlag verpaßten, der sie wild gieren ließ. Weil alle Schiffe sechs Strich am Wind segelten, traf ein großer Teil der vorbeirasenden Wellen schräg auf die Bordwand, worauf das Schiff trotz seiner stützenden, weit heruntergerefften Segel mit einem heftigen unangenehmen Rollen antwortete. Bei solch einem Wetter gab es keinen gemütlichen Aufenthaltsort an Deck, und Fergus suchte sich zumeist einen Platz an der Leeverschanzung, wo er sich zwischen der Verschanzung und den Besanwanten verkeilte.

Er hatte noch rechtzeitig am ersten Tag die Toppstengen streichen lassen, daher jagte die *Aberdeen* nur unter den gerefften Hauptsegeln und einer Sturmfock dahin.

Die Frachtsegler hatte eine ähnliche Segelgarderobe angelegt, nur die Fregatte hatte ihre Stengen stehen lassen und kleinere Reffs eingesteckt.

MacGregor blickte zu der Fregatte hinüber, die vor dem Verband von einer Seite zur anderen schoß. »Schauen Sie sich diesen verrückten Hahn an. Er muß sein Schiff nicht so knüppeln, schließlich weiß er, daß wir tun, was wir können.«

Fergus drehte sich um, um das salzige Spritzwasser aus seinem Mund zu bekommen. »Als Sie unten waren, ließ er sich auf unsere Höhe zurückfallen. Dann setzte er das Signal, daß wir höher am Wind segeln sollten.«

»Was haben die Schiffer getan?«

»Einer hat geantwortet, daß er bereits tun würde, was er könne, die anderen hielten es nicht mal für erforderlich zu antworten. Ich glaube, der Kommandant der Fregatte war nicht sonderlich glücklich darüber.«

Am dritten Tag blies der Sturm stetig mit sechzig Knoten, aber es fing an zu regnen. Der Wind peitschte den Männern auf dem Deck die wie Nadeln stechenden Regentropfen in jede Öffnung des Ölzeugs. Fergus war innerhalb von zehn Minuten naß bis auf die Knochen. Glücklicherweise war der Regen nicht kalt.

Als die *Aberdeen* ihre nächste Wende nach Steuerbord machte, versuchten die Handelsschiffe ihr zu folgen, aber einige verloren in dem dichten Regen den Sichtkontakt. Es dauerte fast vier Stunden, bis die Formation wieder hergestellt war.

Fergus hatte eine Änderung in der Wacheinteilung vorgenommen, damit die Männer so viel Zeit wie möglich unter Deck verbringen konnten. Die Schiffer der Frachter folgten seinen Manövern. Jetzt war es an der Zeit, wieder zu wenden, und die übliche Prozedur begann, gerade nachdem sich die Schiffe wieder alle zusammengefunden hatten.

Die meiste Zeit verließ Fergus jetzt seine halbwegs geschützte Position an der Verschanzung und starrte nach Luv, denn das war die Seite, von der sich ihnen ein verirrter Frachter wahrscheinlich nähern würde. Es gab kaum Schutz vor dem Wind, und die Seen stoben brüllend und gurgelnd an der Luvseite entlang. Die Kämme schossen kurz durch die Taljen, mit denen die Wanten außenbords querab von den Masten an den Rüsteisen befestigt waren. Ab und zu erwischte ein Wellenkamm Fergus, während der größte Teil der Woge gegen den achteren Teil der Verschanzung krachte. Fergus konnte nur gottergeben die Augen schließen, wenn er hörte, daß wieder so ein Monster im Anmarsch war, und sich dann festklammern, bis das grüne Wasser endlich nach achtern abgelaufen war, so daß er die vom Salz geröteten Augen wieder öffnen konnte.

Am Morgen des vierten Tages begann der Wind abzuflauen, und in der Morgendämmerung war er auf stetige zwanzig Knoten heruntergegangen. Der Regen hörte plötzlich auf, und die dichte Wolkendecke öffnete sich kurzzeitig für ein paar widerstrebende Sonnenstrahlen.

Die lange Dünung lief nach wie vor, aber die Berge waren etwas niedriger geworden, und es saß nicht mehr soviel Wucht hinter den Wogen. Am nächsten Morgen zeigte die See wieder ihr normales Gesicht, und der Wind hatte nach Osten gedreht.

MacGregor beobachtete die Richtungsänderung der

langen Roller, die jetzt aus Osten kamen. »Das bedeutet, daß der Sturm nach Osten abgezogen ist, wir sollten jetzt gutes Wetter bekommen.«

Er hatte recht. Der nächste Tag war perfekt. Heller Sonnenschein, zehn Knoten Wind und eine sechs Fuß hohe See.

Fergus taumelte unter Deck, warf seine nassen Klamotten ab und kroch in die Hängematte, die anstelle seiner üblichen hängenden Koje bei diesem Wetter geriggt worden war. Er schlief volle zwölf Stunden durch.

Eine Woche später wurde der riesige Felsen von Gibraltar gesichtet, und der erste Teil der Reise war vorüber.

Auch auf der Rückreise vom Mittelmeer mit einer Anzahl neuer Handelsschiffe im Geleit hatten sie immer noch nur eine Eskorte. Fergus' Geduld wurde belohnt, als der Ausguck zwei Segel im Norden meldete. Die Segel kamen schnell näher, und schon bald tauchten unter ihnen die Rümpfe zweier Fregatten auf. Es handelte sich zweifelsfrei um Franzosen, obwohl sie noch zu weit entfernt waren, um ganz sicher sein zu können. Fergus rieb sich die Hände und schickte Leutnant Young nach vorne, um die Geschütze und Bedienungsmannschaften überprüfen zu lassen.

Der Ausguck meldete zwei weitere Segel hinter den beiden ersten. Das konnte zu viel des Guten werden. Er beobachtete ihre Annäherung, und bald meldete Leutnant Young, der oben in der Takelage gewesen war: »Zwei weitere französische Fregatten.«

Die einzige britische Eskorte, die Fregatte *Imperious*, lief dem Feind schon sehr frühzeitig unter vollen Segeln entgegen. Der Konvoi wurde angewiesen, nach Nordwesten zu halten, anscheinend damit die Schiffe Irland umrundeten, um dann von Norden in die Irische See einzulaufen. Sie sollten keinesfalls versuchen, den sich nähernden Feind nur kleinräumig im Norden zu umfahren.

Ohne direkten Befehl behielt Fergus seinen Kurs bei und erhöhte die Geschwindigkeit durch das Setzen weiterer Segel. So folgte er der Fregatte in Richtung der feindlichen Schiffe. Nach ein paar Minuten schien man auf der *Imperious* die Manöver der *Aberdeen* zu verstehen und setzte ein Signal, mit dem sie aufgefordert wurde, ihre Befehle auszuführen.

Der Master fragte: »Soll ich den Kurs ändern und die Segel kürzen lassen?«

»Nein! Kurs und Geschwindigkeit beibehalten! Ich übernehme die volle Verantwortung!«

»Aber, Sir, wir können uns mit dieser überlegenen Streitmacht nicht auf eine direkte Konfrontation einlassen. Die bringen uns kaltblütig um!«

»Genausowenig kann das die Fregatte. Wenn wir ihr nicht helfen, dann werden sie und noch eine erhebliche Zahl anderer Schiffe von den Franzmännern zerstört oder genommen werden.«

Die *Imperious* war erheblich schneller als die *Aberdeen* und gewann mit der Zeit einen deutlichen Vorsprung. Fergus kaute an seiner Unterlippe. Er hoffte, daß er helfen oder doch zumindest die sich nähernden gegnerischen Schiffe von dem fliehenden Konvoi ablenken konnte, der doch immer noch sehr nahe war.

Als die vier französischen Schiffe sechs Meilen entfernt waren, flatterten Signale auf der Fregatte, die offensichtlich das Flaggschiff des Geschwaders war. Daraufhin drehten zwei der Jäger nach Nordwesten ab, um sich auf die Spur der sich zerstreuenden Handelsschiffe zu setzen. Die anderen beiden Fregatten hielten unter vollen Segeln auf die *Imperious* zu.

Midshipman Puller, der neben Fergus stand, stöhnte: »Sie sind hinter den Frachtern her.«

Fergus nickte. »Also müssen wir sie abfangen.« Er wandte sich an MacGregor. »Segelmeister, halten Sie auf die beiden Franzosen im Norden zu!«

MacGregor gab die notwendigen Befehle, und die *Aberdeen* schwang schnell auf einen Kurs herum, der sie vor den Bug der angreifenden Fregatten führen würde.

Puller beobachtete sie scharf, schließlich sagte er: »Sir, sie teilen sich. Das nördliche Schiff wird versuchen vor uns durchzubrechen, um dann auf den Konvoi hinabzustoßen, während uns das südliche angreifen wird.«

»Wir müssen versuchen, beide in ein Gefecht zu verwickeln.«

Nach einer halben Stunde wußte Fergus, daß er das nicht realisieren konnte. Die französischen Fregatten waren einfach zu schnell. Die im Norden stehende würde in Kürze vor dem Bug passieren, und die *Aberdeen* konnte absolut nichts tun, um das zu verhindern. Sie war zu langsam. Die Handelsschiffe mußten sich weiter verstreuen, und der Verlust von einigen wenigen war unvermeidlich. Die britischen Kriegsschiffe konnten nur die anderen französischen Schiffe so lange binden, bis die meisten Frachter entkommen waren oder sich so weit verstreut hatten, daß sie vor Einbruch der Dunkelheit nicht mehr versenkt oder geentert werden konnten.

Fergus biß sich auf die Lippe. Das war ganz gewiß nicht

das, was er gewollt hatte. Vielleicht war seine Glückssträhne jetzt einfach zu Ende, oder er hatte all sein Glück bei seiner Suche nach Shannon verbraucht. Die Erinnerungen an Shannon überfluteten sein Gehirn: Shannon auf dem Ball, die elegant in ihrem grünen Abendkleid mit ihm tanzte, Shannon nackt neben ihm auf dem Teppich vor dem Kaminfeuer. Shannon, die ein Glas puren schottischen Whiskys hinunterkippte. Jemand sprach ihn an. Es war Leutnant Young.

»Sir, soll ich die Steuerbordbatterie klar machen lassen?«

»Ja. Ich werde nach Backbord drehen, sobald wir in Schußweite sind.«

Puller neben seiner Schulter flüsterte: »Noch ein paar Yards und er ist im Feuerbereich, Sir.«

Fergus, der scharf darauf war, in die Schlacht einzugreifen, befahl MacGregor: »Segelmeister, sechs Strich nach Backbord, bitte.«

Puller meinte: »Das wird passen, Sir!«

Der Segelmeister begann Befehle zu rufen, und die *Aberdeen* drehte schnell nach Backbord. Auf Grund ihres breiten Rumpfes reagierte sie schnell, wenn es um Kursänderungen ging, dafür war sie leider sonst nicht so schnell.

Als Fergus sicher war, daß die Geschützführer genug Zeit gehabt hatten, die Stücke zu richten, rief er: »Steuerbordbatterie! Feuer frei!«

Die Breitseite schien den Franzosen zu überraschen, und er mußte seinen Kurs ändern, um seine Breitseite gegenüber der *Aberdeen* zum Tragen zu bringen.

Die erste Breitseite der *Aberdeen* lag etwas zu kurz, die Kugeln warfen nur weiße Wassersäulen auf. Aber eine Kugel hüpfte zweimal über die Wasseroberfläche und bumste ziemlich harmlos in die Bordwand des Franzosen, da ihre Energie vom Kontakt mit dem Wasser aufgezehrt worden war. Fergus grummelte vergnatzt in sich hinein und verfluchte seinen Übereifer.

Die zweite Breitseite ging gleichzeitig mit der ersten des Franzosen hinaus. Der dicke Geschützqualm verhinderte, daß Fergus verfolgen konnte, welche Schäden auf dem Franzosen entstanden waren, aber ein Ausguck rief herunter: »Ihr Vorsegel ist runtergekommen, Sir!«

Die erste französische Salve schlug vorne in das Geschützdeck ein. Eine Kugel verursachte eine Splitterwolke, die blutige Ernte unter der Crew hielt, und ein Teil ihrer Bedienungsmannschaften wurden außer Gefecht gesetzt.

Fergus blickte finster, als er den Schadensbericht vom Zimmermann erhielt. Dieses Gefecht entwickelte sich keineswegs so, wie er sich das vorgestellt hatte. Er rief seinen Männern an den Geschützen auf dem Oberdeck aufmunternde Worte zu, worauf diese ihre Anstrengungen verdoppelten. Aber trotzdem schien der Franzose noch immer relativ unbeschädigt, denn mehr und mehr feindliche Kugeln sausten durch das Rigg und rissen Teile der Segel, der Rahen und sogar Splitter aus dem Holz des Vor- und Großmastes mit sich. Die herabstürzenden Teile des Riggs verursachten bei einigen der Kanonen auf dem Oberdeck schwere Verluste und bewirkten den Ausfall einiger Geschütze, bis die störenden Teile beseitigt worden waren.

Die Geschwindigkeit der *Aberdeen* ließ nach. Der Segelmeister und der Bootsmann arbeiteten mit den Matrosen hektisch daran, neue Segel nach oben zu bringen. MacGregor fluchte bei der Arbeit wild auf Gälisch vor sich hin, wechselte aber sofort in die englische Sprache, wenn er den hart arbeitenden Männern Befehle gab.

Fergus, der die Geduld verlor, packte ein langes Fernglas und kletterte in das Rigg, um sich einen besseren Überblick zu verschaffen. Die Fregatte, mit der sie sich herumschlugen, sah jetzt genauso zerschlagen aus wie sie selbst. Alle ihre Segel waren zerfetzt und ihre Masten verkürzt. Im Osten konnte er erkennen, daß die *Imperious* den beiden Franzosen alles gab, was sie hatte, aber gleichzeitig wurde sie von beiden Seiten von diesen eingedeckt.

Fergus schaute noch schnell nach Nordwesten. Die Frachter hatten sich verstreut, aber die vierte französische Fregatte feuerte gnadenlos auf einen Nachzügler. Fergus stieg wieder zurück an Deck.

Leutnant Young fragte ihn: »Wie sieht's aus?«

Fergus hob mißvergnügt die Achseln. »Wir stecken in der Scheiße, das hier wird ein Desaster. Die Admiralität wird davon erfahren – sie hätten niemals die Zahl der Eskorten so stark reduzieren dürfen.«

Der Feuerkampf wurde weitergeführt, aber der Franzose schien trotz seines überlegenen Breitseitengewichts die Lust zum Kampf zu verlieren. Viele seiner Geschütze stellten das Feuer ein.

Fergus blickte nach oben in das Rigg der *Aberdeen*. Alle Segel und sogar die Ersatzsegel wiesen Löcher auf. Fetzen von verbranntem Tuch hingen von den Kreuzmastsegeln. Der Vormast war heruntergekommen, und der Großmast konnte sich nur wegen der stützenden Laschings halten, die der Bootsmann hatte riggen lassen. Das Ruder hatte einen Treffer bekommen, und ein Teil war abgerissen worden, aber das Schiff konnte noch gesteuert werden, wenn auch mit Schwierigkeiten. Einen Augenblick lang wünschte sich Fergus, daß Poston, sein alter Kumpel von der *Athena*, wieder das Ruder übernehmen würde.

Der Stückmeister meldete, daß ihnen das Pulver und die Kugeln allmählich ausgingen, die Traubengeschosse waren schon alle verbraucht. Aber Fergus wußte, daß dem Franzosen langsam auch die Munition ausgehen mußte. Beide Schiffe hatten alles verschossen, was innerhalb der Möglichkeiten ihrer üblichen Vorräte lag.

Plötzlich stellte der Franzose das Feuer ein und drehte nach Osten ab.

Fergus sah ihm nach. »Verdammt! Ich wette, ihm ist jetzt die Munition ausgegangen.«

Dann widmete Fergus seine Aufmerksamkeit der *Imperious* und ihren beiden Gegnern. Sie schlug sich wacker, aber es war ganz deutlich zu sehen, daß sie über kurz oder lang in diesem ungleichen Kampf unterliegen würde. Doch plötzlich verstummte auch da der Geschützdonner, und die beiden französischen Fregatten drehten ab und segelten langsam nach Osten, um sich wieder mit ihrem Kameraden zu vereinigen, dessen Rumpf jetzt schon fast unter der Kimm verschwunden war.

Die *Imperious* rollte schwerfällig in der See und machte keine Fahrt durchs Wasser. Fergus erkundigte sich beim Segelmeister: »Können wir genug Fahrt aufnehmen, um in ihre Nähe zu kommen?«

Der Segelmeister ging nach vorne, um sich mit dem Bootsmann und dem Zimmermann zu besprechen, die eifrig damit beschäftigt waren, erste Reparaturen auszuführen. Als er zurückkehrte, nickte er. »In einer Stunde kann ich Ihnen ungefähr zwei Knoten geben. Wir haben schwere Schäden davongetragen.«

»Irgendwelche Wassereinbrüche unter Deck?«

»Kleinere. Ich werde eine sorgfältige Inspektion durchführen, sobald ich die Zeit dafür habe.«

»Dann werden Sie wohl bald soweit sein?«

»Wir sind bereit.«

»Dann segeln wir zu ihr hinüber.«

Zwei Stunden später drehte die *Aberdeen* querab von der *Imperious* bei. Aus der Nähe sahen die Schäden noch weitaus schlimmer aus, als sie aus der Ferne erschienen waren.

Fergus packte ein Sprachrohr und brüllte: »Brauchen Sie Hilfe?«

Der Kommandant der *Imperious* schrie zurück: »Wir brauchen mehrere Stunden und vielleicht einen zusätzlichen Tag, um die dringendsten Reparaturen durchzuführen, damit wir nach Portsmouth kommen. Tun Sie Ihr Bestes, um den Konvoi zu überholen und ihn neu zu formieren. Bringen Sie ihn dann um Irland herum durch den North Channel in die Irische See. Viel Glück.«

Die *Aberdeen* segelte langsam nach Nordwesten, in der Hoffnung damit dem Konvoi auf der Spur zu sein. Gelegentlich kletterte Fergus in die Wanten und gesellte sich zum Ausguck im Topp, aber der Horizont blieb makellos rein und fleckenlos.

Am zweiten Tag kurz vor Einbruch der Dunkelheit und kurz bevor Fergus aufgeben wollte, rief ein Ausgucksmann: »Segel ein Strich an Steuerbord voraus.«

Fergus enterte auf und beobachtete, wie es langsam größer wurde. In der hereinbrechenden Dunkelheit kam es schnell näher, und bald war sich Fergus sicher, daß es die vierte französische Fregatte war. Der Franzose änderte seinen Kurs nach Nordosten, um ganz offensichtlich ein Zusammentreffen mit der *Aberdeen* zu vermeiden.

Fergus drehte auf Nordkurs, um ihn abzufangen, aber die verkrüppelte *Aberdeen* lief nur zwei Knoten. Es würde eine Menge Zeit vergehen, bevor sich die beiden Schiffe trafen. Er stellte fest, daß der Zimmermann verschwunden war.

»Wo ist Timmie?« fragte er Leutnant Young.

»Unter Deck, Sir, vermutlich. Soll ich nach ihm schikken?«

»Bitte, tun Sie das.«

Bald erschien der Zimmermann im Schlepptau des Melders, den Young ausgeschickt hatte. Er war naß bis zur Hüfte, aus seiner Hose und den Schuhen tropfte Wasser an Deck. »Sir, Sie wollten mich sprechen?« fragte er.

»Ich entnehme dem Zustand Ihrer Kleidung, daß es unter Deck ein schwerwiegendes Problem gibt.«

Der Zimmermann zog eine Grimasse. »Ja, Sir, das können Sie ruhig laut sagen. Falls Sie das Deck verlassen können, dann sollten Sie mit mir kommen und sich die Bescherung selbst anschauen.«

Fergus überließ Leutnant Young das Deck und folgte dem Zimmermann nach vorne und den Niedergang hinunter ins Geschützdeck. Hier blickte er sich um. »Meiner Meinung nach sieht doch alles normal aus.«

Der Zimmermann war bereits auf dem Niedergang hinunter ins Orlopdeck. »Kommen Sie hier runter«, sagte er düster.

Fergus erblickte die Zimmermannsmaaten und mehrere Seeleute, die voll hektischen Eifers Matratzen und Werg hinter Kammertüren preßten, die von innen gegen den Rumpf und einen schwer angeknackten Eichenspant gedrückt wurden. Eine Kugel hatte den Rumpf in der Wasserlinie getroffen. Sie hatte nicht nur die massive äußere Plankenlage durchschlagen, sondern hatte auch den Spant zerstört, auf dem die Planken befestigt waren.

»Sehen Sie sich das an!« brummte der Zimmermann.

»Ich sehe es. Jedesmal wenn der Bug beim Stampfen eintaucht, kommt das Leck unter Wasser, und jede Menge verdammtes Seewasser dringt in das Schiff«, stellte Fergus fest.

»Jawohl, Sir. Und wenn Sie an der Leiter dort hinunter in den Laderaum blicken, dann werden Sie sehen, daß wir schon jede Menge Wasser genommen haben. Die Pumpen arbeiten zwar ständig, aber wenn wir den Wassereinbruch nicht unter Kontrolle bekommen, dann müssen wir stoppen, um das Stampfen zu reduzieren und das Leck besser abdichten zu können.«

»Wie lange brauchen Sie für die Reparatur?«

»Wie Sie sehen können, habe ich eine Spiere gesetzt, die von der Leckabdichtung quer über das Deck zur anderen Bordwand führt. Wir schlagen Keile zwischen den Flicken und das Ende der Spiere, das wird die Abdichtung fester gegen das Leck drücken.«

Fergus nickte. »Ich gehe zurück an Deck. Lassen Sie mich wissen, was hier passiert.«

Als er wieder auf dem Achterdeck war, lief Fergus nervös auf und ab und erwartete jeden Augenblick die Anforderung des Zimmermanns, daß er die Fahrt aus dem Schiff nehmen mußte, damit eine dauerhafte Reparatur durchgeführt werden konnte. Sollte dieser Fall eintreten, würde das französische Schiff auf jeden Fall ungeschoren im Norden durchlaufen. Konnte man dagegen die jetzige Geschwindigkeit beibehalten, dann hatte man eine Chance, so klein sie auch seien mochte, es abzufangen.

Nach zwanzig Minuten tauchte der Zimmermann vorne aus der Luke auf. Als er nach achtern kam, konnte Fergus ein Lächeln auf seinem faltigen Gesicht erkennen.

»Abgedichtet?« fragte er.

»Ah, jawohl, Sir. Jedenfalls für den Augenblick, aber wenn wir in schweres Wetter kommen, dann wird es nicht halten.«

»Danke. Dann sollten wir wohl besser beten.«

Leutnant Young hörte diese Worte mit. »Sir, soll ich nach dem Chirurgen Pollitt schicken lassen? Er könnte vielleicht einen Choral anstimmen.«

Fergus lachte. »Nein, ich fürchte, das hier bedarf mehr als nur eines Chorals.«

Midshipman Puller hatte ebenfalls die neugierigen Ohren gespitzt. »Sir, ich habe im Kirchenchor gesungen, außerdem kenne ich die meisten der üblichen Gebete.«

Fergus blickte ihn erstaunt an. »Puller, Sie haben in den letzten Jahren ein Menge für mich getan. Legen Sie jetzt mit dem Gebet los.«

Puller grinste breit. »Sir, worum soll ich beten?«

»Für gutes Wetter, verdammt noch mal. Nun legen Sie schon los.«

Während Puller betete, schickte Fergus nach dem Bootsmann.

Danbury kam nach achtern gerannt und schnaufte atemlos »Sir?«

»Schauen Sie sich den Bastard da drüben an. Können Sie nicht irgend etwas machen, damit wir ein wenig schneller werden?«

Der Bootsmann strich sich nachdenklich über das Kinn. »Sir, ich habe wirklich schon alles nur Erdenkliche versucht.«

»Können wir keinen Reserveklüver vor dem Großmast setzen?«

»Sir, alle Reservesegel sind schon lange im Einsatz.«

»Hölle und Verdammnis!«

»Ich kann die Schoten nochmals etwas durchsetzen und etwas Wasser über die Segel gießen lassen. Das könnte helfen.«

Nichts half, und nach ein paar Minuten war der Franzose im Norden vor dem Bug gerade außerhalb der Reichweite der Geschütze vorbeigelaufen. Fergus gab den Jagdgeschützen am Bug die Order, das Feuer zu eröffnen, aber die Kugeln lagen bei weitem zu kurz und blieben daher harmlos, auch wenn sie mindestens zweimal auf der Wasserfläche aufschlugen und weiterhüpften, bevor sie dann endgültig untergingen.

Der Franzose feuerte verachtungsvoll eine ganze Breitseite auf sie ab, als er weiter nach Osten eilte. Auch diese Kugeln schlugen zu kurz ein, rikoschettierten[1] aber nur einmal.

Young bemerkte: »Auch er muß mit seinem Pulvervorrat Schwierigkeiten haben. Das war noch nicht mal eine volle Ladung.«

Fergus schüttelte den Kopf. »Dieser Bastard will auch

1 Rikoschettschuß: Prell- oder Rollschuß (Anm. d. Ü)

nicht mehr kämpfen. Er hätte uns leicht niedermachen können, wenn er gewollt hätte. Er hat mehr Geschütze und auch mehr Männer.«

Puller bemerkte: »Sogar wenn uns das Pulver ausgegangen wäre, hätte er uns erstmal entern müssen!«

Fergus grinste. »Und Sie hätten die Franzmänner verjagt?«

Puller war ganz ernsthaft. »Jawohl, Sir! Mein Entermesser ist frisch geschärft und bereit.«

Die feindliche Fregatte verschwand in der Dunkelheit im Osten. Fergus ließ die Männer von den Gefechtsstationen wegtreten. Er wandte sich an Leutnant Young. »Wir sind so langsam, daß wir heute nacht ganz bestimmt niemanden überholen werden. Gönnen Sie der Mannschaft daher etwas Schlaf.«

Die *Aberdeen* segelte in der Dunkelheit langsam nach Nordwesten. Fergus lief unruhig über sein Achterdeck. Er wartete darauf, daß sich sein Nervenkostüm beruhigte, so daß er nach unten gehen und sich schlafen legen konnte. Irgendwie schien ihn sein Glück zu verlassen. Wie es ihm schien, war dieser Wechsel eingetreten, als er Shannon verlassen hatte. Aber er hatte keine andere Wahl gehabt. Er mußte mit dem Blatt spielen, das er in der Hand hielt.

9
Aufschub

Am nächsten Morgen waren keine Frachter des ehemaligen Konvois in Sicht. Fergus schickte nach dem Bootsmann, der mit verschwiemelten Augen und übernächtigt auf dem Achterdeck erschien.

»Was ist denn mit Ihnen passiert?« erkundigte sich Fergus verdutzt.

Danbury lächelte müde. »Nichts, Sir, ich bin nur die ganze Nacht über auf den Beinen gewesen.«

»Hat es etwas gebracht?«

»Ja, Sir. Ich denke, daß wir jetzt schon bei vier Knoten sind.«

Fergus drehte sich zum Segelmeister um, der müde am Kompaß lehnte. »Was sagt die Loggekladde?«

MacGregor blickte auf die Tafel. »Vier Knoten, Sir. Die Geschwindigkeit hat sich über Nacht ständig erhöht.«

»Wo ist Leutnant Young?«

MacGregor antwortete: »Vorne denke ich, Sir. Er ist auf einer Inspektionsrunde.«

Fergus ließ ihn durch einen Läufer suchen. Als er auf dem Achterdeck erschien, fragte ihn Fergus: »Wie sieht es aus?«

»Sehr viel besser. Ich glaube, wir können bald noch etwas mehr Geschwindigkeit herausholen.«

»Haben wir den Wassereinbruch im Griff?«

»Jawohl, Sir.«

»Und die Pumpen arbeiten einwandfrei?«

»Die Pumpen sind in Ordnung, aber die Männer werden langsam müde.«

»Sagen Sie ihnen, daß pumpen immer noch besser ist als schwimmen, besonders für diejenigen, die nicht schwimmen können!«

Gegen Mittag meldete ein Ausguck: »Ein Segel recht voraus.«

Fergus enterte wieder auf, seine müden Beine hielten ihn kaum noch, während er nach oben kletterte. Aber bald hatte er das Objekt als einen britischen Frachter identifiziert, der auf demselben Kurs segelte wie die *Aberdeen*.

Es dauerte bis zum nächsten Morgen, ehe die *Aberdeen* das nur wenig langsamere Handelsschiff eingeholt hatte. Sie passierten es schließlich in einem Abstand von etwa einhundert Yards an seiner Backbordseite. Man konnte deutlich erkennen, daß es erst kürzlich beschossen worden war. Es hatte also zu dem Geleit gehört, das sie eskortiert hatten.

Fergus rief den Frachter an: »Schiffsname?« bellte er durch die Flüstertüte.

Der Schiffer, der mit vielen Bandagen versehen war und am Kompaßhäuschen lehnte, das er als Stütze benötigte, erwiderte in einem eher gedämpften Tonfall: »Britisches

Handelsschiff *Proteus*, bis vor kurzem in Ihrem Geleit, jetzt als Alleinfahrer auf dem Weg nach Liverpool.«

»Sind noch andere von unseren Schiffe beschädigt oder versenkt worden?«

Der Handelsschiffkapitän erwiderte: »Ja. Die *Phaeron* wurde von der französischen Fregatte versenkt, die uns einholte. Die Franzosen griffen uns beide an. Nachdem die Fregatte überraschenderweise das Feuer eingestellt hatte und verschwunden war, kehrten wir um und haben die Überlebenden gerettet.«

»Sie haben offensichtlich Glück gehabt. Ihre Befehle lauten jetzt: Schließen Sie wieder zum Konvoi auf, wenn Sie es schaffen können. Ansonsten setzen Sie die Reise allein um Irland herum durch den North Channel nach Liverpool fort.«

Langsam sackte die müde dahintrottende *Proteus* achteraus, während sich die fast genauso langsame *Aberdeen* weiter nach Norden schob.

Am nächsten Morgen entdeckte der Ausguck vier Segel voraus. Langsam schloß die *Aberdeen* zu ihnen auf. Fergus verbrachte den Vormittag damit, sie zu identifizieren. Mittags war er sicher, daß es sich um Schiffe seines Konvois handelte. Gegen Abend war die *Aberdeen* bei ihnen, und Fergus übermittelte durch Flaggensignale, daß er wieder seine Pflichten als schützende Eskorte übernahm.

Am folgenden Morgen sammelten sie drei weitere Handelsschiffe ein, die in die Formation eingereiht wurden. Fergus blickte stolz auf seinen Konvoi zurück. »Ein großartiger, stolzer Anblick«, murmelte er vor sich hin. »Noch ein paar mehr und wir können uns auf das Einlaufen in Liverpool vorbereiten.«

Kurz vor Liverpool überholten sie noch drei beschädigte Frachter, die sich achtern in das Geleit einreihten. So segelte der Konvoi stolz und intakt nach Liverpool hinein – abzüglich des Schiffes, das versenkt worden war.

Die *Aberdeen* erhielt die Order, an einer Pier in der Werft festzumachen. Als alle Leinen an Land gegeben und festgemacht waren, kam als erster ein junger Mann in Zivil an Bord. Er verlangte, sofort zum Kommandanten geführt zu werden, den er in wichtigen Geschäften sprechen müßte. Er wurde also in Fergus' Kajüte eskortiert.

»Was gibt es?« fragte ihn Fergus.

»Sir, ich bin ein Bote der Admiralität. Ich bin Tag und Nacht auf der Straße unterwegs gewesen, um Ihnen das hier zu überbringen.« Er reichte Fergus einen dicken versiegelten Umschlag.

Fergus fragte ihn: »Ist eine Antwort nötig?«

Der junge Mann sagte: »Sir, ich weiß nicht, was drin steht, und Mister Fairlie hat mich angewiesen, nicht zu warten.«

Fergus lächelte. »Wie geht es dem alten Burschen?«

»Sehr gut, Sir. Er läßt Ihnen seine besten Wünsche ausrichten und hofft, daß Ihnen gefallen wird, was der Umschlag enthält.«

Fergus schnitt den großen äußeren Umschlag auf. Drinnen befanden sich mehrere kleinere. Sie waren außen alle mit Jeris' sauberer Handschrift beschriftet.

Zusätzlich befand sich noch ein loser Brief im Umschlag, der Jeris' Unterschrift trug. Ihn las Fergus zuerst.

Lieber Neffe:

Es ist mir eine besondere Freude, Dir die anliegenden

Dokumente zu schicken. Als erstes ist da eine Bestallung für Dich als Kapitän zur See zu nennen. Der dicke Umschlag enthält eine goldene Epaulette passend zu der, die Du bereits trägst. Du mußt jetzt zwei tragen. Wie Du weißt, steht dieses Privileg sonst nur Kapitänen mit mehr als drei Jahren Dienstzeit zu. Die Admiralität hat dieses Privileg auf Dich ausgedehnt, um Dir so ihre Anerkennung wegen Deines Verhaltens in dem Gefecht mit vier französischen Fregatten auszusprechen. Man hat den Bericht über dieses Gefecht kürzlich erhalten und ihn mit großer Freude und viel Bewunderung zur Kenntnis genommen.

Der zweite Umschlag enthält eine Bestallung für Deinen Leutnant Young. Er wird Dich sofort als kommandierender Offizier der Aberdeen *ablösen.*

Bevor Du einen schottischen Wutanfall bekommst, lies erst den Inhalt des dritten Umschlags. Darin wird Dir befohlen, daß Du Dich sofort nach Deiner Ablösung nach London zu begeben hast, wo Du das Kommando über die Fregatte Imperious *übernehmen sollst. Zumindest ihr Kommandant scheint Dich zu kennen. Sie ist ein paar Tage, nachdem Du sie verlassen hattest, in Portsmouth zu Notreparaturen eingelaufen. Ihr kommandierender Offizier hat uns mit der Eilpost einen Bericht über das Gefecht mit den vier französischen Fregatten geschickt. Er lobt Dich darin in den Himmel, und alle Mitglieder der Admiralität waren sich einig, daß es an der Zeit wäre, Dir ein erstklassiges Schiff anzuvertrauen.*

Die Imperious *liegt jetzt in der Marinewerft in Gravesend und wird in ungefähr einem Monat wieder einsatzfähig sein. Unglücklicherweise hat sich ihr Kommandant eine Infektion einer Beinwunde eingehandelt und könnte sein Bein verlieren. Jedenfalls mußte er von diesem Kommando abgelöst werden.*

Du sollst das Kommando nach einem kurzen Urlaub übernehmen. Nachdem Leutnant Young Dich abgelöst hat, nimm eine schnelle Postkutsche nach London. Martha und ich werden nicht dort sein. Wir befinden uns auf Urlaub in Schottland. Wir werden uns in dem kleinen Haus aufhalten, welches wir mit Deiner Erlaubnis auf Deinem Land bauen durften. Ich werde ein wachsames Auge auf den Fortgang beim Bau Deines Hauses haben.

Um nochmals darauf zurückzukommen, wenn Du in London bist, fahre sofort in unser Haus. Während Deines Urlaubs kannst Du dort wohnen. Du wirst alles vorfinden, was Du brauchst. Mein Nachbar an der Steuerbordseite hat den Schlüssel und wird auch für die Reinigung sorgen.

Ich habe Shannon eine Nachricht geschickt, daß Du in etwa einer Woche hier sein wirst und wo sie Dich finden kann. Da das Parlament tagt, ist sie in London. Du kannst damit rechnen, daß sie Dich aufsuchen wird.

Jedenfalls wünsche ich Dir viel Glück sowohl für Deinen Urlaub als auch für Dein neues Kommando. Du hast jetzt bewiesen, daß ein Schotte, wenn er nur gut genug ist, den höchsten Rang auf einem Schiff erreichen kann, den unsere Marine kennt – trotz des Systems. Wer weiß, vielleicht wirst Du eines Tages sogar Flaggoffizier.

Fergus ließ den Brief sinken und sah sich in der Kabine um. Er hatte gelernt, die *Aberdeen* zu lieben, aber jetzt war es an der Zeit, sich anderen Herausforderungen zu stellen. Er schickte seinen Läufer los, um den ahnungslosen Leutnant Young zu suchen.

Ein paar Minuten später klopfte Young an seine Tür und trat mit dem Hut in der Hand ein. Ein Lächeln lag auf seinem breiten Gesicht. »Sie haben nach mir geschickt, Sir?«

Fergus grinste ihn freundlich an. »Setzen Sie sich, Herr Kapitän, und öffnen Sie diesen Umschlag.« Er schob einen der Briefumschläge zu Leutnant Young hinüber.

Young sah verwirrt aus, aber er riß den Umschlag auf. Als er den Inhalt durchgelesen hatte, grinste auch er, aber seine Stimme zitterte. »Sir, das verdanke ich nur Ihnen.«

Fergus schüttelte den Kopf. »Nein, das stimmt nicht. Sie haben es verdient. Ich habe Ihnen nur die Gelegenheit gegeben, es zu beweisen.«

Young fragte: »Was muß ich denn jetzt machen?«

»Sie übernehmen von mir das Kommando über die *Aberdeen.* Ich muß mich mit der nächsten Expreßkutsche auf den Weg nach London machen. Ich habe nur eine Bitte. Ich möchte Midshipman Puller mit auf mein neues Schiff nehmen. Ich weiß, daß das eines der Privilegien eines Kapitäns zur See ist. Ich werde das nachträglich mit der Admiralität regeln.«

Die Übergabe des Kommandos ging schnell vonstatten, aber es war eine würdige Zeremonie, und Fergus ließ eine lächelnde Mannschaft hinter sich zurück. Ein lautstarkes dreifaches Hurra für Kapitän Kilburnie begleitete ihn zu der hastig gemieteten Kutsche, die ihn an dem Kai erwartete. Midshipman Puller saß neben ihm. Ihr Gepäck füllte die Rückbank.

Vier Tage später rollte die Kutsche, die jeweils in Stoke on Trent, Birmingham und Northhampton über Nacht geblieben war, in den Hof einer Taverne in London ein. Puller war Fergus behilflich, sein Gepäck in eine Mietkutsche zu verstauen, dann verabschiedete er sich, um bei Freunden sein Quartier aufzuschlagen, bis Fergus seinen Dienst auf ihrem neuen Schiff antreten würde. Fergus machte sich auf den Weg in die Wohnung von Jeris und Martha.

Als die Kutsche vor der Tür zum Stehen kam, konnte Fergus Lichter hinter dem Fenster brennen sehen, und er wußte sofort, daß Shannon da war. Er drückte dem Kutscher ein paar Banknoten in die Hand. »Stellen Sie bitte mein Gepäck auf die Terrasse vor dem Eingang«, rief er über die Schulter und eilte die Stufen hinauf. Die Tür war unverschlossen. Fergus drehte den Kopf und stieß sie auf. »Shannon!« rief er.

Shannon saß im Salon vor einem kleinen Feuer. Sie sprang auf und kam auf ihn zugerannt. Er nahm sie in den Arm und küßte sie heftig. Shannon antwortete genauso wild und hielt ihn fest in ihren Armen.

Nach ein paar Minuten trat er einen Schritt zurück und schaute Shannon an. »Ah, du trägst dasselbe Kleid, das du in eurem Haus anhattest.«

»Ja.«

Fergus grinste. »Und ich vermute, daß du dieselben Sachen darunter hast.«

Shannon lachte. »Du bist zu lange auf See gewesen.«

Sie ließ den Gürtel fallen, und Fergus zog ihr den Morgenmantel aus. Sie liebten sich vor dem Feuer auf Tante Marthas türkischem Teppich. Nach einer Weile stand Fergus auf und machte sich auf die Suche nach einem Drink.

Shannon sagte: »Sieh zu, daß du einen Hausmantel findest, du wirst dir den Tod holen, wenn du dich vom Feuer entfernst.«

Fergus fand einen von Jeris' Morgenmänteln, eine Flasche schottischen Whisky und dazu zwei Gläser. Er setzte sich neben Shannon und goß zwei steife Drinks ein. »Der erste Drink ist für dich. Du bist so schön wie am ersten Tag, als ich dich in Irland gesehen habe.«

Sie lachte. » Als du mich das erstemal gesehen hast, war ich ein dreizehn Jahre alter Besenstiel.«

»Dann warst du eben der schönste Besenstiel, den ich je gesehen hatte, und ich liebte dich schon damals.«

»Genug von mir. Was hast du erlebt?«

»Du mußt an etwas anderes gedacht haben, als ich durch die Tür kam.«

Shannon wurde rot. »Ich muß gestehen, ich hatte nur Augen für dein Gesicht.«

»Und?«

»Nun ja, vielleicht auch für deinen Körper.«

»Und sonst noch etwas?«

»Hör auf mich zu necken.«

»Nun, ich habe zwei goldene Epauletten getragen.«

»Von diesem Marinekram verstehe ich nichts.«

»Das bedeutet, daß ich zum Kapitän zur See mit drei Dienstjahren befördert worden bin.«

»Oh, ich verstehe. Das ist ja wundervoll! Laß uns auf deine Beförderung anstoßen.«

Nachdem sie einen weiteren puren Whisky getrunken hatten, erkundigte sich Shannon: »Bedeutet das, daß man dir ein anderes Schiff geben wird?«

»Ja. Darum bin ich in London.«

»Dein Onkel Jeris hat mir eine Nachricht geschickt, daß du hier ungefähr fünf Tage Urlaub haben wirst. Ich habe alles stehen und liegen lassen, wie ich es dir versprochen hatte.«

»Weiß dein Mann, daß du hier bist?«

»Nein, er denkt, daß ich eine kranke Tante in Bristol besuche.«

»Hat dir Jeris erzählt, daß ich ein paar Tage Urlaub habe, bevor ich mein neues Schiff übernehme?«

»Ja, aber er hat nicht gesagt, welches.«

»Es ist die *Imperious*, sie liegt hier in Gravesend. Am Morgen des sechsten Tages muß ich dort sein.«

Sie lachte. »Dann haben wir fünf volle Tage. Wir werden alles tun, was wir wollen.«

Fergus nahm sie in die Arme.

Später am Abend half Fergus Shannon bei der Erkundung von Tante Marthas Küche und Vorratsraum. Er war gefüllt mit wunderbaren gebackenen Dingen, Früchten, und sogar etwas frisches Gemüse war vorhanden. Käse und ein Stück Roastbeef lagen an einem kühlen Platz.

Shannon stellte zufrieden fest: »Das wird für eine Weile reichen, aber in ein paar Tagen werde ich einige frische Sachen nachkaufen müssen. Ich weiß, daß du heißhungrig auf frische Sachen bist nach der langen Zeit auf See.«

Fergus stellte fest: »Jeris' Kutsche steht hinter dem Haus im Hof. Wir können zum Markt fahren, wann immer du willst.«

»Ganz wie ein altes Ehepaar.«

»Ich wünschte, das wären wir. Ich habe einen Brief von meinem Vater bekommen, in dem er mir mein neues Haus beschreibt. Er hat einen schönen Platz ausgesucht, und die Arbeiter beginnen schon damit, das Fundament auszuheben. Er hat eine Menge alter Steine gefunden, die Teil des Fundaments eines alten Schlosses gewesen sind, das mal an diesem Ort gestanden hat.«

»Wird das Haus bald fertig sein?«

»In ungefähr sechs Monaten.«

»Hat es eine schöne Aussicht?«

»Oh, ja! Aus den Fenstern kannst du auf den Firth of Clyde schauen.«

»Und Irland?«

»Nein, das ist achtzig Meilen entfernt. Aber du kannst an klaren Tagen die Insel Arran sehen, und die Küste von Ayreshire, die sich im Süden erstreckt, ist wirklich wunderschön.«

»Du würdest die See vermissen.«

Fergus lachte. »Nicht lange. Ich könnte immer auf der Veranda neben dem Eingang sitzen und den Verkehr beobachten, der auf dem Firth of Clyde von und nach Belfast und Glasgow unterwegs ist.«

Shannon kuschelte sich enger an ihn. »Ich glaube, ich würde dich die meiste Zeit auf Trab halten.«

Fergus trank ein weiteres Glas vor dem Kaminfeuer aus, bevor Shannon ein ausgezeichnetes Dinner servierte.

»Martha und ihre Köchin haben es sehr gut mit uns gemeint«, stellte sie fest, als sie Fergus zu Tisch bat.

Nach dem Essen fand Shannon noch zwei Süßspeisen, die nach Vanille dufteten und die sie sich vor dem Kamin schmecken ließen.

Shannon schnurrte: »Erzähl mir von meiner Konkurrentin, deinem neuen Schiff.«

»Es ist eine Fregatte mit achtunddreißig Kanonen. Die *Imperious* gehört zur Fünften Klasse.«

Shannon bremste ihn. »Das verstehe ich nicht. Nach allem, was du für die Marine getan hast, hätte man dir eines der Ersten Klasse geben müssen.«

Fergus lachte. »Zur Ersten Klasse gehören Schlachtschiffe mit mehr als einhundert Kanonen und fast tausend Männern als Besatzung. Das ist eine veritable schwimmende Stadt. Für diesen alten konservativen Quatsch bin ich noch nicht bereit.«

»Du meinst ein Schiff der Fünften Klasse kann durchaus erstklassig sein. Du willst ein Schiff, das handlich und schnell ist. Ich kenne dich doch.«

»Ja, so ist eine Fregatte. Die *Imperious* ist eine große Fregatte, so ziemlich das Größte, was gebaut wird. Sie ist schneidig und schnell, und ich habe sie schon im Gefecht gesehen.«

»Wann?«

»Auf meiner letzten Reise. Ich habe ihr geholfen, vier französische Fregatten abzuwehren.«

»Hast du keine Prise erobert?«

Wieder lachte Fergus. »Nein. Ich brauche keine mehr. Ich habe genug Prisengeld, um alle meine Bedürfnisse bis zu meinem Lebensabend zu befriedigen.«

»Wurde die *Imperious* beschädigt?«

»Ja. Deshalb liegt sie in der Marinewerft in Gravesend. Sie wird bald wieder fertiggestellt sein.«

»Und du wirst mit ihr wieder in See gehen?«

»Ja. Aber laß uns jetzt meinen Urlaub genießen.«

»Aber wie lange wird es dauern, bevor du wieder nach England kommst?«

»Ungefähr sechs Monate.«

Shannon schüttelte sich. »Das ist eine lange Zeit, aber wenn du alle sechs Monate so einen Urlaub bekommst, dann kann ich warten, denke ich.«

Fergus schüttelte den Kopf. »Es wird nicht immer so

sein. In Kriegszeiten darf ich in England nicht an Land. Du müßtest zu meinem Schiff kommen und in meiner Kajüte wohnen.«

Shannon schüttelte den Kopf und warf ihr Glas in den Kamin. »Ich würde mit dir überall zusammen hingehen, aber das wäre zu indiskret.«

»Nun ja, vielleicht könntest du mir lange Besuche machen?«

Shannon begann zu weinen, hatte sich aber bald wieder gefangen. »Entschuldige, ich wollte unsere erste gemeinsame Nacht nicht verderben.«

Während der nächsten vier Tage fuhren Fergus und Shannon täglich durch die Parks von London. Sie nahmen Picknickkörbe mit hinaus in die Umgebung, wo sie Plätze aufsuchten, die ihnen von Jeris' Kutscher empfohlen wurden. Es war die schönste Zeit in Fergus' Leben, und er genoß jede Minute.

Am fünften Tag nahmen sie ein Abschiedsdinner vor dem Kaminfeuer ein, und früh am Morgen des sechsten Tages küßte Fergus Shannon fest auf den Mund und fuhr dann in der Kutsche fort.

Es war vorbei.

10

Die *Imperious*

Fergus blickte zurück zu den Fenstern der Wohnung seines Onkels. Er konnte Shannons Gesicht hinter den Scheiben sehen, und er winkte. Shannon nahm das Taschentuch von ihrem Gesicht und winkte zurück.

Fergus benutzte Jeris' Kutsche für den Weg zum Schiff. Er hielt vor dem Büro des Werftverwalters auf der gegenüberliegenden Seite des Liegeplatzes der *Imperious*, um sich einen Kommandantenwimpel zu besorgen, der rund um die Uhr gesetzt sein würde, solange er es kommandierte. Er würde nur weggenommen werden, wenn Fergus im Kampf fiel oder von seinem Kommando entbunden wurde. Er kehrte also mit dem aufgetuchten schmalen, weißroten schwalbenschwänzigen Wimpel in der Hand zur Kutsche zurück und wies den Kutscher an, ihn zum Landgang der *Imperious* zu fahren.

Während der Kutscher sein Gepäck auf das Achterdeck schaffte, schritt Fergus die ganze Länge seines neuen Schiffes ab. Am Bug bewunderte er die frisch vergoldete

Galionsfigur, die einem römischen Soldaten nachgebildet war. Die Figur reckte ihre breite Brust nach oben und nach vorne, den Kopf mit dem Metallhelm hatte sie stolz zurückgeworfen. Wie die meisten Galionsfiguren verfügte sie nicht über Arme. Der Oberkörper steckte in einem metallenen Harnisch, und der Griff eines Schwertes lag an der Hüfte an.

Fergus lachte leise. »Das ist so ein richtiger imperialer alter Hundesohn, dem muß ich erstmal gerecht werden«, sagte er laut zu sich selbst. Er ging zurück zum Landgang, dabei betrachtete er die Geschützpforten. Sie waren genau wie die Bordwand kürzlich neu gestrichen worden und schienen in einem guten Zustand zu sein. Nach Admiral Nelsons Beispiel waren sie von einem gelben Band eingefaßt, die Klappen selbst und die Bordwand waren schwarz.

Inzwischen hatte ihn der Midshipman der Wache entdeckt und die Ehrenwache alarmiert. Als Fergus die Gangway hinaufstieg, blickte er noch einmal zurück auf die Werft. Nach den Regeln der Royal Navy würde er in England keinen Fuß mehr an Land setzen, bis seine Bestallung auf diesem Schiff auslief und die Besatzung ausbezahlt wurde. Als er Shannon das erklärt hatte, hatte sie voller Wut ein Glas durch das Zimmer geworfen. Er mußte bei der Erinnerung an diesen Zwischenfall grinsen und hoffte nur, daß es nicht eines von Tante Marthas besten gewesen war. Er schüttelte die Erinnerung ab, stieg weiter nach oben und trat durch die verzierte Relingspforte auf das Deck.

Der Bootsmann rief: »Achtung! Kapitän kommt an Bord!« Dann trillerte seine Pfeife, und die Ehrenwache salutierte.

Fergus grüßte die Flagge achtern und dann den wachhabenden Offizier, einen Midshipman. Bis Fergus sich »eingelesen« hatte, war er nur ein ganz normaler Offizier auf Besuch, daher fragte er ordnungsgemäß: »Bitte an Bord kommen zu dürfen, Sir?«

Der Wachoffizier erwiderte seinen Gruß und entgegnete: »Erlaubnis erteilt, Sir.«

Fergus ging zu einem Leutnant hinüber, der kerzengerade strammstand und salutierte. »Ich bin Fergus Kilburnie und werde das Kommando hier übernehmen.«

Der Leutnant beendete sein Männchenbauen und erwiderte: »Willkommen an Bord, Sir. Ich bin der Erste Leutnant Grantham. Ich bin bereit, das Kommando an Sie zu übergeben.«

Fergus grinste freundlich. »Dann lassen Sie uns unter Deck gehen und alles besprechen.«

»Darf ich vorausgehen, Sir?«

»Bitte.«

In der Kajüte setzte sich Fergus auf einen der beiden geschnitzten hölzernen Stühle und lud Grantham ein, sich auf den anderen zu setzen. Bevor er etwas sagen konnte, klopfte ein ältlicher, mit vielen Zahnlücken gesegneter Mann an die Tür und trat ohne eine Aufforderung abzuwarten ein.

»Sir«, begann er, »ich bin Wattle, Kapitänssteward. Ich war seit über fünf Jahren Kapitän Natals Steward. Werden Sie mich behalten, Sir?«

Fergus betrachtete den Mann sorgfältig, der einen sauberen und gesunden Eindruck machte, wenn man von seinen Zahnlücken absah. Fergus vermutete, daß er früher einmal an Skorbut gelitten hatte. »Bist du ein guter Koch?«

Aus dem Augenwinkel konnte Fergus sehen, wie sich Leutnant Grantham wand, aber er ignorierte dessen Unbehagen und ließ Wattle selbst antworten. Wattle schwieg kurz, dann meinte er: »Nichts Außergewöhnliches, Sir, aber Sie werden nicht verhungern. Ich habe gemerkt, daß Sie Schotte sind, und ich habe viel Erfahrung mit Haggis.«

»Wie sieht es mit Porridge aus Haferflocken aus?«

Wattle grinste über das ganze Gesicht, seine Zahnlücken waren wirklich beeindruckend. »Jetzt befinden Sie sich auf meinem Territorium, Sir. Ich kann auch gutes Vollkornbrot backen, solange das Mehl nicht verdorben ist und die Würmer nicht zuviel weggefressen haben.«

Fergus lachte. «Ich habe auch schon so manchen Mehlwurm gegessen.«

Wattle sah überrascht aus, fuhr aber fort: »Ich kann auch Lamm und Hammel gut zubereiten, sogar ohne Currypulver.«

Fergus schmunzelte, weil er wußte, daß viele Köche Currypulver benutzten, um den Geschmack des vergammelten Fleisches zu übertönen. »Abgemacht, Wattle! Du bist mein Steward. Bring uns jetzt Brandy.«

Wattle trat von einem Fuß auf den anderen. »Sir, hier ist nur noch diese eine Flasche aus der Anrichte übrig. Kapitän Natal hat wenig getrunken, daher habe ich keine großen Vorräte für ihn angelegt. Ich bin Antialkoholiker, falls Sie denken sollten, daß ich den gesamten Vorrat des Kommandanten ausgesoffen habe.«

Leutnant Grantham mischte sich ein: »Das kann ich bestätigen, Sir, aber Wattle ist gut beim Würzen des Fleisches mit Wein.«

Fergus griff in seine Tasche und zog ein Bündel Geldscheine heraus. »Wattle, geh an Land und kauf ein Dutzend Flaschen guten Brandy, dazu ein Weinsortiment, roten und weißen und auch Sherry und Portwein. Ich trinke nicht viel, aber ich liebe es Wein zum Dinner zu trinken, wenn ich Gäste habe. Kauf auch genug Essen für die Reise ein. Es soll nahrhaft, aber nicht luxuriös sein. Besorg so viel Gemüse und Obst, wie wir aufbewahren können, ohne daß es verdirbt. Außerdem ein Fäßchen Limonensaft. Bestück den Stall mit so vielen Tieren wie noch Raum zur Verfügung steht, aber nicht auf Kosten der Offiziersmesse und der Mannschaft. Die Männer kommen zuerst.«

Wattle sackte das Geld ein und verschwand grinsend.

Leutnant Grantham räusperte sich. »Er sieht vielleicht nicht gerade toll aus, aber Sie haben eine gute Entscheidung getroffen, wenn Sie, wie Sie sagten, einfache Kost mögen. Er wird gut für Sie sorgen.«

»Dann ist ja alles in Ordnung.«

Leutnant Grantham fühlte sich noch immer ganz offensichtlich unbehaglich. »Sir«, fragte er schließlich, »haben Sie eine Entscheidung über mein Schicksal getroffen?«

»Über Sie?«

»Ja, Sir. Es ist doch so, daß Sie sich Ihren Ersten Leutnant aussuchen können, wenn Sie das Kommando übernehmen.«

»Das habe ich gerade. Sie sind es. Ich habe gesehen, was für gute Arbeit vor einem Monat auf der *Imperious* geleistet worden ist.«

»Aber, Sir, ich war nur der Erste Leutnant.«

»Ich weiß, was Sie waren, und ich weiß auch, daß immer der Kommandant eines Schiffes alles Lob bekommt.

Der Kapitän trägt eine schwere Verantwortung und sollte dafür auch entsprechend belohnt werden. Ich bin in beiden Dienststellungen gewesen, und ich streite mich nicht mit den Theoretikern. Ich kann mir aber auch vorstellen, während der Kapitän die Mannschaft geführt und inspiriert hat, haben Sie die Männer gedrillt und vorbereitet. Ich denke, das werden Sie auch für mich machen, und ich freue mich auf eine gute Zusammenarbeit mit Ihnen. Mein Erster Leutnant auf der *Aberdeen* ist dort gerade zum Kommandanten befördert worden, und ich hoffe, daß ich für Sie irgendwann in der Zukunft dasselbe tun kann.«

Fergus öffnete die Flasche Brandy, die Wattle zurückgelassen hatte, und füllte zwei Gläser. Er hob das seine: »Auf unseren Erfolg und die *Imperious.*«

Grantham hatte Tränen in den Augen, und er hatte Schwierigkeiten zu sprechen: »Da kann ich nur zustimmen, Sir«, stammelte er schließlich.

Fergus versuchte, ihn wieder ins richtige Fahrwasser zu lotsen. »Erzählen Sie mir bitte etwas über die anderen Offiziere.«

»Wir dürfen drei Leutnants fahren, aber zur Zeit bin ich der einzige an Bord. Einer wurde im letzten Gefecht getötet, der andere befindet sich noch mit mehreren schweren Verwundungen im Lazarett.«

»Ich habe einen Ersatz im Auge. Midshipman Puller wird sich heute morgen an Bord melden. Ich habe ihn von der *Aberdeen* mitgebracht. Sobald wir auf See sind, werde ich die Vollmachten haben, um ihn zum diensttuenden Leutnant zu befördern – und das werde ich auch durchzusetzen versuchen. Er ist ein guter junger Offizier und wird schnell erwachsen. Ich habe ihn im Kampf beobachtet und bürge für ihn. In der Zwischenzeit werde ich mir die Midshipmen anschauen, die wir an Bord haben. Fahren wir einen Schulmeister?«

»Ja, Sir, und das ist ein richtig guter Mann.«

»Was ist mit dem Segelmeister?«

Grantham nahm einen schluck Brandy. »Sein Name ist Lombardi. Er hat eine gute Stimme, er kann in einem vollen Sturm so brüllen, daß er noch im Masttopp zu verstehen ist. Er weiß alles, was man über Segeln wissen kann. Er hat nur einen Fehler.« Graham schwieg und kratzte sich am Kinn.

»Wenn er aufgeregt wird, vergißt er sein Englisch und verfällt wieder ins Italienische.«

Fergus pfiff leise vor sich hin. »Was machen Sie dann?«

»Ich habe keine Schwierigkeiten ihn zu verstehen, weil ich etwas italienisch spreche. Ich bin nämlich auch Opernbuffo. Ich übersetze dann für die Mannschaft.«

Fergus lachte herzlich. »Ich vermute, daß mir meine Lateinkenntnisse aus der Schulzeit etwas helfen werden.«

»Ich werde auch für Sie übersetzen, wenn es denn nötig werden sollte.«

»Wie steht es mit den Deckoffizieren?«

»Der Bootsmann heißt Alberts. Er kommt aus Chelsea. Guter Mann. Der Zimmermann und der Stückmeister sind fähige Männer. Ich werde Ihnen später noch mehr über sie erzählen. Der Zahlmeister ist bekanntlich immer eine Schlüsselfigur an Bord. Unserer ist ein scharfer Hund, und so ist auch sein Name – Sharp. Er ist ein Cockney, aber man kann ihn verstehen. Jetzt ist er drüben auf der Werft, um unsere Proviantierungsangelegenheiten zu regeln. Wir sollten gut mit ihm fahren.«

»Ist er so gut?«

Grantham schmunzelte. »Das ist er wirklich, aber dazukommt, daß der Ausrüster in der Werft sein Cousin ist. Dieser Cousin sorgt immer dafür, daß wir keine Fässer mit altem Salzfleisch und Schiffszwieback an Bord bekommen, die andere Schiffe wieder zurückgegeben haben. Was wir bekommen, mag nicht immer sehr gut sein, aber es ist das Beste, was die Navy zu bieten hat.«

»Ist er ehrlich?«

»Ich bürge für ihn.«

Fergus wurde ungeduldig. »Ich kann jetzt nicht länger warten, ich werde das Kommando übernehmen. Gehen Sie bitte an Deck und befehlen Sie die Leute zur Musterung achteraus. Die Männer brauchen ihre Kleidung nicht zu wechseln.«

Eine halbe Stunde später klopfte der Erste. »Die Männer sind zur Musterung angetreten, Sir.«

Fergus folgte Grantham nach oben. Die Mannschaften standen in Reihen um das Achterdeck herum. Fergus betrachtete jeden Mann aufmerksam. Die Crew schien fit zu sein, allerdings waren viele Männer etwas dreckig, weil sie kaum Zeit gehabt hatten, sich zu reinigen.

Fergus verlas seine Bestallung und die Befehle, um das Kommando rechtmäßig zu übernehmen, dann hielt er noch eine kurze Ansprache für die Mannschaft. Anschließend bat er den Ersten Leutnant, die Männer wegtreten zu lassen.

Als sie auseinandergingen, ging er mit dem Ersten Leutnant zur achteren Reling. »Jetzt, nachdem ich alle gesehen habe, erzählen Sie mir bitte alles über die Mannschaften.«

»Unsere Sollstärke beträgt vierhundert Männer, Basis der Berechnung sind die Geschütze, die wir führen. Wir haben im letzten Kampf zwölf Seeleute verloren, weitere fünfzehn befinden sich im Lazarett. Acht davon sollten zurückkommen. Das bedeutet, daß uns neunzehn Männer fehlen. Soll ich mit Ihrem Einverständnis eine Preßgang losschicken oder beim Lord Mayor von London nachfragen, ob er uns eine entsprechende Anzahl seiner Tunichtgute aus dem Knast überläßt?«

»Lieber gehe ich unterbemannt in See, aber ich denke, das wird nicht nötig sein. Bitte, schicken Sie mir doch den Schiffsarzt in meine Kabine.«

Eine halbe Stunde später klopfte es an der Tür.

»Herein«, rief Fergus.

Ein junger Mann, der den weißen Kittel eines Arztes anhatte, trat ein. »Herr Kapitän, Chirurg Denton Melville, Sir. Ich möchte mich dafür entschuldigen, daß es solange gedauert hat, bis ich herkommen konnte. Ich war im Stall und habe das neu an Bord gebrachte Vieh untersucht, sicherlich wollten Sie mich nicht in der sich daraus ergebenden Aufmachung sehen.«

»Ich bin auf einem Bauernhof aufgewachsen, aber trotzdem bin ich Ihnen für die Rücksichtsnahme dankbar. Wo haben Sie Medizin studiert?«

»An der Universität von Edinburgh.«

»Ah, Sie sind Schotte? Aber Sie hören sich gar nicht so an.«

»Nein, nein, Sir, ich bin Engländer. Ich wollte nur die beste Ausbildung genießen. Wie Sie sehen, trage ich einen weißen Kittel. Das ist der neueste Schrei an der medizinischen Fakultät.«

»Gut. Ich habe jetzt eine Aufgabe für Sie. Gehen Sie zum Marinehospital hinüber und bitten Sie um eine Unterredung mit dem Chefarzt.«

»Aye, aye, Sir.«

»Bitten Sie ihn in meinem Namen um einen Gefallen und halten Sie dann nach Patienten Ausschau, die bald wieder in der Lage sein werden, zur See zu gehen. Vielleicht werden einige bereit sein, sich – nun sagen wir mal – pressen zu lassen.«

Der Arzt lachte. »Ich verstehe, Sir, ich mache mich sofort auf den Weg.«

Später an diesem Tag brachte Doktor Melville acht Männer an Bord. Zwei humpelten ein wenig, sahen aber gesund aus. Fergus ging nach oben auf das Achterdeck, um sie sich anzuschauen. Zu seiner großen Überraschung war sein alter Bordkamerad von der *Athena*, der Hilfssteuermannsmaat Poston unter ihnen. Fergus ging zu ihm hinüber und schüttelte ihm die Hand.

»Mein Gott! Poston, wo haben Sie sich diese Narbe im Gesicht eingehandelt?«

»Die *Athena* hatte eine Auseinandersetzung mit einer französischen Fregatte, und dabei wurden wir alle hier verwundet.«

Fergus guckte sich die anderen genauer an und erkannte unter ihnen bekannte Gesichter. »Seid ihr alle von der *Athena*?«

Poston antwortete für sie. »Alle, Sir. Das Schiff hat uns hier zurückgelassen und befindet sich jetzt in Westindien. Ich glaube, der Kommandant wollte keinen von uns zurück haben.«

»Das ist gut.«

»Es steht uns allen frei, auf jedem Schiff anzumustern, das uns gefällt. Ich habe die anderen beschwatzt, unter Ihnen zu dienen.«

»Nun, zumindest müssen sie keine allzu große Angst vor der Gräting[1] haben.«

Poston nickte. »Die Jungs wissen, daß Sie dagegen sind, und ich verbürge mich für jeden von ihnen.«

»Haben Sie denn nun gelernt zu navigieren?«

»O ja, dank Ihnen – und inzwischen bin ich sogar ganz gut.«

»Nun, dann könnten Sie Leutnant werden, sobald wir auf See sind.«

»Ich verstehe nicht, Sir?«

»Vertrauen Sie mir und kaufen Sie sich nichts vom Zahlmeister, bis wir unterwegs sind.«

Während der nächsten Woche kamen noch ein oder zwei Männer über die Gangway an Bord getrottet, um unter dem »glückhaften Kapitän Kilburnie« zu dienen.

Am Ende der Woche war die Sollstärke wieder erreicht. Das Schiff war ausgerüstet, proviantiert und vorzeitig bereit zum Auslaufen. Fergus befahl, daß alle Frauen und Händler das Schiff zu verlassen hatten. Er verschanzte sich für mehrere Stunden in seiner Kabine, um dem Lärm zu entgehen, als sich Leutnant Grantham mit den Weibern herumschlagen mußte. Bald danach klopfte Grantham an seiner Tür.

»Alles klar, Sir. Sie sind alle von Bord!«

Zwei Tage später brachte ein Bote der Admiralität die

1 Umschreibung für das Auspeitschen (Anm. d. Ü)

Befehle. Fergus las sie, dann schob er sie dem wartenden Leutnant Grantham zu.

Der Erste Leutnant las sie sorgfältig und grinste dann. »Soll ich die Einzelheiten zum Ablegen anordnen, Sir?«

»Machen Sie das. Der Wind ist ablandig vom Kai. Um unser Ablegemanöver zu beschleunigen, setzen Sie ein Boot ins Wasser, das sich bereithalten soll, unseren Bug wegzuziehen.«

Leutnant Grantham prüfte die Brise, dann erkundigte er sich vorsichtig: »Wollen Sie einen Lotsen, Sir?«

Fergus schüttelte den Kopf. »Nein, wir brauchen nur ein paar Männer von der Werft, die sich um unsere Leinen kümmern. Ich möchte außerdem, daß Sie meine Gig zu Wasser bringen lassen. Zum einen möchte ich einen Eindruck von der Gigcrew bekommen, zum anderen soll sie den Bug herausziehen.«

Grantham schickte einen Läufer zum Werftbüro, um eine Gruppe Festmacher anzufordern, dann ließ er durch den Bootsmann die Gigbesatzung herauspfeifen und die Gig längsseits an der Bordwand ins Wasser setzen. Fergus sah sich die Männer der Gig genau an, als sie über die Verschanzung kletterten und sich in das Boot hinabließen, das an der Steuerbordseite lag. Alle Männer trugen weiße Arbeitshosen, weiß und blau quergestreifte Hemden und schwarze Hüte mit schmalen Krempen. Alles paßte gut zusammen. Er wußte, daß einige Kapitäne für ihre Bootsbesatzung Phantasieuniformen schätzten und sie entsprechend auf eigene Kosten ausstaffierten, aber seine Crew erschien ihm ordentlich und konservativ gekleidet. Er entschied, daß er es so mochte, wie es war.

Leutnant Grantham trat neben ihn. »Die Festmachergang steht bereit. Soll die Gig uns jetzt in Schlepp nehmen?«

»Ja, bitte. Sie sollen den Bug herausziehen. Lassen Sie alle Leinen mit Ausnahme der Achterleine loswerfen und einholen.«

Der Erste Leutnant brüllte die erforderlichen Befehle, und die Männer an den Festmacherleinen fierten sie auf, damit die Festmacher sie von den Pollern an der Pier loswerfen konnten. Sobald sie von den großen eisernen Pollern frei waren, holten die Männer an Deck sie ein und schossen sie sauber an Deck auf, damit sie trocknen konnten, bevor sie unter Deck weggestaut wurden.

Die Männer in der Gig begannen nach den Anweisungen des Bootsführers zu pullen. Fergus konnte sehen, wie sich der Bug von der Pier wegzubewegen begann. Die schwache Brise unterstützte die Bewegung. In der Luft lagen als Erinnerung die Gerüche der Werft: Teer, Werg sowie Öle und Fette. Fergus war froh, daß der Wind nicht auf die Pier zustand, denn dann hätten sie den unangenehmen Gestank der flachen Muddbänke auf der anderen Flußseite einatmen müssen, außerdem wäre das Ablegemanöver von der Pier wesentlich schwieriger gewesen.

Fergus wies den Segelmeister Lombardi an: »Sie können jetzt mit dem Setzen der Segel beginnen. Fangen Sie mit den Stagvorsegeln und den großen Untersegeln an. Das sollte reichen, um uns hier rauszubringen.«

Lombardi nickte und bellte die notwendigen Befehle mit seiner weittragenden Stimme.

Fergus hörte ihm zu, er grinste in sich hinein und fragte sich, wie er wohl mit seinem Latein zurechtkommen würde, wenn Lombardi in seine Muttersprache Italienisch zurückverfallen sollte. Aber jetzt war der Segelmeister die Ruhe selbst und Herr der Lage. Bald waren die Segel gesetzt und füllten sich mit der leichten Brise.

Der Bug des Schiffes zeigte quer über die Themse.

»Segelmeister, wenn Sie so weit sind, dann kommen Sie bitte nach Steuerbord und folgen dann dem Fahrwasser flußabwärts. Wir setzen jetzt das Boot ein!« Er wandte sich an den Ersten Leutnant. »Lassen Sie bitte die Achterleine loswerfen und einholen! Das Schleppen kann eingestellt und das Boot an Bord genommen werden!«

Fergus trat an die Steuerbordverschanzung, um zu beobachten, wie der Bootssteurer die Gig handhabte. Er konnte ihn rufen hören: »Auf Riemen!« Die Crew stellte das Pullen ein und hielt die Riemen ruhig in der Horizontalen. »Schleppleine loswerfen!« Ein Mann beugte sich vor, löste die Schleppleine von der Klampe im Heck und ließ sie ins Wasser klatschen.

Der Bootssteurer rief: »Ruder an!«

Die Ruderer begannen wieder zu pullen, dabei achteten sie sorgfältig auf den Schlagmann, damit alle Riemen zur gleichen Zeit in das Wasser tauchten. Der Bootssteurer drehte das Boot, um es längsseits an die Bordwand der sich langsam vorwärts bewegenden *Imperious* zu bringen. Als sie nahe genug waren, befahl er: »Backbord! Auf Riemen! – Riemen hoch!« Die Ruderer auf der Backbordseite hörten auf zu pullen und hebelten die Riemen aus den Dollen und stellten sic senkrecht auf die Bodenbretter. Die Männer an der Steuerbordseite ruderten weiter.

Als das Boot längsseits schor, kam die Order: »Backbord, Riemen ein!« Die Männer auf der angesprochenen Seite stauten ihre Riemen binnenbords neben sich in der

Horizontalen. Der Bugmann packte eine Leine, die ihm von einem Matrosen an Deck zugeworfen wurde, und belegte sie als Vorleine auf der Klampe am Bug. Das Boot sackte langsam achteraus, bis es von der Vorleine geschleppt wurde und der Befehl kam: »Steuerbord! Auf Riemen! – Riemen ein!«

Zwei zusätzliche Leinen wurden ins Boot gefiert und dort befestigt, um es an Deck hieven zu können. Jetzt war das Boot bereit zum Einsetzen, und bis auf zwei Männer der Crew kletterten alle über eine Strickleiter an Deck, die man über die Seite geworfen hatte.

Nach wenigen Minuten war das Boot eingesetzt und ruhte sicher in seinen Knacken.

Fergus war erfreut. Wenn der Rest der Besatzung genausogut gedrillt war wie die Besatzung der Gig und die Matrosen, die das Boot an Deck genommen hatten, dann würde es eine schöne Reise werden.

Nach fünfzehn Minuten lag die *Imperious* auf Ostkurs und folgte dem Fahrwasser durch die Themsemündung, alle Segel waren gesetzt, und sie liefen nach Logge stetig sechs Knoten.

Sheerness wurde nach zwei Stunden an Steuerbord passiert. Schon bald konnte man achteraus die Handelsschiffe herauskommen sehen, die sich unter die Fittiche der *Imperious* begeben wollten.

Als der Konvoi zusammengestellt war, ließ Fergus den Kurs nach Osten absetzen, um so North Foreland zu runden. Am nächsten Morgen hatten sie vor Margate einen guten beobachteten Ort, und Fergus änderte den Kurs nach Süden. Der Konvoi folgte in seinem Kielwasser.

Die zwei Wochen der Reise nach Süden waren für Fergus eine reine Erholung. Das Wetter war annehmbar. Jeden Tag wurde er mit der Besatzung vertrauter. Er konzentrierte sich auf den Geschützdrill. Jeden zweiten Tag setzte er Übungsschießen mit scharfer Munition an, als Ziel dienten leere Fässer, die man zusammengelascht und dann über die Seite geworfen hatte. Die Besatzungen der Handelsschiffe schienen die Schau zu genießen.

Fergus schloß enge Bekanntschaft mit dem Stückmeister. Durch seine Erfahrungen, die er in seinen frühen Tagen in der Navy als Mitglied einer Geschützbesatzung und als Geschützführer gemacht hatte, war es ihm möglich, die Fähigkeiten des Stückmeisters richtig zu würdigen. Er stammte aus Irland, stand in seinen besten Jahren und hieß McClarty. Er verstand seinen Job und ging gut mit der Mannschaft um. Fergus vertraute ihm.

Die beiden neuen Leutnants, Puller und Poston, benötigten am meisten Training. Sie waren sich zwar immer der Anwesenheit der Geschütze bewußt gewesen, hatten sich aber auf die Navigation konzentriert, jetzt mußten sie aber außer ihrem Wachdienst jeder auch eine Batterie kommandieren.

Eines Morgens kurz nach der Dämmerung rief der Ausguck: »Segel in der Kimm, drei Strich an Backbord voraus!«

Fergus sauste mit dem langen Fernglas die Webeleinen hinauf und beschaute es sich vom Topp. Leutnant Puller war ihm gefolgt.

Fergus sinnierte: »Sieht nach einem kleinen französischen Schiff aus, wahrscheinlich eine Sloop. Falls wir sie stellen könnten, könnten wir ein wenig Geschützdrill betreiben und vielleicht unser Prisengeldkonto etwas aufbessern.«

Puller antwortete: »Leutnant Grantham hat mir erzählt, daß dieses Schiff noch nie eine Prise erobert hat.«

»Lassen Sie uns nach unten turnen und sehen, ob wir das ändern können.«

Fergus befahl Lombardi nach Backbord zu drehen, auf den Franzosen zuzuhalten und alle Segel zu setzen. Lombardi gehorchte, und schon bald jagte die *Imperious* in große Gischtwolken gehüllt mit zehn Knoten dahin.

Nach zwanzig Minuten wußte Fergus, daß sie keine Chance hatten. Die Sloop hatte abgedreht und war ebenso schnell wie die *Imperious*, vielleicht sogar schneller. Fergus schätzte, daß sie zwölf Stunden brauchen würden, um sie einzuholen – falls überhaupt. Er konnte den Konvoi nicht solange sich selbst überlassen. Widerstrebend befahl er Lombardi, wieder auf Gegenkurs zu gehen. Die Besatzung war ganz augenscheinlich enttäuscht, und die Segeltrimmer, die eifrig bei der Sache gewesen waren, als die Jagd begann, gingen jetzt ihren Pflichten beim Segelreduzieren langsam und ohne Begeisterung nach.

Zwei Stunden später standen sie wieder am Geleit.

Als der Konvoi die Straße von Gibraltar erreichte, waren Puller und Poston vollständig als Leutnants einsetzbar, und die gesamte Besatzung funktionierte hervorragend. Fergus war zufrieden und lud die Leutnants am Abend zum Essen ein, bevor sie wieder mal den Felsen sichten würden. Wattle produzierte ein passables, wenn auch einfaches Mahl, und als er die Männer mit dem Wein traktierte, den er in Gravesend ausgesucht hatte, wurde die Gesellschaft ziemlich ausgelassen. Fergus war sicher, daß er erstklassige Offiziere hatte.

Das Geleit lief ohne Zwischenfall in Gibraltar ein, und

Fergus entließ die Schiffe nach dem Ankern. Dann fuhr er mit seiner Gig an Land und meldete sich pflichtgemäß beim Hafenadmiral.

Der Admiral hatte die Befehle für die *Imperious* schon fertig. Sie sollte in achtundvierzig Stunden zusammen mit acht Handelsschiffen auslaufen und sie um Irland herum nach Liverpool bringen. Fergus nahm die Befehle entgegen und zeigte sie an Bord Leutnant Grantham.

Grantham las sie interessiert. »Ich werde Ihren Steward und den Zahlmeister an Land schicken, damit sie etwas frische Verpflegung auftreiben. Ansonsten können wir jederzeit auslaufen.«

Gemäß seinen Befehlen gab Fergus achtundvierzig Stunden später den Befehl zum Auslaufen. Die acht Frachter hievten ihre Anker und folgten der *Imperious* gemächlich aus dem Hafen.

Fergus spazierte auf seinem Achterdeck auf und ab und genoß die sanfte Brise, die vom spanischen Festland herüberwehte und fremdartige, angenehme Gerüche mit sich führte. Er konnte Orangen- und Zitronenblüten, frisch gemähtes Gras sowie noch einige andere süße, aber nicht zu identifizierende Düfte schnuppern.

Fergus meinte zu Leutnant Grantham: »Der Hafenadmiral hat mich informiert, daß sich die Franzosen darauf konzentrieren, unseren Seehandel im Englischen Kanal bis London und den anderen Kanalhäfen zu blockieren und auch den Saint George's Channel nach Liverpool. Darum hat man die Geleite angewiesen, um Irland herumzusegeln und Liverpool durch den North Channel der Irischen See anzusteuern.«

Grantham brummte: »Das ist zwar weiter, aber gut,

wenn wir so den verdammten Froschfressern ein Schnippchen schlagen können.«

»Vielleicht werden wir ihnen nicht entgehen. Sie sind schlau genug, um sich auszurechnen, was wir tun werden. Ich denke, daß wir es mit einem Pärchen Fregatten zu tun bekommen werden.«

»Einem Pärchen?«

»Ja. Der Hafenadmiral hat mir mitgeteilt, daß die Welschen in Pärchen operieren, seit sie festgestellt haben, daß wir unsere Geleite nur noch von einer Eskorte schützen lassen.«

Grantham massierte sein Kinn. »Dann haben wir wieder Metzgerarbeit vor uns.«

»Sie haben das letzte Mal vier Fregatten ausmanövriert.«

»Aber da hatten wir Sie als Hilfe in der Hinterhand«, lachte Grantham.

Der erste Tag war ausgesprochen schön. Sie segelten bei schönem, mildem Wetter an der Südküste Spaniens und Portugals entlang. Der Duft nach Orangen und anderen Früchten wurde von der Nachmittagsbrise zu ihnen herübergetragen. Am zweiten Tag änderte der Konvoi den Kurs nach Norden, als sie Kap St. Vincent rundeten. Fergus sah zu dem Kap hinüber und verbrachte eine interessante Stunde damit, seinen Offizieren zu schildern, wie er die Schlacht miterlebt hatte.

Der lange Schlag nach Norden in Richtung Irland dauerte fast zwei Wochen, weil der Wind beständig aus Norden wehte, und die Schiffe des Konvois daher wiederholt dagegen aufkreuzen mußten.

Fergus hatte damit gerechnet, daß die französischen Jäger sie aufspüren würden, wenn sie die Biskaya überquerten, aber sie hatten schon fast die Südküste Irlands bei Kap Clear erreicht, als der Ausguck rief: »Segel an Steuerbord, achterlicher als querab! Es könnten auch zwei Schiffe sein, Sir!«

Fergus wußte sofort, daß es sich um die französischen Fregatten handeln mußte. Bei dem augenblicklichen Mangel an Schiffen waren britische Schiffe bestimmt nicht paarweise unterwegs. Nur um ganz sicherzugehen, kletterte er auf den Webeleinen empor. Leutnant Puller folgte ihm auf dem Fuße.

Als sie den Flaggenknopf erreicht hatten, stellte Fergus fest: »Puller, das haben wir jetzt aber schon ein paar Mal gemeinsam gemacht.«

Puller studierte schon die sich nähernden Schiffe: »Aye, Sir, und das da sind Franzosen, da bin ich mir ganz sicher.«

Fergus nickte zustimmend. »Dann wollen wir uns mal wieder nach unten hangeln und uns gebührend vorbereiten.«

Zurück auf dem Achterdeck, wies Fergus Leutnant Poston an, das Flaggensignal zum Verstreuen des Geleits zu setzen und zum Weitersegeln, wie vorher abgesprochen.

Grantham fragte: »Soll ich das Schiff klar zum Gefecht machen lassen, Sir?«

»Ja, bitte, veranlassen Sie das. Treffen Sie alle Vorbereitungen für den Kampf.«

Während der nächsten fünfzehn Minuten, in denen sich die Franzosen stetig näherten, studierte Fergus die Lage. Der Konvoi floh jetzt nach Nordwesten. Die Franzosen standen jetzt fast genau im Osten und würden auf Nordwestkurs gehen, um den Konvoi zu verfolgen. Dadurch geriet die *Imperious*, die fast nach Norden steuerte, zwischen das Geleit und die feindlichen Fregatten.

Puller wollte wissen: »Wollen Sie die Gegner abfangen, Sir?«

»Nein. Wir bleiben hinter dem Konvoi. Die Franzosen müssen dann an uns vorbei, um an unsere Frachter heranzukommen.«

»Das verstehe ich nicht!«

»Das werden Sie schon noch. Kurz bevor die Franzosen in Schußweite sind, werde ich den Kurs ändern lassen und hinter dem Konvoi hersegeln.«

»Das bringt die Franzosen direkt auf denselben Kurs achteraus von uns.«

»In der Tat. Also müssen sie dann doch erst uns passieren, bevor sie an das Geleit kommen.«

Fünfzehn Minuten später befand sich Fergus in der relativen Position, die er angestrebt hatte. »Master, ändern Sie bitte den Kurs auf Nordwest!« rief er.

Lombardi hatte vorhin mitgehört und brüllte schnell die nötigen Anweisungen. Als die *Imperious* auf dem neuen Kurs lag, kam er zu Fergus hinüber. »Sir, worauf soll ich mich als nächstes vorbereiten?«

Fergus mochte seine aufgeweckten schwarzen Augen und seine augenscheinliche Offenheit auch für unorthodoxe Dinge. »Lombardi, ich möchte mit mittlerer Geschwindigkeit zwischen dem Konvoi und den Gegnern bleiben. Sobald sie versuchen, uns zu passieren, beschieße ich sie mit den achteren Jagdgeschützen. Gelegentlich werde ich von Ihnen eine schnelle Kursänderung verlangen, damit wir ihnen eine volle Breitseite überbraten können. Wenn wir gut genug sind oder auch eine gehörige Portion Glück haben, können wir dadurch verhindern, daß sie uns passieren.«

»Ich verstehe, Sir. Wir verfügen über mehr Heckgeschütze, als sie zusammen genommen über Jagdgeschütze am Bug. Aber was ist, wenn sie sich teilen und versuchen, uns an verschiedenen Seiten zu passieren?«

Fergus schürzte die Lippen. »Das werden sie! Dann spielen unsere Seemannschaft und Schießkünste eine noch viel größere Rolle. Ich werde Ihnen Anweisung geben, durch Kursänderungen um jeweils drei Strich vom Generalkurs gerechnet näher an den einen oder den anderen heranzugehen. Sobald wir kursstabil liegen, feuern wir ein oder zwei Breitseiten ab. Dann ändern wir unseren Kurs in die andere Richtung um etwa sechs Striche und heizen dem anderen ein. Während wir von ihm weglaufen, zeigen wir dem Gegner nur das Heck, das ist eine verhältnismäßig kleine Silhouette, keine gute Zielscheibe für die Welschen. Wir werden bei der Ballerei eine Menge Lärm um uns verbreiten, daher werde ich drei Finger heben und nach Steuerbord zeigen. Das bedeutet: Kursänderung drei Strich nach Steuerbord! Entsprechend bedeuten sechs Finger und das Deuten nach Backbord: Kursänderung um sechs Strich nach Backbord.«

Lombardi grinste, dabei zeigte er seine weißen Zähne. »Das habe ich verstanden!«

Puller, der in der Nähe stand, mischte sich ein: »Sie versuchen Distanz entlang der Kurslinie herauszuschinden, um vielleicht eine Gelegenheit zu bekommen, sie einzeln bekämpfen zu können.«

»Das haben Sie völlig richtig erkannt. Aber das hängt im

großen Maße von unserer Fähigkeit ab, die beiden durch Schäden im Rigg langsamer zu machen, damit sie nicht an uns vorbeilaufen können.«

Der Segelmeister grinste, die weißen Zähne blitzten in seinem dunklen Gesicht. »Herr Kapitän, ich bin bereit. Ich denke, daß ich machen kann, was gemacht werden muß, wenn ich die Bedienungsmannschaften der Buggeschütze zu meinen Segeltrimmern hinzubekomme, dann brauche ich keinen der Männer von den Seitenbatterien. Mit Ihrer Erlaubnis gehe ich jetzt nach vorne und treffe alle notwendigen Vorbereitungen.«

Fergus nickte zustimmend. »Wir brauchen die Jagdgeschütze am Bug nicht, es sei denn, die Franzosen sind vor uns.«

Puller, der den Feind beobachtete, knurrte: »Sie haben jedes verdammte Taschentuch gesetzt. Bei dem achterlichen Wind müssen sie acht Knoten laufen.«

»Ich bin froh, daß sie so viele Plünnen gesetzt haben, desto mehr können wir herunterholen!«

Die Geschützbedienungen der achteren Kanonen waren bereit, sie hatten ihre Hemden ausgezogen und hatten sich Lappen um die Köpfe gewickelt. Die Geschütze waren geladen. Fergus ging zu ihnen hinüber und mischte sich unter sie.

»Je besser ihr schießt, desto besser sind unsere Chancen, die Franzmänner hinter uns zu lassen. Schießt in der Aufwärtsbewegung, wie ich es euch gesagt habe. Haltet voll auf die Segel.«

Die achteren Jagdgeschütze wurden auf die Ziele verteilt, jedes wurde sorgfältig gerichtet und zielte auf die hohen Segelpyramiden.

Die Franzosen ließen ihre Bugjagdgeschütze feuern, aber diese hatten noch nicht die notwendige Reichweite, daher hüpften die Kugeln zweimal über das Wasser und gingen dann schmählich unter.

Fergus hatte die Geschützführer angewiesen, weitere Keile unter die Vorderräder der Lafetten zu legen, um den Kanonen etwas zusätzliche Erhöhung zu geben und damit eine größere Reichweite.

Als er sicher war, daß sich die Gegner in Schußweite befanden, befahl er: »Feuer frei!«

Die Kanonen brüllten auf und ruckten in die Brooktaue zurück. Der Pulverdampf zog nach vorne ab, und Fergus suchte die Franzosen intensiv nach etwaigen Beschädigungen ab. Ein paar Kugeln lagen zu kurz, aber ein paar Löcher waren in den großen Untersegeln sichtbar. Die Frage war, wieviel Schaden die Kugeln noch angerichtet hatten, nachdem sie durch die großen Arbeitssegel gepfiffen waren.

Auch die nächste Salve der Franzosen verfehlte ihr Ziel, aber Fergus stellte fest, daß die Schiffe den Abstand zur *Imperious* verkürzten.

Der Segelmeister kam nach achtern gelaufen. »Mehr Segelfläche, Sir?«

»Nein, ich möchte, daß sie mit allen gesetzten Segeln näher zu uns aufschließen, sie bieten so schöne Zielscheiben!«

Die *Imperious* feuerte zwei weitere Salven ab, worauf weitere Löcher in den Segeln der französischen Schiffe entstanden. Fergus vermeinte einen Riß in der Fock des Schiffes auf der linken Seite zu sehen, aber er war sich nicht sicher.

»Puller! Richten Sie Ihr Teleskop auf die Fock!« rief er.

Die nächste Salve der linken französischen Fregatte, bestehend aus zwei Kugeln, schlug achtern in der Nähe der Wasserlinie ein. Einen Augenblick lang befürchtete Fergus, daß das Ruderblatt beschädigt wäre, aber der Quartermaster meldete, daß er alles unter Kontrolle hätte.

Wattle kam aus der Kajüte des Kommandanten geschossen. »Sir, diese Hundesöhne haben eine Kugel in Ihre Kabine gejagt. Dort herrscht jetzt ein völliges Durcheinander!«

Fergus fragte sich, warum Wattle seine Kajüte nicht ordnungsgemäß ausgeräumt hatte. »Dann hast du da unten ja nichts mehr zu tun. Melde dich beim Segelmeister, der kann jede Hand gebrauchen.«

Wattle watschelte grummelnd nach vorne. Offensichtlich war er froh, daß er die Kabine hinter sich lassen konnte, als er sich umdrehte und sah, was auf ihn geschossen hatte.

Die Franzosen probierten jetzt eine andere Taktik. Sie änderten ihre Kurse so, daß sie bei maximaler Reichweite der Kanonen parallel zur *Imperious* liefen.

Puller bemerkte die leichten Kursänderungen. »Genau wie sie es vorhergesehen haben, Sir«, stellte er fest.

Sie boten jetzt ein größeres Ziel, und die *Imperious* konnte außer den Jagdgeschützen wie vorgesehen auch ihre Breitseiten zum Tragen bringen.

Puller ließ sich wieder vernehmen: »Ich kann jetzt Schäden erkennen. An jedem Mast haben sie zumindest ein Segel eingebüßt und in vielen anderen sind Löcher und Risse.«

Die Franzosen nahmen jetzt die *Imperious* unter Feuer. Kugeln begannen durch die Segel zu pfeifen.

Fergus mußte zugeben, daß er froh darüber war, daß jetzt das Achterdeck nicht mehr das bevorzugte Ziel der französischen Kanoniere war. Inzwischen war es deutlich zu erkennen, daß die Franzosen weiter aufholten und schon fast schräg achteraus von der *Imperious* standen.

Fergus blickte zu Lombardi, hob drei Finger und zeigte nach Steuerbord.

Lombardi war bereit. »Kursänderung drei Strich nach Steuerbord!« rief er dem Rudergänger zu, dann trottete er nach vorne, um das Trimmen der Segel zu überwachen.

Es war verhältnismäßig einfach, mit achterlichem Wind zu manövrieren, und schon nach wenigen Sekunden lag das Schiff auf einem Kurs, der es vor den Bug des nördlichen Franzosen führen würde. Die Fregatte im Süden hatte nur ein relativ kleines Ziel vor sich, nämlich den Spiegel der *Imperious.*

Sobald das Schiff kursbeständig und Fergus sicher war, daß die Geschützführer ausreichend Zeit zum Richten und Zielen gehabt hatten, rief er Leutnant Puller zu: »Steuerbordbatterie! Feuer frei!«

Puller gab den Befehl nach unten weiter, und die Steuerbordbatterie donnerte los. Fergus konnte Kugeln durch die Segel des Franzosen fliegen sehen, und einige schienen die Bordwand zu durchschlagen. Nach einer zweiten Salve gab Fergus dem Segelmeister ein Handzeichen, hob sechs Finger in die Höhe und deutete nach Backbord.

»Sechs Strich nach Backbord!« brüllte Lombardi dem Rudergänger zu und rannte dann wieder nach vorne.

Der Rudergänger stemmte sich in die Speichen des großen Doppelrades, und das Schiff drehte schnell nach Backbord. Jetzt deutete sein Spiegel auf den nördlichen

Franzosen, und die Backbordbreitseite war bereit für den Feind im Süden.

Leutnant Poston von der Backbordbatterie stand auf dem Sprung, und sobald das Schiff wieder ruhig lag, erteilte Fergus den Feuerbefehl.

Wieder konnte Fergus schwere Beschädigungen im Rigg und den Segeln des Franzosen konstatieren. Sie blieben lange genug auf diesem Kurs, um noch eine weitere Breitseite abzufeuern.

Die Franzosen feuerten zurück, und auch in ihrem eigenen Rigg und möglicherweise auch am Rumpf wurden Schäden angerichtet.

Fergus befahl wieder eine Kursänderung zurück nach Steuerbord, und während die *Imperious* drehte, versuchte er die Beschädigungen an den feindlichen Fregatten einzuschätzen. Ihm wurde klar, daß er mit einem Schiff doppelt so großen Schaden beim Gegner anrichten mußte wie die beiden Franzosen zusammen, aber durch seine Taktik bekämpfte er immer nur eine Seite jedes gegnerischen Schiffes, während sein Schiff beide Batterien einsetzen konnte, was bedeutete, daß es ein doch ziemlich ausgeglichener Kampf war. Wie üblich waren die Schießleistungen der Briten besser als die der Franzosen, also würde er gewinnen – Glückstreffer einmal ausgenommen.

Immerhin waren die Feinde jetzt fast querab von der *Imperious*, und er mußte zumindest einen von ihnen jetzt bald so schwer beschädigen, daß er sich dann auf den anderen konzentrieren und ihn vom Konvoi fernhalten konnte. Er lief auf und ab und rief den Geschützbedienungen aufmunternde Worte zu, um die Feuergeschwindigkeit zu erhöhen, aber er war sich nicht sicher, ob er etwas bewirkte.

Die Männer taten bereits ihr Äußerstes, der Schweiß strömte von ihren Körpern herab, und die Füße rutschten auf den vom Blut schlüpfrigen Decks aus. Fünf Kanonen waren ausgefallen, und andere Geschützbedienungen litten unter Personalmangel, als die Toten beiseite geschafft und die Verwundeten nach unten zum Chirurgen gebracht wurden.

Beim nächsten Schlag nach Norden hielt Fergus den Kurs für vier Salven durch, und er konnte feststellen, daß die Masten, Segel und Rigg dieses Schiffs wirklich erheblich beschädigt waren. Es verlor deutlich an Fahrt. Als er sich wieder nach Süden wandte, stand die gegnerische Fregatte auf der Höhe seines Vorschiffs. Er hielt auf sie zu, während die Backbordbatterie Salve auf Salve in sie hineindonnerte. Er fluchte, ballte die Fäuste und hoffte, daß einer ihrer Masten von oben kommen möge und tatsächlich stürzte ihr Vormast nach der sechsten Breitseite um und breitete seine Segel über das gesamte Oberdeck. Auch sie wurde ganz deutlich langsamer, und Fergus drehte wieder nach Norden ab. Dieses Mal schien das nördliche Schiff besser zu schießen, und mehrere Kugeln schlugen in den Rumpf ein. Eine kratzte den Kreuzmast schlimm an, aber er stürzte nicht um. Der Zimmermann kam nach achtern geeilt, um ihn mit zusätzlichen Wanten abzustützen.

Fergus hielt hartnäckig auf den Gegner im Norden zu und konnte sehen, wie dessen Bordwand bei jeder Breitseite weiter zerschmettert wurde.

Gerade als er meinte, die Oberhand gewonnen zu haben, zuckten die feurigen Finger einer Salve aus den Geschützpforten des südlich stehenden Schiffes, und Fergus spürte mehrere Einschläge von Kugeln im Achterschiff unter seinen Füßen.

Der Quartermaster am Ruder rief erschrocken aus: »Kein Ruder im Schiff, Sir!«

Fergus schüttelte den Kopf. Der Sieg war zum Greifen nahe gewesen, aber jetzt war alles verloren. Sobald die Franzosen herausfanden, daß er steuerlos war, würde sich einer auf den Konvoi stürzen, und der andere würde hier bei ihm bleiben und die *Imperious* erledigen.

Fergus eilte nach achtern und blickte über die Heckreling, aber bevor er einen Blick auf das Ruderblatt werfen konnte, brüllte der Segelmeister erleichtert: »Sir! Die Franzosen drehen ab! Sie segeln mit Ostkurs davon!«

Fergus richtete sich auf und schaute in die Richtung der französischen Fregatten. Es stimmte tatsächlich. Sie segelten nach Hause. Sie klemmten die Schwänze zwischen die Beine! Sie hatten genug!

Er lachte, aber es mischte sich auch ein etwas irrer Ton in sein Gelächter. Wie würden die französischen Kommandanten den Verlauf dieses Gefechts ihren mißmutigen Vorgesetzten verkaufen? Er wußte, daß sie dem französischen Admiral genau so viel erzählen würden, wie er ihrer Meinung nach wissen mußte. Im übrigen war ihm das auch völlig schnurzpiepegal. Es war vorbei – und er hatte gewonnen. Das war es, was zählte.

11
Sturmwolken

Puller kam von seiner Station an der Batterie zurück und auch Lombardi gesellte sich zu ihnen. Alle Offiziere standen beieinander und sahen den kleiner werdenden französischen Schiffen hinterher. Hinter ihnen erklang ein anschwellendes Jubelgeheul, als die Mannschaft sich bewußt wurde, was geschah.

Lombardi verdarb ihnen die freudige Hochstimmung. »Herr Kapitän! Schauen Sie mal nach Süden!«

Fergus drehte sich um. Hoch oben in der Ferne konnte er breite Wolkenbänder sehen, die ihre Ausläufer wie gierige Klauen in ihre Richtung ausstreckten. Auch meint er schon die ersten langen Dünungswellen zu spüren. »O Gott!« stieß er hervor. »Jemand soll einen Blick auf das Barometer werfen!«

Ein Midshipman beugte sich vor, öffnete die Klappe des Kompaßhäuschens und las das Barometer ab. Als er sich wieder aufrichtete, war sein Gesicht ernst.

»Nun?« fragte ihn Fergus.

»Neunundzwanzighundert«, erwiderte der Midshipman, »es ist um einen ganzen Zoll gefallen, Sir.«

»Verdammt«, zischte Fergus, »das kann voll in die Hose gehen!«

Leutnant Puller vermutete: »Vielleicht sind die Franzosen deshalb so schnell verduftet?«

Lombardi widersprach ihm: »Nein! Wir haben ihnen die heilige Gottesfurcht eingebleut!«

Fergus hob die Schultern. »Wer will schon wissen, warum die Franzosen etwas tun? Jedenfalls sind sie weg.«

Puller beharrte auf seinem Standpunkt: »Sir, vielleicht versuchen sie vor dem aufziehenden Sturm nach Nordosten abzulaufen. Vielleicht sollten wir es ihnen nachtun.«

Fergus lachte freudlos. »Es wird mehrere Stunden dauern, bevor wir irgendwohin segeln. Sobald wir wieder manövrieren können, werden wir unserem Konvoi nach Nordwesten folgen.«

»Aber, Sir, dann werden wir genau in die Zugbahn des Sturmes laufen!«

»Und das würden Sie nicht tun?«

Lombardi zuckte mit den Schultern. »Wir Italiener sind eher praktisch veranlagt. Wir haben unser Bestes gegeben, um den Konvoi zu verteidigen, jetzt müssen wir uns um unsere eigene Haut kümmern.«

Fergus nickte. »Ich verstehe, was Sie meinen, aber wir Briten sehen das etwas anders. Mein Befehl lautet, den Konvoi nach Liverpool zu geleiten, und ich muß mein Bestes tun, um diesen Befehl auszuführen, auch wenn damit Risiken für das Schiff verbunden sind.«

Lombardi sah enttäuscht aus, sagte aber nichts mehr dazu.

Fergus rief den Ersten Leutnant und Puller und Poston sowie den Segelmeister, den Bootsmann, den Zimmermann und den Stückmeister auf dem Achterdeck zu einem Schiffsrat zusammen. Als alle versammelt waren, führte er aus: »Wir werden alle verfügbaren Segel setzen, sobald das möglich ist, und dann versuchen, den Konvoi wieder im Nordwesten aufzuspüren. Jetzt sagen Sie mir, was zu tun ist. Timmie, Sie zuerst.«

Der Zimmermann räusperte sich nervös. »Erstens: Unser Rudergeschirr ist in einem schrecklichen Zustand. Die ledernen Steuerleinen sind an mehreren Stellen gerissen. Ein paar meiner Maate sind schon dabei, sie zu spleißen. Das kann man machen, aber es dauert lange, weil die Schwierigkeit darin liegt, daß man die Spleiße so schlank machen muß, daß sie leicht über die Umlenkscheiben laufen. Was noch schlimmer ist: Das Ruderblatt ist teilweise gesplittert. Ich werde ein paar Leute mit Stellagen über den Spiegel fieren lassen, um zu sehen, ob man es reparieren kann. Es wird ein verdammt harter Job werden, dort unten zu arbeiten, aber er muß unter allen Umständen erledigt werden, bevor der Seegang zu hoch wird. Wie Sie selbst sehen können, ist der Großmast fast völlig zerstört. Ich glaube nicht, daß wir daran viel machen können, aber wir werden es später versuchen. Unseren einzigen Reservemast brauchen wir für die Reparatur des Vormasts.«

Fergus blickte nach vorne. »Ich sehe, was von dem übrig geblieben ist.«

»Auch der Kreuzmast ist schlimm angeknackst, aber er steht noch. Der Bootsmann sollte die oberen Stengen an Deck herunternehmen. Ich werde sie dazu benutzen, um den Kreuz- und vielleicht auch den Großmast damit abzustützen. Mit zusätzlichen Wanten und Stagen könnte der Kreuzmast vielleicht das Bagien aushalten. Er ist allerdings durch die Kugel schwer angeschlagen. Ich werde eine zeitweise Verstärkung aus Spieren und Leinen um ihn aufriggen, um ihm weiteren Halt zu geben, aber ich habe wirklich nicht genug Spieren zur Verfügung, um es perfekt zu machen. Außerdem werden wir an allen Masten zusätzliche Wanten zu den Verschanzungen spannen. Der Großuntermast ist zwar noch aus einem Stück, er ist aber geschwächt. Ich werde auch hier eine Manschette aus Spieren anbringen, damit er nicht noch später umfällt. Ich müßte auch den Vormast verstärken, aber dafür fehlen mir die Spieren. Ich werde mir etwas einfallen lassen müssen.«

Fergus blickte zu dem Kreuzmast empor, der über ihm aufragte, und erschauderte. »Ich werde versuchen, mich daran zu erinnern, mich nicht unter ihn zu stellen.«

Der Segelmeister setzte noch einen drauf: »Wenn der von oben kommt, dann kann er alle auf dem Achterdeck auslöschen.«

Als nächstes war der Bootsmann dran. »Wie sieht es bei Ihnen aus, Smarting[1]?«

»Ich lasse durch den Segelmacher alle unsere Reservesegel an Deck schaffen. Wie Sie selbst sehen können, haben wir nur noch Lumpen oben.«

»Bewahren Sie die alten Segel auf, es könnte sein, daß wir sie zusammen mit ein paar alten Rahen zu einem Seeanker umfunktionieren müssen, falls der Sturm zu stark wird oder das Ruder nicht hält.«

1 Smarting: traditionelle freundschaftliche Anrede für den Bootsmann (Anm. d. Ü.)

Der Bootsmann sagte: »Aye, aye, Sir. Wir haben genug Reservesegel, um die Fock und das Kreuzsegel zu setzen, nachdem die Masten verstärkt worden sind. Außerdem können wir einen Klüver und ein oder zwei Stagsegel riggen. Viele Wanten, Fallen und Schoten sind zerschossen, aber wir arbeiten so schnell wir können, um sie zu ersetzen.«

Der Zimmermann unterbrach ihn: »Ach, übrigens, Sir, wir nehmen unten eine Menge Wasser. Ein paar meiner Maaten schlagen Keile in die Löcher ein.«

»Sind es viele?«

»Verteufelt viele. Ich habe sie nicht gezählt, aber ich schätze, daß es ein Dutzend oder mehr sind, und einige sind in der Wasserlinie. Bei jedem Überholen dringt Wasser ein. Die müssen wir als erstes abdichten.«

Fergus nickte und schaute sich nervös nach Süden um. »Versuchen Sie, die Lecks dicht zu bekommen, bevor das schlechte Wetter uns noch stärker rollen läßt und noch mehr Löcher unter Wasser geraten.«

Fergus wandte sich Leutnant Puller zu, der den Ersten Leutnant vertrat, solange Grantham unter Deck war, um seine Wunden versorgen zu lassen. »Puller, sobald alle Kanonen sicher doppelt gelascht sind, schicken Sie so viele Männer wie irgend möglich zum Bootsmann und zum Zimmermann. Wir müssen das Schiff schleunigst wieder manövrierfähig bekommen. Der Sturm wird nicht warten. An die Arbeit!«

Die Offiziere verstreuten sich schnell, und Fergus begann sorgenvoll auf dem unordentlichen Achterdeck herumzuwandern. Er wurde rasch ungeduldig und wanderte nach achtern, um über die Heckreling zu schauen, wo der

Zimmermann und seine Maaten auf einem hastig improvisierten Gerüst schufteten. Fergus sah, daß die höher werdende Dünung zeitweise ihre Unterkörper bis zur Hüfte überspülte.

Fergus rief durch die zum Trichter zusammengelegten Hände: »Wie geht es voran?«

Der Zimmermann antwortete: »Sir, es sieht nicht gut aus. Wir können bestenfalls behelfsmäßig ein paar Bretter am Ruderpfosten annageln und mit ein paar Leinen laschen. Der größte Teil des Ruders ist weg.«

»Wird das ausreichen?«

Der Zimmermann hob zweifelnd die Schultern. »Nicht perfekt, und ein handfester Sturm wird vermutlich alles wegreißen.«

»Tun Sie Ihr Bestes«, rief Fergus.

Er ging hinüber zum Kreuzmast. Bevor er dorthin gelangte, schoß Wattle aus seiner Kajütentür. Er war gerade wieder in die Kabine gegangen, nachdem die Gefechtsbereitschaft aufgehoben worden war. »Herr Kapitän, Herr Kapitän!« rief er. »Sie müssen sofort in Ihre Kajüte kommen!«

Fergus drehte sich zu ihm um. »Beruhige dich, Wattle, so schlimm kann es doch nicht sein.«

Wattle schüttelte fassungslos den Kopf. »Warten Sie, bis Sie es mit eigenen Augen gesehen haben.«

Fergus folgte Wattle in die Kajüte. Die Tür war aus den Angeln gerissen und lag auf dem Deck. Fergus blieb wie vom Donner gerührt gleich hinter dem Eingang stehen.

Wattle, der noch immer wild mit den Augen rollte, stöhnte: »Sehen Sie nur, Sie haben nicht ein einziges intaktes Möbelstück mehr. Nur die Splitter sind übrig geblieben.«

»Du hast meine Möbel nicht in den Laderaum gebracht!«

Wattle antwortete unglücklich: »Ich hatte keine Zeit, alles hinunterzuschaffen, weil ich schnell auf meine Gefechtsstation mußte.«

Fergus hob gleichmütig die Achseln. »Na ja, besonders gut war das alles sowieso nicht mehr.« Er blickte sich in der Kabine um. Wattle hatte wohl recht, allerdings mochte einer der geschnitzten Stühle, der jetzt umgestürzt war, zu retten sein. Die Hängematte schwang unversehrt unter den Decksbalken hin und her. »Na ja, jedenfalls kann ich in meiner Hängematte schlafen.«

»Das mag sein, aber Sie werden Probleme mit dem Essen und Trinken bekommen. Ihr gesamtes Geschirr ist zerbrochen, und ihre Wein- und Brandyflaschen sind ebenfalls kaputt.«

Fergus lächelte. Es roch streng nach Alkohol. Er blickte sich nochmals in der Kabine um. In einer Ecke lag eine schwarze Kugel unter einer Anrichte.

Im achteren Schott klaffte ein großes Loch, wo die Kugel eingeschlagen war. Fergus steckte sein Faust hindurch.

»Wattle, das solltest du besser flicken, wir bekommen bald einen Menge Wind und Regen von achtern.« Er verließ seine verwüstete Kabine und ging nach vorne zum Kreuzmast. Der Bootsmann war damit beschäftigt, mehrere Maate zu dirigieren, die zusätzliche Wanten riggten. Fergus sah den Männern bei der Arbeit zu, schließlich meinte er: »Bootsmann, wird das halten?«

Der Bootsmann schüttelte traurig den Kopf. »Nicht sehr lange. Wir müssen uns ständig darum kümmern. Ein heftiges Überholen oder eine kräftige Erschütterung können ihn von oben kommen lassen.«

Fergus kniff die Lippen zusammen. »Wenn es das ist, was wir tun können, dann müssen wir es so machen. Kommen Sie jetzt mit mir nach vorne, wir wollen uns ansehen, was sonst noch zu tun ist.«

Der Großmast war in Höhe der Stenge abgebrochen.

Der Bootsmann meinte beruhigend: »Er ist noch lang und stark genug, um das Großsegel auszuhalten, nachdem er zusätzlich verstärkt worden ist.«

Fergus fragte: »Können wir ein Stagsegel zwischen dem Groß- und dem Vormast fahren?«

»Das glaube ich schon. Der Vormast ist besser davongekommen als der Groß- und Kreuzmast. Dort können wir die Fock und einen Klüver setzen.«

»Wie lange wird es dauern, bis wir wieder Fahrt ins Schiff bringen können?«

»Nicht ehe die Masten, die Segel und das Rigg provisorisch verstärkt oder wieder angeschlagen worden sind. Ungefähr zwei Stunden.«

Fergus nickte. »Das bringt uns dann nach Nordwesten, ob mit oder ohne Ruder.«

Dann schickte er nach Grantham und ging auf die Back. Dort schien weniger Schaden entstanden zu sein als am übrigen Schiff, und Fergus und Grantham gingen unter Deck. Alle noch verbliebenen Tiere waren getötet worden, das war das Werk eines Zufallstreffers.

Fergus schaute sich düster grinsend um. »Wir sollten sie so bald wie möglich verspeisen.«

Grantham grinste: »Der Mannschaft wird das recht sein.«

Unten im Orlop herrschte das Chaos. Die Maate des Zimmermanns brüllten sich gegenseitig an.

Grantham schritt ein. »Ruhe jetzt! Wir müssen diese Geschichte hier organisieren!«

Ein Mann kam zu ihm hinübergerannt. »Sir, wir haben hier acht Leckagen in der Nähe der Wasserlinie und noch ein paar andere dazu.«

Grantham schickte einen Läufer los, der den Zimmermann holen sollte. Der erschien auch bald und polterte die Leiter hinunter.

Bevor Grantham etwas sagen konnte, sprudelte der Zimmermann los: »Ich weiß von diesen Lecks und werde mich sofort darum kümmern, wenn ich Zeit habe, aber ich finde, daß es wichtiger ist, zuerst das Ruder wieder zu richten.« Er schob wieder ab, zuvor rief er aber seinen Assistenten noch ein paar Befehle zu.

Fergus blickte Grantham an. »Ich denke, daß er hier erste Schritte einleiten wird, aber ich denke auch, daß Sie hier unten bleiben sollten, bis Sie sicher sind, daß er die Angelegenheit im Griff hat. Ich gehe wieder nach oben an Deck. Das Wetter bereitet mir ernste Sorgen.«

Zurück auf dem Achterdeck las Fergus wieder das Barometer ab. Es war nochmals um einen Viertel Zoll gefallen. Er fluchte unterdrückt und schaute zum Himmel im Süden empor. Aus den hohen Streifenwolken war eine geschlossene Wolkendecke geworden. Die Seen waren lang und sahen bösartig aus, der Wind hatte auf zwanzig Knoten aufgefrischt. Fergus schickte nach seinem Ölzeug, und Wattle brachte es ihm hinauf.

»Herr Kapitän, das wird nicht viel nützen. Es hat im Rücken einen zwei Fuß langen Riß.«

Fergus steckte seine Hand durch den Riß und lachte: »Holen Sie bitte den Segelmacher für mich her.«

Der Segelmacher war an Deck und nähte an einem Ersatz für das Großsegel. Er kam mit seinen Nadeln, der Ahle und dem Segelgarn nach achtern. »Was gibt es, Sir?«

Fergus zeigte ihm sein Ölzeug: »Können Sie das provisorisch für mich reparieren?«

Der Segelmacher lachte. »Kein Problem, Sir, nach dem großen Lappen hier, an dem ich herumstichle, ist das ein Scherz.« Der Segelmacher setzte sich mit gekreuzten Beinen auf das Deck, zog den Mantel auf seinen Schoß und verschloß das Loch mit geschickten Stichen.

Als er ihn dem Kommandanten zurückgab, bedankte sich Fergus: »Vielen Dank, das wird mich trocken halten.«

Wattle hatte gewartet. Als der Segelmacher fertig war, sagte er: »Sir, wenn Sie bitte in Ihre Kajüte kommen wollen, ich habe eine kleine Mahlzeit für Sie vorbereitet.«

Fergus hob die Augenbrauen. »Wovon?«

Wattle lächelte. »Kommen Sie nur und sehen Sie selbst. Es ist nichts Außergewöhnliches, aber ...«

In der Kabine hatte Wattle den einen geschnitzten Stuhl wieder zusammengelascht und die beschädigte Seekiste davorgerückt. Auf der Kiste standen ein angeschlagener Porzellanteller, ein verbeulter, silberner Kelch sowie ein zurechtgebogenes Besteck.

Wattle meinte: »Das ist alles, was man von der Einrichtung hier drin noch gebrauchen konnte, es muß ausreichen.«

Fergus grinste anerkennend und setzte sich. »Es sieht gut aus. Was gibt es?«

»Frischen Hammeleintopf, Sir. Wir haben jede Menge davon. Die gesamte Crew bekommt das heute abend.«

»Ja, ich weiß. Ich habe die Tiere im Stall herumliegen sehen.« Fergus begann zu essen. »Mein Gott, das ist köstlich! Wie haben Sie die Weinsoße gezaubert?«

»Ich habe Reste aus den zerbrochenen Weinflaschen gerettet und etwas vom Fußboden. Ich habe ihn mit einem Ihrer Taschentücher aufgesaugt. Ein wenig befindet sich auch in Ihrem … äh … Weinglas.«

Fergus schüttelte bewundernd seinen Kopf. »Wattle, ich bin froh, daß ich Sie als Steward ausgewählt habe.«

Nach dem Essen ging Fergus wieder an Deck. Das Wetter verschlechterte sich ständig, aber die Zimmerleute kamen wieder über die Heckreling an Deck geklettert, und Fergus stellte fest, daß zwei Segel gesetzt waren und zogen. Er blickte über die Seite.

Leutnant Puller, der zu ihm getreten war, hatte die Wache. »Vielleicht zwei Knoten, Sir?«

»Das schätze ich auch. Gott sei Dank laufen wir in dieselbe Richtung wie der Sturm.«

Das Barometer fiel weiter, und aus den langen Dünungswellen aus Süden wurden riesige ölige Monster. Wenn sie unter dem Heck der *Imperious* durchliefen, gierte das Schiff von einer Seite zur anderen. Die Wogen gurgelten unheilvoll, während sie an der Bordwand vorbeirollten.

Der Himmel nahm eine immer unheilvollere Graufärbung an, und das Barometer fiel auf einen Stand, den Kilburnie noch nie erlebt hatte. Er befahl, die zusätzlichen Stage und Wanten an den Masten zu verdoppeln und dafür Schoten und anderes Tauwerk aus dem Rigg zu opfern. Er ließ alle möglichen Segel bergen oder so weit reffen, daß die *Imperious* nur noch unter Topp und Takel zu laufen schien. Das Schiff blieb schwerfällig auf Kurs. Die gesamte

Besatzung hielt sich unter dem Wetterdeck auf, denn alle hatten Angst, noch tiefer hinabzusteigen. Das Schlingern ließ die Rumpfverbindungen und Maststümpfe erschrekkend stöhnen und ächzen.

Der Regen wurde stärker und verdeckte den Blick auf den Himmel. Kilburnie hatte den Eindruck, daß er in einem grauen Sack herumtaumelte und von hinten mit einem Knüppel verprügelt wurde. Es sollte der schlimmste Sturm werden, in dem er jemals gewesen war oder von dem er gehört hatte.

Kurz vor Einbruch der Dunkelheit ging Fergus in seine Kabine und zog die Überreste der Karte hervor, welche die Westküste Irlands zeigte. Obwohl sie seit vierundzwanzig Stunden keinen beobachteten Ort gehabt hatten, schätzte er, daß sie fünfzig Meilen westlich der Dingle Bay standen und mit zwei Knoten nach Norden liefen. Die nächstgelegene Bucht, die ihnen hätte Schutz bieten können, war die Galway Bay, die ungefähr einhundert Meilen im Norden lag. Sogar wenn er mit drei Knoten koppelte, würden sie bis dahin sechsunddreißig Stunden brauchen. Fergus wußte, daß seine einzige Chance darin lag, den Kurs nach Nordosten zu ändern, wenn sie die Einfahrt zur Galway Bay passierten. Hielt das Ruder durch, dann konnten sie es in den Schutz der Bucht schaffen, wo sie dann später auch Reparaturen durchführen konnten. Wenn das nicht gelang, dann mußten sie sich durch den schweren Sturm weiter nach Norden treiben lassen. Falls ihnen das Ruder an der Galway Bay nicht genug Manövrierfähigkeit verlieh, dann lag die Donegan Bay einhundert Meilen weiter im Norden, und es würde weitere gut hundert Meilen unter Segeln in Richtung Ostnordost erfordern, sobald sie die Spitze von Bermullet Island gerundet hatten, um dort Landschutz zu finden. Auf jeden Fall hing alles von der Zugrichtung des Sturmes und der Windrichtung ab – außerdem natürlich davon, ob die Verstärkungen am Ruder halten würden.

»Verfluchtes Ruder!« knurrte Fergus. »Unser aller Leben hängt von der Festigkeit dieser paar Bretter am Ruderblatt ab.«

Fergus ging wieder hinaus an Deck. Er ging zum Ruder hinüber und fragte die Wachgänger: »Wie fühlt es sich an?«

Die beiden Rudergänger zuckten die Schultern. Einer antwortete: »Nicht sehr gut, Sir.«

Fergus übernahm das Ruder und steuerte ein paar Minuten. Die Reaktionen des Ruders waren weich und breiig. Fergus seufzte, dann schickte er einen Läufer los, der Leutnant Poston suchen sollte. Als dieser zu ihm trat, instruierte er ihn: »Poston, Sie müssen nicht selbst steuern, aber halten Sie sich in unmittelbarer Nähe des Ruders auf und lassen Sie es mich sofort wissen, wenn sich die Steuerfähigkeit verschlechtert.«

Der Kapitän trat dann an den vorderen Rand des Achterdecks und blickte auf die unter Last stehenden Überreste der Masten, welche die paar Fetzen Segeltuch trugen. Der achterliche Wind füllte sie völlig. Trotzdem machten sie, nach Fergus Meinung, kaum mehr als drei Knoten Fahrt. Er schüttelte tief besorgt den Kopf. Es würde eine knappe Sache werden. Er konnte erkennen, daß vorne der Stückmeister eine Eimerkette organisiert hatte, die die Männer an den Pumpen unterstützte. Bald darauf kam der Zimmermann nach achtern.

»Wie sieht es aus, Timmie?« erkundigte sich Fergus.

Der Zimmermann wollte antworten, aber dann blickte er über Fergus' Schulter nach achtern auf die schwarzen Wolken im Süden. »Mein Gott«, seufzte er, »das da hinten sieht nach einer Menge Ärger aus.«

Fergus unterbrach ihn: »Das kann man wohl sagen. Wie steht es mit den Löchern im Rumpf?«

Der Zimmermann wandte seine Aufmerksamkeit seinem Kapitän zu. »Sir, eins müssen wir noch abdichten. Der Stückmeister sorgt dafür, daß der Wasserspiegel nicht steigt. Es hängt eine Menge von dem verdammten Sturm ab. Sollte das Schiff zu stark stampfen, dann kommen ein paar der Leckagen unter die Wasserlinie. Ich stelle meine Männer als Wachen auf, die sie im Auge behalten werden.«

»Danke, Timmie. Machen Sie es so.«

Der Wind legte zu, als die Dunkelheit hereinbrach, und Fergus konnte die zunehmende Amplitude der Roller aus Süden spüren. Plötzlich knallten dicke Regentropfen auf seine Ölhaut, und bald steckten sie in heftigen Regengüssen.

Fergus wanderte die ganze Nacht über das Achterdeck und fühlte das stetige Ansteigen der Windgeschwindigkeit und die Zunahme der Wellenhöhe. Gelegentlich brachte ihm Wattle eine Mug mit heißem Tee und ein paar Schiffszwiebäcke, die er mit Hammelfleisch dünn belegt hatte.

In der Morgendämmerung war der Wind bei fünfzig Knoten angelangt, und der Regen ließ nach. Aber die langen Wogen rollten von achtern unter das Heck der *Imperious* und liefen unter dem ächzenden Rumpf hindurch und ließen sie danach dreißig Übelkeit erregende Fuß herunterkrachen, wenn sie den Bug passiert hatten. Fergus befahl dem Bootsmann, die Masten nochmals zusätzlich zu verstagen, aber bezweifelte, daß das helfen würde.

Den ganzen Tag über stampfte die *Imperious* schwerfällig nach Norden, während der Sturm ernst machte und auf sechzig Knoten anschwoll. Einer der Midshipman versuchte das Logg zu werfen, aber der Wind, der Strom und die Schiffsbewegungen machten sein Ergebnis von drei Knoten unsicher.

Als Fergus schätzte, daß es an der Zeit wäre, nach Steuerbord zu drehen, um in die Galway Bay einzulaufen, gingen er und der Segelmeister zum Ruder hinüber, wo sich Leutnant Poston noch immer aufhielt.

Fergus befahl: »Übernehmen Sie das Ruder, Poston, und versuchen Sie, uns auf den Kurs Nordost zu bringen!«

Poston trat an das Ruder und bewegte es langsam und leicht. Das Schiff begann zu drehen, und einen Augenblick lang dachte Fergus, daß es ihnen gelingen könnte, dem Sturm ein Schnippchen zu schlagen. Dann erklang achtern ein krachendes Geräusch, und Poston meldete sofort: »Kein Ruder mehr im Schiff, Sir!«

Fergus schüttelte den Kopf. »Verdammt, jetzt sind wir auf Teufel komm raus der Gnade des Sturmes ausgeliefert. Wir müssen dahin, wo er uns hintreibt.« Er wandte sich an den Bootsmann. »Wir müssen einen Seeanker riggen, damit wir unser Heck im Seegang halten und nicht querschlagen und überrollt werden. Nehmen Sie dafür alle Segel und Spieren, die Sie benötigen, eventuell auch einige aus den Verstärkungen für die Masten!«

Fergus sah zu, wie der Bootsmann anleitete, einen Seeanker herzustellen. Das Arbeiten bei dem starken Wind war schwierig, aber die Männer bekamen drei Spieren zusammengelascht. An diesem Gerüst befestigten sie zwei Segel. Ein dünnes Ankertau wurde um das Spill gelegt, durch eine der achteren Geschützklappen zurück an Deck gehievt, nach achtern gemannt und an den Seeanker angesteckt. Zehn Männer waren nötig, um das technische Wunderwerk zur Verschanzung zu schleppen. Der Bootsmann überwachte das Ausstecken von dreißig Faden Ankerkabel, die über das Spill gefiert und dann abgestoppt wurden.

Kilburnie schaute nach achtern auf die treibende Konstruktion, als Druck auf das Kabel kam und am Heck des Schiffes zu ziehen begann. Die langen Roller begannen wieder unter dem Kiel durchzulaufen, und schließlich lag das Heck im Wind.

Fergus seufzte erleichtert auf. »Gute Arbeit, Timmie! Es funktioniert bestens!« Schließlich lief das Schiff wieder seinen Kurs vor dem Wind. Schnell kalkulierte Fergus, was passieren konnte. »In ungefähr vierundzwanzig Stunden müßten wir frei von Bermullet Island sein, dem westlichsten Punkt Irlands.«

Der Segelmeister nickte und wischte sich das Spritzwasser von seinem unrasierten Kinn. »Aber was ist, wenn der Sturm auf West bis Nordwest dreht, wie er das üblicherweise tut?«

Fergus zuckte müde mit den Schultern. »Dann werden wir in die Donegan Bay gedrückt.«

Während des nächsten Tages und der folgenden Nacht wehte der Sturm beständig mit sechzig Knoten, und schwere Seen rollten unter der hart arbeitenden *Imperious* durch. Die ächzenden, stöhnenden Geräusche wurden immer lauter, als sich die Verbindungen ihres Rumpfskeletts und der Beplankung lockerten, aber der Seeanker hielt, und sie schlug nicht quer.

Fergus verbrachte die meiste Zeit neben dem Kompaß und versuchte sorgenvoll die Windrichtung festzulegen. Bald wurde es zur Gewißheit, daß der Sturm seine Richtung geändert hatte und sie tatsächlich in die Bucht von Donegal hineindrückte. Fergus rief seine Offiziere achtern zusammen. »Wir sitzen in der Falle!« stellte er lakonisch fest. »Wir müßen versuchen den Anker an den Grund zu bekommen, bevor wir auf die Küste geworfen werden. Aber selbst dafür stehen die Chancen schlecht, denn das Wasser der Bucht ist bis dicht unter das Ufer tief.«

Der Segelmeister bestätigte: »Ja, das ist richtig, die Donegal Bay ist sehr tief.«

»Aber es ist unsere einzige Chance!«

Dann kam der Moment, als Fergus klar wurde, daß die *Imperious* zum Scheitern verurteilt war. Sogar die vollständig gerefften Segel waren fortgerissen worden. Das Ruder war weg. Durch ein paar der durch den Zimmermann abgedichteten Einschußlöcher leckte das Wasser in den Rumpf, und außerdem drang Wasser durch die Ritzen an den alten Planken, die schon vor langer Zeit hätten erneuert werden müssen. Der Zimmermann kam an Deck und schüttelte den Kopf wie ein Arzt, der vom Krankenbett eines Sterbenden zurückkommt. Er rief Fergus über den tobenden Sturm zu: »Wir ziehen mehr Wasser, als wir hinauspumpen können!«

Kilburnie brüllte zurück: »Pumpen Sie weiter, solange Sie können. Aber achten Sie darauf, daß keiner Ihrer Männer unten eingeschlossen wird, wenn das Schiff abzusaufen beginnt!«

Fergus warnte die Offiziere, die wiederum ihre Männer unterrichteten. Der Wind und der Seegang trieben sie unaufhaltsam immer tiefer in die inneren Bereiche der Donegal Bay.

Im großen und ganzen wußte Fergus, wo sie sich befanden, aber die genaue Position konnte er nicht angeben. Als die hohen Roller flacher wurden, stellte er fest, daß sie schon innerhalb der Bucht sein mußten und das südliche Ufer der Bucht die Roller abhielt. Aber das machte jetzt keinen entscheidenden Unterschied mehr. Sie würden irgendwo in der Donegal Bay stranden, ganz gleich, was er unternahm.

Während der Tag verging, spürte Fergus, daß auch der Wind nachließ, aber es war zu spät. Sie waren verloren. Fergus kämpfte sich an die Backbordverschanzung und versuchte mit seinen übermüdeten, überanstrengten Augen die grauen dichten Schleier zu durchdringen.

Als wieder die Dunkelheit hereinbrach, vermeinte Fergus voraus Felsen zu sehen, nach weiteren zwanzig Minuten war er sich dessen sicher. Sie lagen recht voraus vor dem schwerarbeitenden Schiff. Er rief den Leuten auf dem Achterdeck zu: »Wir gehen auf die Steine! Packt einen Tampen und klammert euch daran fest!«

Das Geräusch, mit dem sich das Schiff auf die gierig lauernden Felsenzähne schob, war grauenvoll, schlimmer als jeder Schlachtenlärm. Die Beplankung des Rumpfes splitterte ächzend und kreischte protestierend auf, als sich die schwarzen Felsen hindurchbohrten.

Der Lärm des Aufpralls ging Fergus durch Mark und Bein, er hatte das Gefühl, daß ihm sein Herz und die Gedärme aus dem Leib gerissen wurden. Das Schiff, das er so sehr geliebt hatte, litt jetzt und würde in Kürze sterben. Er litt mit ihm, als es immer weiter auf die scharfen Felsen geschoben wurde. Die steinernen Fänge verbissen sich in den alten Rumpf und zerrissen die Planken und Spanten aus solider Eiche. Das Schiff legte sich weit über, und Fergus hörte das Knacken des Vor- und Großmasts, als sie trotz der Verstärkungen brachen. Die Masten und die Riggteile krachten auf das Deck dicht vor dem Achterdeck.

Er war so von diesem wüsten Vorgang fasziniert, daß er die Warnung des Zimmermanns bezüglich des Kreuzmasts vergaß.

Plötzlich gab es einen Knall, als ob man eine Kanone direkt vor dem Achterdeck abfeuern würde. Fergus wußte zwar sofort, was das bedeutete, aber er konnte sich nicht mehr bewegen, er schaffte es gerade noch, nach oben zu blicken, als auch schon der untere Teil des Kreuzmasts und dessen untere Spieren herunterprasselten. Er spürte einen schweren Schlag auf seiner Schulter und einen leichteren auf seinem Kopf, und er wußte sofort, daß in seiner Schulter etwas gebrochen sein mußte. Langsam verwandelte sich das Grau des Sturmes in gnädiges Schwarz, und er wurde bewußtlos.

Das Schiff bewegte sich auf den Felsen und begann sich auf die Seite zu rollen. Fergus kam wieder zu sich, als ihn die salzige Flut zu umspülen begann. Er spürte, wie sich die Holzteile von seiner Brust lösten und sein Körper frei in das kalte Salzwasser trieb.

Dann wurde wieder alles schwarz.

12
Gerettet

Lady Shannon Malin faulenzte vor einem großen Kaminfeuer in ihrem Salon. Sie trug noch immer ihr schwarzes Reitkostüm, da sie den ganzen Nachmittag darauf gewartet hatte, daß der Sturm abflauen würde und sie einen Ausritt über ihren Besitz unternehmen konnte. Jetzt, da die Dunkelheit hereinbrach, gab sie den Gedanken auf und rief den Butler, der ihr Tee bringen sollte. Ihr Gatte, Lord Finian Malin, befand sich ein paar Meilen entfernt zu Besuch bei seinem Onkel auf dem Gut der Malins. Shannon hatte protestiert, als er sich entschieden hatte, durch den Sturm zu reiten, aber er war versessen darauf, ein neugeborenes Fohlen zu besichtigen.

Shannon nahm ein Londoner Magazin zur Hand, doch bevor sie es aufschlagen konnte, hörte sie ein lautes Klopfen an der Eingangstür. Sie wußte, daß der Butler und die Bediensteten in der Küche damit beschäftigt waren, den Tee zu bereiten, also ließ sie das Magazin wieder sinken, erhob sich, strich den Rock glatt und ging zum Eingang. Dort wurde mit noch größerer Dringlichkeit gegen die Tür gehämmert.

Sie sagte zum Butler, der aus der Anrichte kam: »Ich kümmere mich darum.«

»Aber, Ma'am, es ist Nacht!«

Shannons Auge blitzten auf. »Das ist mir völlig egal. Ich gehe an die Tür.«

Der Butler rollte gottergeben die Augen und trollte sich wieder in die Anrichte. In der geöffneten Tür stand ein Mann aus dem Dorf, der in Ölzeug gehüllt war.

Shannon wollte etwas sagen, aber der Mann konnte nicht warten. »Lady Malin«, stieß er drängend hervor, »ist Lord Malin zu Hause? Ich habe eine dringende Nachricht vom Bürgermeister für ihn. Es gibt ein Problem.«

Shannon schüttelte den Kopf. »Er ist drüben auf Gut Malin, aber er sollte bald zurück sein. Ich nehme die Nachricht für ihn entgegen.«

Der Dorfbewohner schüttelte den Kopf, ganz offensichtlich war er sehr besorgt. »Ich muß mit ihm sprechen, Ma'am!«

Shannon wurde ungeduldig: »Worum geht es denn?«

»Ein großes Kriegsschiff der Navy hat draußen auf See Schiffbruch erlitten und ist vom Sturm gleich unterhalb des alten Friedhofs auf den Strand geworfen worden. Der Bürgermeister ist mit den meisten Dorfbewohnern und dem Priester da, aber er braucht von Lord Malin Anweisungen, wo er die Überlebenden und Verletzten unterbringen soll, die sie am Strand bergen.«

»Das kann ich Ihnen sagen. Bringen Sie sie in die Kirche oder in die Schule.«

»Danke, Ma'am, aber das haben wir schon gemacht. Wir müssen wissen, was wir danach mit Ihnen machen sollen.«

»Nun, dann empfehle ich Ihnen zum Gut der Malins hinüberzureiten und mit meinem Mann zu sprechen. Ich werde zum Strand gehen und schauen, ob ich helfen kann.«

Shannon schloß die Tür und rief nach dem Butler. Er erschien und trug steif ein Tablett vor sich her. »Ich komme, Lady Shannon, hier ist Ihr Tee.«

»Nein, vergessen Sie den Tee. Am Strand hat sich ein Schiffbruch ereignet – gleich unterhalb des alten Friedhofs –, und ich werde hinunterreiten. Bitte, sagen Sie jemandem im Stall Bescheid, daß man mir so schnell wie möglich mein Pferd bringt!«

Der Butler stellte indigniert das Tablett ab und verschwand.

Shannon knabberte an den Keksen, ignorierte den Tee und goß sich etwas irischen Whiskey in ein Glas, das sie dann sehr undamenhaft in einem Zug hinunterkippte. »Das habe ich gebraucht«, murmelte sie.

Shannon zog einen Regenmantel über ihr Reitkostüm und ging ungeduldig in der Eingangshalle auf und ab, gelegentlich schlug sie mit der Reitgerte gegen einen Stiefel. Zehn Minuten später kündigte ein Klopfen an der Tür an, daß ihr Pferd von einem Stallburschen vorgeführt worden war. Sie riß die Tür auf, stürmte die Stufen hinunter und saß auf. Sie gab dem Gaul auf dem Weg zum alten Friedhof die Sporen. Das Pferd kannte den Pfad gut, sogar im Dunkeln, denn Shannon legte diese Strecke regelmäßig mit einem Picknickkorb zurück. Sie trieb ihr Pferd durch die zerfallenden Torpfosten zur Kirche. Das Pferd suchte sich nun vorsichtig seinen Tritt durch die schiefen Grabsteine bis zum Rand des Kirchhofs oberhalb des Strandes.

Shannon begann das Tier über den gefährlichen Hang zum Strand hinunter zu leiten, aber dann wurde ihr klar, daß es besser war, das in der Dunkelheit nicht zu wagen. Sie stieg ab und band das Pferd an einem Baum fest und begann vorsichtig allein den Abstieg über den steilen, glitschigen Pfad. Gelegentliche Lichtstrahlen von Laternen reflektierten auf den Steinen auf der Oberfläche des Weges, das war Beleuchtung genug für sie, um den Strand ohne Sturz zu erreichen.

Sie ging auf eine Ansammlung von Männern zu, die den Strand absuchten. Die Laternen zeigten zerborstene Maststümpfe und den zerschmetterten Rumpf eines großen Schiffes, das einhundert Yards vor dem Strand festsaß. Holzplanken, jede Menge Tauwerk und Segeltuchfetzen bedeckten den Strand, dazu kam das Strandgut aus dem Inneren des Schiffsleibes.

Sie rannte zu den Männern hinüber. Man öffnete für sie eine Gasse. »Kann ich helfen?« erkundigte sie sich.

Niemand antwortete, daraufhin schüttelte sie zwei der Männer heftig. Einer sagte daraufhin: »Ja?«

Sie deutete auf die beiden Männer vor ihr. »Wer ist das?« fragte sie.

»Der Bürgermeister und der Priester, Ma'am.«

Der Bürgermeister und der Priester des Kirchspiels beugten sich über eine dunkle Masse, die auf dem rauhen Sand lag. Schließlich hörte der Bürgermeister Shannon und grummelte: »Lady Malin, wir freuen uns, Sie hier unter uns zu sehen, aber wir bräuchten Lord Malin jetzt dringender.«

Shannon fauchte: »Warum?«

»Nun, Ma'am, wir haben bereits einhundertachtzig

Männer nach oben in die Dorfschule geschickt. Die Frauen des Dorfes kümmern sich um sie. Aber wir müssen wissen, was wir später mit ihnen machen sollen. Wir haben hier drüben außerdem zehn Leichen liegen.« Er deutete auf eine doppelte Reihe von Körpern, die unter flatternden Tuchstücken der geborgenen Segel auf dem Sand lagen. »Ich würde sie gerne bald fortbringen lassen, denn die Flut läuft schon wieder auf.«

Shannon nickte. »Wenn die Flut hier ist, bevor mein Mann eintrifft, dann lagern Sie sie weiter oben auf dem Strand.« Sie bemerkte einen Körper auf dem Sand, über den man zwei Mäntel gelegt hatte. »Was ist mit dem?«

Der Dorfpfarrer schüttelte den Kopf und sagte düster: »Das ist der Kapitän des Schiffes. Er ist schwer verletzt und wird es wahrscheinlich nicht mehr lange machen. Anscheinend ist seine Brust eingedrückt. Der Doktor konnte nicht mit Bestimmtheit feststellen, ob das Blut in seinem Mund aus der Brust oder einer Mundwunde stammt.«

»Wißt ihr, was passiert ist?«

»Nur in groben Zügen. Einer der Männer hat uns erzählt, daß das Schiff, eine Fregatte der Royal Navy, einen Konvoi um Irland herum nach Liverpool eskortieren sollte. Sie wurden südlich von Irland in ein schweres Gefecht mit einem französischen Geschwader verwickelt, dabei wurde die Fregatte erheblich beschädigt. Sie haben eine Menge Leute verloren, viele gute Männer wurden verwundet, kurz und gut: Sie wurden übel zusammengeschossen. Während sie versuchten im Norden um Irland herum zurück nach England zu gelangen, hat sie der Sturm überholt. Da die Masten verkrüppelt und das Ruder kaputt war, konnten sie nicht viel Fahrt machen.

Der Sturm hat sie in die Donegal Bay gedrückt. Gerade in dem Augenblick, als sie auf die Felsen gingen, kam der notdürftig gelaschte Kreuzmast von oben. Er hat den Kapitän verletzt. Er hat eine riesige Portion Glück gehabt, daß er überhaupt mit ein paar Wrackteilen zusammen an Land gespült worden ist.«

Shannon schüttelte langsam den Kopf. »Armer Kerl. Vielleicht kann ich es ihm bequemer machen.«

Sie ging zu der ruhenden Gestalt hinüber und beugte sich über den Mann. »Hat er Ihnen seinen Namen gesagt?«

»Man sagt, daß er Kapitän Fergus Kilburnie heißt.«

Shannon schnappte nach Luft. »Gebt mir eine Laterne!« befahl sie.

Der Priester hielt eine Laterne dicht an Kilburnies Kopf, so daß sie sein Gesicht erkennen konnte. Sie zog den durchweichten Mantel weg.

Der Priester murmelte: »Er wird vielleicht nicht mehr lange zu leiden haben.«

»Wo ist der Doktor von Donegal?«

»Er war hier und hat den Mann untersucht. Er war der Meinung, daß er ihm nicht helfen kann, also ist er mit den anderen Verwundeten ins Schulhaus gezogen, wo er operieren kann.«

Shannon lehnte sich über Fergus und flüsterte zärtlich: »Fergus, mein Liebling, halt durch. Ich bin es, Shannon. Ich werde mich um dich kümmern.«

Der Priester schüttelte bedauernd den Kopf. »Er hat sicherlich große Schmerzen.«

Fergus Augen öffneten sich langsam, dann weiteten sie sich, als er Shannon erkannte. Seine Lippen formten ihren Namen, doch als er versuchte, etwas zu sagen, spuckte er Blut. Das Blut lief ihm aus dem Mundwinkel, dann vermischte es sich mit dem Regen. Shannon beugte sich noch dichter über ihn, zog ihren Schal vom Hals, wischte ihm damit das Blut ab und versuchte sein Gesicht vor dem Wind und Regen zu schützen. »Erkennst du mich?« fragte sie.

Fergus begann zu wispern, und Shannon drückte ihr Ohr dicht an seinen Mund, um ihn zu verstehen.

»Ich habe mein ganzes Leben mit dir zusammengelebt…«, flüsterte er.

Shannon lächelte, dann stiegen ihr Tränen in die Augen. »Ich werde es nie vergessen.«

Fergus mühte sich ab, um weiterzusprechen. »Wenn ich … doch nur … meine Farm in Schottland …«

»Sobald du wieder auf den Beinen bist, werden wir für den Rest unseres Lebens dorthin gehen.«

Fergus schaffte es noch einmal zu lächeln, bevor er wieder das Bewußtsein verlor.

Shannon betastete seinen Brustkorb und dann die Schultern, als ob es sich um eines ihrer Pferde handelte. »Dein Brustkorb ist heil. Du hast eine schwere Verletzung im Rachenraum und eine dicke Beule auf dem Kopf. Der Mund blutet, und dein Schlüsselbein ist gebrochen.« Sie nahm den Schal und band damit Fergus' Arm vor der Brust fest.

Fergus öffnete die Augen, als sie ihn bewegte. Unter großen Anstrengungen stöhnte er: »Beerdige mich auf dem alten Friedhof.«

»Nein, Fergus, das kommt gar nicht in Frage. Du wirst leben. Ich habe schon deinen Sohn verloren, jetzt kann ich dich nicht auch noch verlieren.«

Mit enormen Kraftaufwand schlug Fergus die Augen auf und fragte ungläubig: »Sohn?«

Shannon seufzte und biß sich auf die Lippe. »Keiner weiß es, Liebling. Mein Mann dachte, es wäre seiner. Wir haben ihn als Baby durch Typhus verloren.«

Fergus ließ den Kopf zurücksinken und schloß die Augen. Als die Männer den Mantel über ihn zogen, hörte Shannon das Knarren von Sattelzeug und das Klappern von Pferdehufen. Ein Reiter kam den Pfad heruntergeprescht. Als der Reiter bei der Gruppe sein Pferd durchparierte, erkannte der Bürgermeister ihn.

»Lord Malin!« rief er aus, »ich freue mich, Sie zu sehen, Sir.«

Lord Malin sprang ab und drückte die Zügel einem Dörfler in die Hand, dann eilte er zu der Gruppe. »Shannon! Was tust du hier?«

Shannon zog ihren Mantel eng um sich zusammen. Der Regen ließ nach, aber ein kalter Wind blies noch immer über den Strand. »Ein Bote kam zum Haus, um dich zu holen. Ich habe ihn zum Haus deines Vaters geschickt und bin selbst hierher geeilt.«

»Ja, er hat mich gefunden.«

Der Bürgermeister mischte sich ein: »Pater Duveen und ich haben alles getan, was wir konnten, aber jetzt brauchen wir Ihre Hilfe. Wir haben einhundertachtzig Überlebende der Royal Navy in der Dorfschule, um die wir uns kümmern müssen. Einige sind verwundet, und alle sind hungrig und völlig durchnäßt. Der Doktor aus Donegal ist bei ihnen, die Frauen des Dorfes geben ihnen zu essen und versorgen sie mit trockenen Kleidern. Aber ich muß wissen, was ich mit ihnen anschließend machen soll.«

Lord Malin nickte. »Ich werde für die Ausrüstung bezahlen und sie dann nach England zurückschicken.«

Pater Duveen unterbrach ihn. »Ich muß die zehn Toten beerdigen.«

Shannon mischte sich ein: »Können wir sie nicht alle zusammen auf dem alten Kirchhof beerdigen?«

Pater Duveen jappte erschrocken auf. »Aber das ist geweihter Boden, der für Katholiken reserviert ist, und wir wissen doch gar nicht, welcher Religionsgemeinschaft diese Männer angehören.«

Lord Malin war sichtlich irritiert. »Nein, das ist nicht alles geweihter Boden. Ich habe einen Teil davon für die Mitglieder der Kirche von England gekauft. Außerdem haben alle ihr Leben im Dienst für ihren König, ihre Marine und ihr Vaterland gegeben!«

Pater Duveen und der Bürgermeister tauschten vielsagende Blicke aus, aber äußerten sich nicht dazu.

Shannon sagte: »Falls Kapitän Fergus Kilburnie hier sterben sollte, dann soll er neben unserem Sohn Fergus Malin begraben werden.« Sie konnte im Licht der Laterne sehen, daß ihre Worte ihren Mann verwunderten.

Er zog sie zur Seite. »Shannon, was soll das heißen?«

»Das ist Fergus Kilburnie, ein junger Mann, den ich gut kenne. Ich will, daß er in mein Haus gebracht wird und daß der Doktor sich dort um ihn kümmert. Ich glaube nicht, daß er so schwer verletzt ist, wie der Doktor zuerst angenommen hat. Er hatte vorhin keine Zeit, ihn richtig zu untersuchen.«

Lord Malin schwieg einen Moment, dann fragte er: »Fergus Kilburnie? Hattest du eine Affäre mit diesem Mann?«

»Ja. Er heißt Fergus, daher der Name für unseren Sohn.«

»Ich mochte diesen Namen nie.«

Aus Shannon brach die ganze Geschichte heraus. »Vor drei Jahren warst du hier in Irland, während ich in London geblieben bin. Fergus war zur gleichen Zeit in London auf Genesungsurlaub, weil er verwundet worden war. Wir kannten uns aus unserer Jugendzeit auf dem Gut meines Vaters. Wir waren sehr verliebt, aber mein Vater hat uns in einem leidenschaftlichen Moment erwischt und ihn zum Verlassen von Irland gezwungen. Als wir uns dann später auf einem Ball in London wiedersahen, entbrannte unsere Liebe aufs neue.«

»Und der kleine Fergus war das Resultat.«

»Ja. Ich wollte dir die Wahrheit sagen, aber du wolltest einen Sohn – und du hast ihn so sehr geliebt.«

»Das habe ich«, seufzte Lord Malin leise. Dann schüttelte er den Kopf. »Offensichtlich ist zwischen uns alles aus. Ich bitte dich nur, laß dich der Kinder wegen nicht scheiden. Ich werde zu deinem Haus reiten und meine Sachen wegbringen lassen.«

Shannon seufzte. »Ich verspreche dir, mich nicht scheiden zu lassen.« Sie wandte sich von den Männern ab und ging zu Fergus hinüber.

Der Priester trat bald darauf zu ihr. »Sie hatten recht, er wird es wohl überleben.«

Shannon lächelte schwach. »Ich werde ihn nach Hause bringen lassen und ihn dort pflegen. Lassen Sie ihn mit einer Trage den Pfad hinaufbringen.«

Der Priester beruhigte sie: »Ich werde ihn mit einem Wagen in Ihr Haus bringen lassen. Wenn ich ins Dorf fahre, werde ich dem Doktor ausrichten, daß er so bald wie möglich bei Ihnen hereinschauen soll. Ich denke, daß er überrascht sein wird.«

Shannon pflegte Fergus Tag und Nacht. Sein Mund heilte schnell, aber seinen Arm konnte er noch nicht benutzen. Der Doktor hatte das Schlüsselbein gerichtet und den Arm dicht an den Körper bandagiert, dabei hatte er aufmunternd gesagt: »In sechs Wochen nehmen wir den Verband wieder ab.«

Genau sechs Wochen nach dem Verlust des Schiffes kam der Doktor wieder heraus zum Gutshaus, um Fergus zu untersuchen. »Jetzt werden wir eine Probefahrt unternehmen, wie ihr Seeleute das wohl zu nennen pflegt!« Langsam wickelte er den Verband ab. »Na, wie fühlt es sich an?«

Fergus dehnte und streckte seine Schulter vorsichtig. »Steif ist es, und es tut weh«, stellte er stöhnend fest.

Der Doktor lachte. »Genau wie ich erwartet habe. Machen Sie jeden Tag Bewegungsübungen.«

Shannon fragte ihn: »Kann er reisen?«

»Ja, aber nur in einer Kutsche, keinesfalls zu Pferde.«

Eine Woche später packte Shannon Fergus und ihre zwei Kinder in eine Kutsche und einen Berg Gepäck in eine zweite.

»Hast du vor, lange in Schottland zu bleiben, meine Liebe?«

Shannons Lachen klang so, wie Fergus es immer in Erinnerung gehabt hatte. »Für immer, Liebling.«

Nach einer gemütlichen wochenlangen Reise mit der Kutsche und dem Schiff kamen sie in Glasgow an. Shannon hatte ihr Gut der Obhut von Verwandten übergeben und schickte die Kutschen dorthin zurück. Fergus mietete zwei andere Kutschen, und die Reisegesellschaft machte sich auf den Weg nach Kilburnie. Sie hielten auf dem Hügel über dem Land der Kilburnies an, und Fergus erklärte ihnen die verschiedenen Höfe und Gebäude.

Shannon wollte wissen: »Und wo liegt dein Land?«

»Das da unten ist der Familienhof, meine Ländereien liegen dort hinten auf dem zweiten Hügel hinter dem Wald. Ich habe sie auch noch nie gesehen. Laß uns weiterfahren.«

Der Fahrer der ersten Kutsche folgte Kilburnies Anweisungen, und bald kam nach einer Wegbiegung ein großes Haus in Sicht.

Shannon rief erstaunt aus: »Es ist riesig. Das ist ja so groß wie mein Haus.«

»So ist es. Ich habe meinen Onkel Jeris beauftragt, es dementsprechend bauen zu lassen. Komm, wir wollen es uns ansehen.«

Fergus klopfte an die Tür, die von einem Hausmädchen geöffnet wurde. Seine Mutter stand dicht dahinter und schloß Fergus in ihre Arme. Als sie ihre Tränen wieder unter Kontrolle hatte, trat sie einen Schritt zurück und betrachtete ihn ausgiebig. »Fergus, ich bin so froh, dich wiederzusehen!« Dann bemerkte sie Shannon und ihre beiden Kinder.

Fergus versuchte, das verlegene Schweigen zu überbrücken. »Mutter, du erinnerst dich sicher an Lady Shannon Malin. Und das hier sind ihre beiden Töchter, Mary und Margaret.«

»Kommt herein«, lud seine Mutter sie herzlich ein. »Du wirst das Haus mögen, Fergus.«

Zwei Tage später saß Shannon mit Fergus auf der breiten Terrasse, von der man einen wunderschönen Ausblick auf den Firth hatte, und sie blickten den Kindern entgegen, die aus dem Wald zurückkamen.

Shannon fragte: »Ist dort der Lachsfluß?«

»Ja, und er war voller Lachse, als ich ihn mir gestern angesehen habe.«

»Glaubst du, daß die Leute uns ablehnen werden, weil wir zusammenleben und nicht verheiratet sind?«

Fergus schüttelte den Kopf. »Schotten quälen sich für gewöhnlich nur wegen ihrer eigenen Angelegenheiten. Außerdem sind alle deine Nachbarn deine Freunde, wenn du einen Fluß besitzt, in dem große Lachse herumspringen, die geradezu darum betteln, gefangen zu werden.«

Shannon blickte in Richtung des Firth. »Das ist wirklich eine bemerkenswerte Aussicht.«

»Ja. Ich kann hier sitzen und den ganzen ein- und ausgehenden Schiffsverkehr für Glasgow beobachten.«

»Was ist das für ein Schiff dort unten?«

Fergus setzte das alte lange Teleskop seines Großvaters ans Auge und besah sich aufmerksam das Schiff. »Das ist das tägliche Postschiff von Liverpool.«

»Und führt es regelmäßig Post mit sich?«

»Ja.«

»Eines Tages wird es eine Aufforderung für dich von Admiral Nelson oder der Admiralität an Bord haben?«

»Das nehme ich an.«

»Werden sie dich vor ein Kriegsgericht stellen, weil du dein Schiff verloren hast? Oder wirst du ein neues bekommen?«

Fergus ging förmlich in die Luft. »Warum sollten sie

mich vor ein Kriegsgericht stellen wollen? Ich habe meine Befehle buchstabengetreu ausgeführt. Ich habe dafür gesorgt, daß der Konvoi trotz zweier französischer Fregatten und eines schrecklichen Sturms sein Ziel unversehrt erreicht hat, selbst wenn ich dabei mein Schiff verloren habe.«

Sie lachte. »Ich verstehe von diesen Dingen nichts. Wenn ich etwas zu sagen hätte, dann sollten sie dir ein großes neues Schiff geben.«

»Wenn eine Nachricht kommt, dann soll es so sein! Onkel Jeris weiß, wo ich bin, und wenn man mich braucht, dann wird man nach mir schicken. In der Zwischenzeit habe ich vor, mein Leben zu genießen.«

Shannon lächelte verführerisch. »Ich werde dich schon auf Trab halten.«

Eine Woche später kam mit dem Postschiff ein großer dicker Brief für Shannon. Sie öffnete ihn nervös. »Das sieht sehr offiziell aus. Er wird wahrscheinlich von den Anwälten sein«, vermutete sie. »Ich mag so etwas nicht.«

Sie las den Brief langsam und begann zu weinen.

Sie trocknete sich die Augen. »Finian, mein Ehemann, ist tot. Er kam bei einem Jagdunfall um – sein Pferd hat ihn abgeworfen.« Sie schüttelte den Kopf. »Wie oft habe ich ihm gesagt, daß er zu alt ist, um noch so wild zu reiten.«

Fergus legte seinen Arm um ihre Schulter. »Möchtest du, daß ich es den Kindern beibringe?«

»Nein, gib mir nur ein paar Minuten, um mich zu beruhigen. Die Kinder haben ihren Vater sehr geliebt.«

Fergus fehlten die Worte, um Shannon zu trösten, aber plötzlich platzte er heraus: »Das mag ja nicht der richtige Zeitpunkt sein, aber wir haben so lange gewartet. Willst du mich heiraten?«

Sie wischte sich die Augen trocken, langsam breitete sich ein Lächeln auf ihrem schönen Gesicht aus. »Jeder Zeitpunkt ist der richtige Zeitpunkt. Ja, ich will.«

»Wird ein Gottesdienst nach dem presbyterianischen Ritus in der Stadtkirche ausreichend sein?«

»O ja, ich wollte sowieso nicht wieder katholisch getraut werden. Aber wir müssen mindestens einen Monat abwarten. Wir wollen doch die Dorfbewohner nicht schokkieren.«

»Nun, es gibt nicht viel, was einen Schotten schockiert. Aber du hast recht. Wir sollten abwarten.«

»Wir werden noch viele gemeinsame Jahre verbringen – und Kinder haben!«

»Das hoffe ich. Aber du verstehst, daß der Tag kommen wird, an dem auch für mich ein großer brauner Umschlag abgeliefert wird.«

»Ja. Mit dem Siegel der Admiralität.«

»Und du wirst mich auch noch lieben, wenn ich dich verlasse, um wieder zur See zu fahren?«

»Ich werde dich immer lieben.«

Alexander Kent – Die Bolitho-Romane

Die Feuertaufe
Richard Bolitho - Fähnrich zur See
Roman, 208 Seiten
Ullstein TB 24614

Strandwölfe
Richard Bolithos gefahrvoller Heimaturlaub
Roman, 176 Seiten
Ullstein TB 23693

Kanonenfutter
Leutnant Bolithos Handstreich in Rio
Roman, 320 Seiten
Ullstein TB 24311

Zerfetzte Flaggen
Leutnant Richard Bolitho in der Karibik
Roman, 288 Seiten
Ullstein TB 23192

Klar Schiff zum Gefecht
Richard Bolitho - Kapitän des Königs
Roman, 256 Seiten
Ullstein TB 23932

Die Entscheidung
Kapitän Bolitho in der Falle
Roman, 160 Seiten
Ullstein TB 2477

Bruderkampf
Richard Bolitho - Kapitän in Ketten
Roman, 304 Seiten
Ullstein TB 23219

Der Piratenfürst
Fregattenkapitän Bolitho in der Java-See
Roman, 336 Seiten
Ullstein TB 23587

Fieber an Bord
Fregattenkapitän Bolitho in Polynesien
Roman, 432 Seiten
Ullstein TB 23930
Des Königs Konterbande

Kapitän Bolitho und die Schattenbrüder
Roman, 328 Seiten
Ullstein TB 23787

Nahkampf der Giganten
Flaggkapitän Bolitho bei der
Blockade Frankreichs
Roman, 304 Seiten
Ullstein TB 23493

Feind in Sicht
Kommandant Bolithos
Zweikampf im Atlantik
Roman, 336 Seiten
Ullstein TB 20006

Der Stolz der Flotte
Flaggkapitän Bolitho vor der Barbareskenküste
Roman, 352 Seiten
Ullstein TB 24485

Eine letzte Breitseite
Kommodore Bolitho im östlichen Mittelmeer
Roman, 320 Seiten
Ullstein TB 24606

Galeeren in der Ostsee
Konteradmiral Bolitho vor Kopenhagen
Roman, 272 Seiten
Ullstein TB 20072

Admiral Bolithos Erbe
Ein Handstreich in der Biskaya
Roman, 296 Seiten
Ullstein TB 23468

Der Brander
Admiral Bolitho im Kampf um die Karibik
Roman, 368 Seiten
Ullstein TB 23927

Donner unter der Kimm
Admiral Bolitho und das Tribunal von Malta
Roman, 312 Seiten
Ullstein TB 23648

Alexander Kent – Die Bolitho-Romane

Die Seemannsbraut
Sir Richard und die Ehre der Bolithos
Roman, 320 Seiten
Ullstein TB 22177

Mauern aus Holz, Männer aus Eisen
Admiral Bolitho am Kap der Entscheidung
Roman, 304 Seiten
Ullstein TB 24730

Das letzte Riff
Admiral Bolitho - verschollen vor Westafrika
Roman, 384 Seiten
Ullstein TB 23783

Dämmerung über der See
Admiral Bolitho im Indischen Ozean
Roman, 432 Seiten
Ullstein TB 23921

Dem Vaterland zuliebe
Admiral Bolitho vor der Küste Amerikas
Roman, 384 Seiten
Ullstein TB 24181

Unter dem Georgskreuz
Admiral Bolitho im Kampf um Kanada
Roman, 384 Seiten
Ullstein TB 24409

Die Feuertaufe/ Strandwölfe
Zwei Romane, 384 Seiten
Ullstein TB 23405

Der junge Bolitho
Die Feuertaufe/Strandwölfe/Kanonenfutter
Drei Romane, 514 Seiten
Ullstein TB 20913

Bolitho in den Tropen
Kanonenfutter/Zerfetzte Flaggen
Zwei Romane, 560 Seiten
Ullstein TB 23527

Bolitho wird Kapitän
Klar Schiff zum Gefecht!/
Die Entscheidung/
Zerfetzte Flaggen
Drei Romane, 626 Seiten
Ullstein TB 22016

Fregattenkapitän Bolitho
Bruderkampf/Der Piratenfürst
Zwei Romane, 640 Seiten
Ullstein TB 22097

ULLSTEIN TASCHENBUCH